TAKE
SHOBO

年下王子は最凶魔術師

世界征服より溺愛花嫁と甘い蜜月ですか

白石まと

Illustration
ことね壱花

contents

イラスト／ことね壱花

年下王子は最凶魔術師

世界征服より溺愛花嫁と甘い蜜月ですか

Prologue

うららかな春の日の午後、十二歳になったばかりの男爵令嬢エリザ・クレメンタインは、乳母の家からほど近い原っぱの真ん中で九歳の少年と向かい合って立っていた。

エリザの閉じられた唇はいかにも怒っていると言わんばかりだったが、細い眉は哀しげに寄せられ、濃い青の瞳は子供ながら苦悩に満ちている。

緩やかな風が原っぱを舐めるように漂い、エリザのブルネットの前髪や横髪を靡かせた。軽くて豊かな髪は、両側の一部分が頭の後ろへ回され、一つに括られたところにリボンが結ばれている。先へ向かうほどウエーブが大きくなる後ろ髪は、背中に流されて波打っていた。

エリザよりも多少背が低い少年の癖のない銀髪も、風に乗ってさらさらと流れる。一途に彼女を見上げる琥珀色の瞳は、この辺りでは到底お目に掛かれないような純粋な黄金色だった。

彼の表情もかなり硬い。きつく噛みしめられた唇はやがて開かれ、少年はぼそりと声を出す。

「本当に、逢えなくなるの？　今日で最後？　エリザ、本当に？」

「本当よ、ティス。わたしがこちらにいるのは、もとから三か月って決められていたの。お姉様の嫁ぎ先に一緒に行くのよ。もうここへは来られない」

三か月前に預けられた乳母の家は、コード王国の中でも田舎の中の田舎といわれる山沿いの村にある。この原っぱは、山奥から獣が出てくるかもしれないと噂(うわさ)されているせいか、誰も来ない。

一年に一度、晩夏になってから管理担当者が草を刈りに来るだけなので、村人たちと話をしたくないエリザにとって、格好の散歩コースになっている。

村人たちはエリザを見かけると、同情に満ちた目を向けて、こぞって言うのだ。

『オリヴィア様のおかげで我らは安泰です。姉上様に私たちが礼を言っていたとお伝えください。それから、あの……お幸せにと』

『伝えておくわ』

まだ少女のエリザには、簡素な返事しか思いつかない。特にいまは愛想笑いさえできそうもなかったので、乳母には町へ行くと言いながら、分かれ道まで来ると山の方へ馬を向かわせてしまう。

たまたまここで出逢っただけのティスに、詳しい事情は話せない。

「わたしは、わがままなんて言っちゃいけないのよ。お姉様を困らせたくない。だって、お父様とお母様はもういらっしゃらないんだもの……」

二年前、クレメンタイン男爵夫妻は馬車の事故で亡くなった。

乳母の話によれば、四歳上の姉オリヴィアは領地と領民のために奮闘したが、十代の令嬢に財産や人の管理は難しく、問題が多発したらしい。

エリザには話されなかったが、姉の苦労は子供の目から見てもひしひしと感じられた。

オリヴィアは、状況を見かねて求婚してきたというモメント公爵に嫁ぐことを決め、持参金代わりに、領地の管理権を夫に渡した。姉妹が生まれ育ったクレメンタイン城は閉城と決まり、三か月と定められた城内の片づけの間、エリザは乳母の家に預けられた。

村人たちが礼を言いつつも同情的なまなざしになるのは、モメント公爵が、現在十六歳のオリヴィアより二十歳も年上だからだ。

父親に近い年齢の人との結婚は、エリザから見ても苦渋の選択だと思えた。

しかしその反面、クレメンタイン男爵領で暮らす領民たちにとって、管理者がモメント公爵に移行するのは悪い話ではなかった。

より高い地位を持つ貴族の手の中に入るからこそ、安泰という言葉も出る。

両親が亡くなったとき十歳だったエリザは、二年過ぎて十二歳になっていたが、姉を助けられるほどの力はなかった。守られるばかりでは、苦しくて哀しい気持ちになってしまう。

乳母の家にきても重苦しい気持ちは取り払えず、周囲に心配をかけないために毎日元気よく過ごしている——というポーズをとる。天気が良くても悪くても、馬に乗って散歩へ出ていた。

彼女にできるのは、《姉の望むままに動いて駄々をこねないこと》くらいだ。

乳母の家で生活を始めて二か月過ぎたころ、つまり一か月前のこと。

原っぱの端にある木に馬を繋いでから、エリザは子供用ドレスの裳裾を抱えて走り始めた。

遣る瀬無い気持ちを散らせるために前ばかり見ていた彼女は、寝転がっていたティスに躓いて転んでしまった。

『な、なんでこんなトコで寝てるのよ！』

『ゴメン。跳んで来たら疲れちゃって、動けなくなったんだ。え、と、空間跳躍？　だったかな』

『え？』

土が柔らかな草叢だったとはいえ、強かに打ったエリザの鼻は真っ赤になり、それを手で覆って涙目で怒った。そのときは少年が素直に謝ってきたから『まぁいいか』で済ませた。

彼は、自分は九歳で『ティス』と名乗ったが、多分偽名だ。エリザもクレメンタイン男爵の遺児というのは黙っている。教えたのは名前だけだ。

ティスは、自分のことを《魔術師の卵》だと説明した。

『魔術師……？　不思議なことができる人たちのことよね。卵……勉強中ってこと？』

『うん。魔術はまだ上手く使えない。いまの状態じゃ、ぜんぜんダメだってギルドの連中が言ってた。コントロールができていないって。だから遠くまで跳んじゃうんだ』

『ふーん』

聞いても分からない内容だが、それ以上は尋ねない。

自分のことでいっぱいだったエリザは、ティスがどこから来たのか、どこの家の者なのか、本当に魔術師なのか、疑問は多いがそのまま流した。着ている服は上質であり、態度も悪くないから貴族の家に関係する者だと考えた。それ以来一緒に遊んでいる。

エリザにとってティスと遊ぶのは、一時的にも現状を忘れられる楽しい時間だった。

やがて、一か月過ぎて別れのときがきた。それを告げるのは、エリザにもつらいことだ。

「僕はいやだよ。エリザともっと遊びたい。駆けっこもしたいし、馬にも乗せてほしい。馬で走ってくれるって言ったじゃないか」

「私だってもっと遊んでいたいけど……。無理なんだもの……」

きゅっと唇を閉じて奥歯を噛み締めてから、大きな声を出す。

「だめなのよ。ティスとはここでお別れなの！」

彼女の果断な性格は時としてぶっきらぼうになる。青い瞳が濃さを増し、ティスを睨んだ。怒っているわけではないのに、泣きたいのを我慢するからそういう顔になる。

ティスの大きな眼が見開かれて、透き通った黄金の瞳が潤んだ様子を見せた。彼は下を向いて、草で覆われた大地を何度も蹴る。

——泣きそう。ちょっと強く言い過ぎた？　どうしよう。わたし、ティスより三つも上なのに。

エリザはあたふたとしながら、姉のような口ぶりで宥めにかかる。

「ごめんね。わたしだって、もっと一緒に遊びたかった。だけど、もう無理なの。これでお別れなのよ。ね、黙って行ってしまうよりは良いと思って。お願い、ティス」

しばし無言の時が流れる。せっかくできた友達と別れるのがつらいのはどちらも同じだ。両者の間に落ちた沈黙は子供心にも重い。

ぐっと唇を引き結んだティスが顔を上げる。

「分かった。エリザは僕のことを好きになってくれると言ったよね。この先どうすればいいかってことも教えてくれたから、無理やり引きとめたりはしない」

詰まった声で言われる。ティスはぱちぱちと何度も瞬きをして零れ落ちそうな涙を堪えていたが、逆にエリザのほうはとうとう涙ぐんでしまった。

「この先どうすればいいかなんて言っていないわよ。好きになる……は言ったわね」

「僕が父上からも兄上からも嫌われているって言ったら、『じゃ、わたしが好きになってあげる』と言ったよ。僕は閉じ込められていても跳んで出られるし、このまま逃げることもできる。どうしようかって訊いたら、『自分が生きてゆく先は、自分で決めるのよ』って、言ったじゃないか」

「……そうね。『好きになってあげる』は、言ったわ。でもいまさらよ。もう好きだもの。ティスがいてくれたから、この一か月をどうにか過ごせたのよ。ありがと、ティス」

エリザとしては、友達と弟が一度にできた気分だった。彼女があっさり『好き』と口にすれば、ティスはようやく笑う。

最初のころは、可愛らしい顔や姿をしているのに仏頂面で笑顔一つ見せなかった。それが、原っぱを駆けたり、エリザが持参する乳母特製のお弁当を一緒に食べたりしている間に、声を上げて笑うようになった。笑うと本当に可愛らしくなる。

「あのね、ティス。『自分が生きてゆく先は……』というのはお姉様の言葉なのよ。他にもお姉様がわたしに言われたのは『生きる道は自分でもぎとれ』――かな」

オリヴィアはその言葉通りに、一切を任せられる相手と結婚することを決めた。眩いブロンドを背中に波うたたせ、十六歳とは思えないほどの美しい肢体を誇る姉は、美少女から美女への道をまっしぐらに突き進んでいる。オリヴィアはエリザの自慢の姉だ。

ティスは首を横に振った。

「僕に言ったのはエリザだから、僕にはエリザの言葉なんだ。『生きる道は自分でもぎ取れ』っていうのも覚えた。忘れない」

「……ティス」

また涙がこみ上げてくる。

「エリザ、僕は絶対にまた逢うつもりだよ。手を出してくれる？　僕も出すから、掌に名前を書いてほしい。忘れていても思い出せるようにしておきたいんだ」

そういえば魔術師の卵だったと思い出す。けれど、二人で遊んでいるときに魔術が働いた気配はなかったので、すっかり忘れていた。

田舎では魔術師の仕事がないし、雇えるだけのお金持ちもいない。見かけることがないから、どういうふうに不思議な力が働くのかは知らなかった。

——『卵』だったわ。まだ上手く使えないって言ってたもの。なにも起こらない、よね？

だれにともなく確認する。

たった九歳でありながら、自力で空間跳躍をして遠くへ来られること自体が、魔術師として多大な魔力を持っていることの証明だったが、エリザには分からない。

ティスがエリザを無理やり引き留めようとか、一緒に連れて行くとか考えた場合、魔術でそれができてしまうことも、そのときの彼女には想像もつかなかった。

差し出されたティスの掌に、エリザは右手の人差し指で《エリザ》と書いた。ティスの指先がひくっと曲がったのを横目で見て、彼女はクスンと笑う。

——やっぱり可愛い。弟がいるっていいな。

筆やペンで書いたわけではないので、幼いティスのふくりとした掌には何も残らない——はずが、いきなり黒い線が浮き上がって彼女の名を刻んだかと思うとすぐに消えた。

「あれ？　ティス、魔術を使った？」

「使ってない。変だな。魔術には呪文がいるんだ。なにも言ってないし、呪方陣も出てない。無意識に働くってやつかな……」

「うーん。気のせいだった？」

ティスは眉を寄せて考えたが、答えは出なかったようだ。

「分からない。今度は僕の番だ」

彼は左手を出してエリザの掌を誘う。すでに自分の名を書いていたので、エリザはティスに己の手を預けた。

ティスは彼女と同じく人差し指で名前を書いたが、エリザは《ティス》と書いたにしては文字数が多いのに気が付いた。

彼女がなにか言うよりも早く、先ほどと同じで黒い線で描かれた名前が一瞬浮き上がってすぐに消える。速かったので、どういう文字があったのかを見逃してしまった。

エリザが自分の掌を胸の高さに上げて見ても、なにも描かれてはいない。

「ティス……。名前を書いたんだよね」

「うん。僕の名を書いた。僕を忘れないで、エリザ」

恐らく二度と逢えない友達だ。別れるときに余計な疑念を抱きたくないエリザは、思い切りもよく『うんっ』と勢いよく頷いた。

彼女は、ティスが名前を書いた手をぐっと握って見せると、端的で迷いのない声音で言う。

「忘れない。私がつらいときに傍にいてくれたんだもの。忘れないよ、ティス」

「僕のこと、好き？」

「ええ。ティスは？」

「大好きだよ！」

嬉しそうに笑う少年の笑顔が眩しい。

「待っていて、エリザ。エリザに逢うために、もっと大きくなって、もっと力をつけるよ」

「ティス。自分のためよ。自分のために頑張って」

「うん。じゃ、エリザ。最後にもう一回駆けっこをしてくれる？　僕は十勝十一敗だから、このまま別れたら負け越しちゃうよ」

「勝ち越しの差を広げてあげるわ」

少年の大きな瞳が、ものすごく真剣に彼女を見つめる。エリザは笑った。

子供のころの三歳の差は大きい。しかし、子供用とはいえエリザはハンデとなるドレス姿だ。それを抱えて走るのは、家庭教師や乳母が見ていたら絶対に止めるだろうが、ティス以外誰もいないからよしとした。すでに、いままでに何度も走っている。

「じゃ、いつもと同じ、あの木までね。負けないからっ！」

馬が繋いである原っぱの端の木を指し、エリザの『――はじめ！』の合図で、二人は走り出す。

暖かな日差しが少年と少女を包んでいた。空は青く、山々の緑は新芽で少し薄くなっている。エリザとティス以外は、世界に誰もいないかのような春の日のことだった。


九年が過ぎ、九年目の春がきて、エリザは二十一歳になる。

ティス――本名をカーティスという――が十八歳になったその年、二人は再会する。エリザには思いもかけないことだったが、カーティスにとっては予定行動の結果だ。

コード王国の第三王子カーティス・ボナ・コードは、天才的魔術師だった。

九歳のとき、閉じ込められていた部屋から抜け出していたことが発覚して、彼の力を恐れた国王によりギルド特製の塔に幽閉された。

しかし、八年過ぎる間に、長兄の王太子と次兄の王位継承者が国を出奔、国王はやむなくカーティスを塔から出した。幼いころと違って自分の力を制御できていたカーティスは、父親の目がねに適い、近い内に王太子の指名を受ける。時は来たとばかりに、彼は王に願い出た。

「モメント公爵夫人の妹、エリザ・クレメンタイン嬢と結婚したいと思います。クレメンタイン男爵はすでに亡くなっていますが、モメント公爵がエリザ嬢の後ろ盾になっています。三歳年上ではありますが、僕の結婚相手として申し分ないと考えます」

モメント公爵とは水面下で打ち合わせ済みだ。

長兄の駆け落ちや、次兄の自分探しの旅を画策したのはカーティスだった。モメント公爵が彼の後押しをして、兄二人が帰国しないよういまも極秘に仕送りを続けている。

当人たちは喜んで国を出たので、誰にもとやかく言われる筋合いはない。

――エリザ。やっとだ。やっと逢いに行ける。やっと、あなたを僕のものにできる。待っていて、あと少しだから。

『生きる道は自分でもぎとれ』というエリザの言葉通りに、邪魔者を排除して、父親を誤魔化し、彼女に相応しい己の立場を整えた。

かくして、世界征服をも可能だとギルドが認めた天才魔術師カーティスは、夜空に向かって『再会だ！』とばかりに拳を振り上げたのだった。

第一章　エリザ、王子カーティスに求婚される

モメント家の王都屋敷はとにかく広い。使用人は多いが、屋敷の中のすべてをきちんと清掃するには、三倍の人員が必要だろう。庭がいくつかあるし、部屋数も多い。

使用人の棟も合わせれば百を超えるであろう部屋の三分の一くらいは、家の歴史に見合うだけの雑多な《由緒ある品々》で埋まり、手つかずで放置されている。

物置になっている屋根裏部屋が三つもあり、主棟の最上階は、《遠い昔の大鏡》《十五代前の奥方様の手紙の書き損じ》など、わけの分からない品々が放り込まれていた。

出入り口となる扉をばんっと開いて、黒と白で纏（まと）められた侍女のお仕着せ姿で白いエプロンを身につけたエリザは、主棟の屋根裏部屋に一歩入ると明るく言い放つ。

「掃除のし甲斐のある部屋ね。さぁ、やってやるわよ！」

右手には下働きのメイドが使う箒（ほうき）、左手には水の入ったバケツに雑巾を握っていた。

すぐ後ろから着いて来たエリザ付きの侍女シュスが、声を潜めて注意する。

「エリザ様。まだ扉を閉めておりません」

はっとして振り返ったエリザは、上って来た階段を眺めて誰もいないのを確かめたあと、シュスと一緒に部屋の奥へ足を進めて扉を閉めた。

「誰もいなかったわよね」

「はい」

端的な返事をくれるシュスは、彼女よりも一つ年上になる。

いつも黒い髪を頭のうしろで丸めてネットを被せ、敏捷に動いて侍女としての仕事をこなすかたわら、常にエリザに付き従ってくれる。

シュスが素っ気ないと思えるほど言葉が少ないのはいつものことなので気にならない。むしろ、おしゃべりでないのが嬉しいほどだ。

エリザはほっとした様子を見せてから、シュスに微笑みかける。

「今日はなにも予定が入っていないから、一日ここで掃除をしていられると思うと気が逸ってしまったわ。お姉様に誰にも知られないようにって釘を刺されているのにね」

屋敷の女主人オリヴィアの妹が掃除をしていては外聞が悪すぎる。

とはいえ、掃除はエリザの趣味だ。

服から食事からすべてを姉にまかなわれているモメント家の居候としては、いつも着ている貴婦人のドレスを汚しては申し訳ないので、シュスと同じ侍女のお仕着せを用意してもらっている。移動の際にはマントを羽織って隠す。

使われていない部屋の掃除を始めてからすでに数年過ぎたが、今もってやめる気にはならない。

身体を思い切り動かせると同時に、最後は、綺麗になった部屋を見回し、腰に手を当ててふんぞり返りながら満足感や達成感に浸る。その瞬間は、エリザにとって非常に貴重だった。息が詰まるような暮らしの中で、数少ない息抜きの一つになっている。

最後にやろうと思って残しておいたこの屋根裏部屋には、古い家具やほこりまみれの絨毯、山積みの本などが雑多に置かれていた。エリザはそれらを満足そうに眺める。

「一か月くらいは掛かりそうね。空いた時間を割り当てるしかないから、仕方がないけど」

「一か月では無理かもしれません」

「望むところだわ。ここを片付けてしまったら、最初に戻ってまた始めるつもりよ。一階の隅の部屋はずいぶん前に掃除したきりだもの。埃も溜まったでしょうから」

くっと顎を引いて前を見る。

「まず屋根窓を開けないとね。シュスは座って休んでいてもいいのよ」

「まさか。そんなことはできません。やりましょう」

「付き合ってくれて、ありがと」

シュスは、困ったような嬉しいような顔をして目を伏せた。

そうして二人は楽しく動いて掃除をしていった。

エリザの長いブルネットは、後ろで無造作に纏めて髪用の網で包んでいるので邪魔にならないし、侍女の服は動きやすくて掃除をするにはとても助かる。

物が片付いてゆくに従って頭の中も片付く気がするから、掃除をしながらふわふわと思考を遊ばせて、自分の置かれた状況をとりとめもなく顧みる。

故郷のクレメンタイン男爵領を出て、姉と結婚したモメント公爵の王都屋敷へ入ったのは、エリザが十二歳になったばかりのころだ。以来、瞬く間に九年過ぎた。

広さに驚いた屋敷にも慣れ、家庭教師たちのおかげもあって少しは貴婦人らしくなったつもりだ。

しかし、宮廷社交界へのデビューは済ませていてもエリザは貴族の集まりに出ないので、自分はこれでいいのかどうか、自信が持てないでいる。

モメント家は、幾つもある名門貴族の中でもかなり地位が高い。エリザの立場は、義兄の公爵が後見人になってくれたので、外に向かってはしっかりしている。

しかし、クレメンタイン男爵の娘という出自は変わらない。変えたいとも思わないが。

屋敷の使用人たちは、エリザのことを『田舎貴族の娘』とか『モメント家の居候』とか聞こえよがしに言う。

オリヴィアが、屋敷の女主人としての地盤を固め、その権威を振るって余計なことを言う者たちの解雇を繰り返した三年前まで、エリザに対する虐めにも似た扱いは止まらなかった。

いまは、表立っては静かなものだ。陰口はたまに耳に入る。特に『居候』という単語はエリザの背中に張り付いていて、新しい使用人もすぐに口にするようになった。

――言われなくても、お姉様の邪魔だけはしないつもりよ。

掃除をしている最中なので、心に沸きあがる憤懣が手の動きにも出る。パンパンと埃を払う手つきが多少荒くなった。

果断で動きも速く、ときとして拙速になってしまうエリザは、姉のことだけは一歩譲り、その言葉に異を唱えないと決めている。

それでも息が詰まってくると、掃除だ。他には、庭へ出て散歩という名の《小走り》もする。

「あら？　これはなにかしら」

古い書斎机の上には山盛りに紙束が積んであったが、一番上にあった書類箱は漆塗りのずいぶん立派なものだった。中になにが入っているのか確かめたくなって手を伸ばす。

「エリザ様っ、上が崩れますっ」

「え？」

すぐ横にはかなりの高さまで積まれた本の山があった。肘がそこを掠めたのか、エリザに向かって倒れてくる。少し離れた位置で床を拭いていたシュスが声を上げたが避けきれそうにない。

どどど……っと倒れてくる分厚い本の下敷きになる——というところで、崩れてきた数々の本は宙で停止した。エリザはすぐに、跳ねるようにして横へずれる。

位置を変えた途端、本は再び落ちてきて、彼女が立っていた場所を埋める。途中で止まってくれなければ、間違いなく下敷きになっていた。

「……助かったわ」

低い山になった本の塊を眺めて小さく呟いた。隣にやって来たシュスが、驚いた顔で言う。

「本が落ちるとき、途中で止まりませんでしたか？」

「止まったわね。……シュス、少し休憩しましょう」

エリザはシュスの手を取って、近くにある穴の空いたソファに並んで座った。

「あのねシュス。こういうことがたまにあるのよ。お願いだから、お姉様やお義兄様には言わないで。心配を掛けてしまうわ」

「たまに？　あるのですか？」

シュスのグレーの瞳が見開かれてエリザを凝視している。エリザは困ってしまった。

「魔術を使ったみたいな？　奇妙で不思議なことがあるの。おかげで、私がとぼけたことをやっても、怪我だけはしないのよ。王都へ来て数年すぎたころから始まったの。この一年は特に頻繁に起きる気がするわ。さほど危ない状態でなくても、奇妙なことがあるのよ」

「一年前から特に、ですか」

「うーん……。ちょうどいいからシュスに聞くわね。あなたが私のところへ来たのは一年ほど前でしょう？　前の侍女はお姉様が解雇されたから、そのあとで来たのよね。まさかとは思うけど、あなたがやっているのではないの？　シュスは、魔術師ではなくて？」

エリザの両眼が、瞳の青さを濃くするようにして真正面からシュスを見つめた。

シュスは一息入れてから答える。

「なぜ魔術師だと思われるのですか？　呪方陣も呪文もなにもありませんでした。第一、魔術に必要とされている魔石は、普通の者は持っておりません」

「そうだけど。でも、確かAクラスかそれ以上の魔術師なら、魔石や呪文がなくても自分の中の魔力だけで即座に魔術を動かせるのでしょう？　私が読んだ本の中に書いてあったわ」

エリザが得ている知識によれば、《Cクラスは魔石と呪文を必要とする。Bクラスが魔石だけで魔術を行使できる。そしてAクラスはなにも必要としない。それぞれに三段階あるので、魔術師のクラスとしては九段階になる》ということだった。

魔術に対して興味があるのはティスの影響だ。

あの原っぱでの出来事は、エリザの中でとても大きなものだったので、家庭教師から教えられる知識以上のことを知りたくて、図書室で魔術に関する本を見つけては読んでいる。

「エリザ様。もしも私がAクラスの魔術師であれば、侍女はしていません。ギルドに属して、魔術師としての仕事に就いているでしょう」

う……と詰まったエリザは、視線を下げてほぅとため息を漏らした。

「そうか。そうよね。時期があまりにも同じだったからつい考えてしまったのよ。変なことを訊いたわね。ごめんなさい」

『ごめんなさい』のところで、シュスはなぜか目を見張った。そのあとわずかに微笑む。

彼女は前方を見ながらエリザに訊いてくる。

「貴族の方々は、知識の取得のために魔術に関する勉強をされますが、なにかの折にいきなり魔術が働いたかどうかなどお考えになりません。エリザ様はどこかで魔術師を見たことがあるのですか？」

エリザは、シュスにしてはずいぶんたくさん話しているなと思いつつ返事をする。

「ない……かな」

ティスのことが頭を過ぎるが、少年は魔術師というにはまだ卵だった。

あのころもそうだが、いまも、仕事にありつけない田舎はもちろん、王都でさえ魔術師には滅多にお目に掛かれない。

職業として成り立っているとはいえ、社会的地位は低く、異質な力を持つ者として王城からの縛りも大きい。不思議な力は忌避されるものだ。不確実な存在であり、なにをするか分からない面もあって恐れる人が多いので、普通の状態で仕事が依頼されることは少ない。

そうはいっても魔術師は確かに存在するし、王都の下町には魔術師ギルドという組織が作られていて、彼らの生活を守っているらしい。

――ティスは十八歳になったはず。もしかしたら、ギルドに所属する魔術師になっているかもしれないんだわ……。

この季節になると、一途に見上げてくる黄金の瞳を思い出す。

最初はとても利かん気で攻撃的な表情をしていたティスは、いつの間にか柔らかく笑うようになった。あの当時はあまり気に留めなかったが、いま思い返してみるとかなり整った顔立ちをしていたし、笑うと非常に可愛らしかった。

――最後の駆けっこ勝負……、どちらが勝ったのかしら。

そこだけがすっぽり抜け落ちていて、どうしても思い出せない。

大切な思い出だというのに、奥歯に物が挟まったかのように歯がゆかった。だからこそ余計に、あの頃のことを何度も思い浮かべるのかもしれない。

――それとも、屈託なく笑っていた自分に戻りたいから思い出すのかもね。だって、いまの私は、あのころとずいぶん違ってしまったような気がするもの。ねぇティス。どう思う?

自分でも感じる。覇気がない。前を向いて走っていたあのころとはまったく違う自分。

かといって姉の重荷になりたくないから、口を噤(つぐ)んで、奔放に動き出したい気持ちを宥(なだ)めている。

ティスのことは、オリヴィアには話さなかった。理由は単純で、乳母には町へ行くと言って出かけていたのに、実際は山に近い原っぱへ行っていたからだ。

本当のことが知られると、乳母が監督不行き届きだと責められてしまう。

――いつか成長したティスに逢えるといいな。ティスも『絶対にまた逢うつもり』なんてこと言っていたじゃない。

エリザは一生懸命だった少年を思い出して、ふふふ……と笑った。気持ちが上昇する。

彼女は、天井を眺め、四角い窓から入る陽光を見て、勢いよく立ち上がった。

「さ、休憩は終わり。始めるわ」

「はい」

「シュス。何度も言うけど、これは私の趣味なのよ。座っていていいの」

表情が薄いはずのシュスは、見て分かるほど相好を崩して笑うと、エリザを追い越すようにして動き始めた。エリザも負けじと箒を握る。そうして夕方には終了だ。

大して片付いてはおらず、まだまだ雑然としていてちょっと悔しい。と同時に、作業が残っているのが嬉しいくらいだ。

「明日もできるかしら」

「オリヴィア様とお茶のご予定が入っています。夜は晩餐(ばんさん)ですね」

掃除のあとは入浴が必要だった。埃(ほこり)を被ったままで貴婦人のドレスに着替えるわけにはいかない。屋敷内では、貴婦人用ドレスの着用は必須事項だ。予定が入っている日は時間が不足するので、残念なことに、趣味に勤(いそ)しむことができない。

「そうだったわね。お姉様から、なにかお話があるそうよ。お茶の時間か……。それなら午前中に西の庭へ行くわ。明日も晴れそうだもの。ね」

同意を求めると、シュスはわずかに頷いた。エリザは楽しげに笑って屋根裏部屋から出る。

廊下へ出れば、服を隠すためのマントを羽織って歩き出す。

晩餐もない日なので、部屋で食事を取ってからぐっすり眠った。

思うままに身体を動かした日はよく眠れる。たまにこういう日があるから、窮屈な毎日でもなんとか過ごせていた。

翌日も晴天だ。気持ちの良い風に包まれて、エリザは庭へ出る。

噴水のある池が真ん中にあるだけの簡素な西の庭は、客にも住人にもあまり好まれないので誰も来ない。エリザの息抜きにはもってこいの場所になっていた。

薄めの黄緑を主体としたドレスの前側の布を軽く摘んで上げ、噴水の周りをぐるぐると早足で回る。スカート部分に重ねられた薄いジョーゼットがうしろに棚引(たなび)くほどの速さだ。

——居候なのは確かだから、早く結婚してこの屋敷から出てゆきたいのに。

いつまでも姉に守られるばかりではだめなのだ。貴族の娘らしく結婚して他家へ入り、女主人となって独り立ちしたいと思うのに、なかなか縁談が決まらない。

モメント公爵の後ろ盾があるから、かなりの良縁がくるというのに、何度やってもお見合いは上手くいかなかった。

——春の風って、ホントに気持ちがいいー……っ。

顔を上に向けて大きく息を吸い込む。時折立ち止まって、うーん…っと背伸びをした。

——……走りたい。

むくむくと沸き上がってきた気持ちのまま、エリザはダンスのステップを踏み始めた。架空の紳士を前にして、一人で踊りながら噴水の外側を大きく回ってゆく。

これなら、誰かに見られてもダンスの稽古をしていると言い訳ができる。奇行だとも言われるだろうが、今更のことだった。

「エリザ様、そろそろオリヴィア様のところへ行かれる時間です」

離れたところでエリザの動きを眺めていたシュスが声を掛けてくる。

エリザはくるくるくるっと回ってピタリと動きを止め、ポーズをとった。そのあと、優雅さに気をつけながらシュスに向かって貴婦人の礼をする。

「素敵でした」

相変わらず素っ気ないが、褒め言葉には違いない。

エリザは、この庭にある唯一のベンチの脇に立っているシュスのところへ近寄った。

屋敷の中では、エリザのために動いてくれる数少ない傍仕えの一人なので、つい親しげに笑い掛ける。するとシュスは、濃いグレーの瞳を瞼(まぶた)で半分隠して目元だけで微笑み、珍しく言い添えてきた。

「健康的で前向きで、エリザ様の動きは機敏なので見ているこちらも爽快な気分になります」

「シュスったら、褒めすぎよ」

「本当のことです。早くお相手が見つかってお二人で踊られたらよろしいのに。きっと王城でも注目の的になられるでしょう」

エリザは笑みを苦笑に替え、ベンチに座った。

すぐさま後ろへ回ったシュスが乱れた髪を直してくれる。どこから出すのかいつも不思議に思うが、手には櫛(くし)が握られていた。こういうところで魔術師ではないかと勘繰ってしまうのだ。

エリザのブルネットの髪は豊かで軽く、激しく動くと先の方が縺(もつ)れる。落ち着かせるためには、シュスの櫛さばきが必要だった。

速くなった息遣いがまだ収まらないが、その勢いのままエリザは軽く言う。

「相手……。いるといいわね。この間のお見合いは上手くいったと思ったけど、お姉様はあの方はやめた方がいいとおっしゃっていたわ。たぶん縁談自体がなくなるわね。そろそろ私と結婚したいという方はいなくなってしまうんじゃないかしら。二十一歳になってしまったもの」

「エリザ様には、もっと外へ出られるのをお勧めします」

　国王陛下主催の舞踏会や他家での催しに出かければ、出逢いは多くなる。エリザ宛てに招待状も届いているはずなのに、オリヴィアが反対する。

「お姉様がおっしゃるには、王城の宮廷社交界は魑魅魍魎（ちみもうりょう）の巣だから、私などが行くとすぐに頭から食われてしまうそうよ。私は物知らずで世間知らずだから、この屋敷から出ないで、夫になる人をお姉様に選んでもらうのが一番良いのですって」

　高位の貴族の令嬢は、少女のころ親に相手を決められるか、社交界で捜すか、見初められるかのどれかだという。どこへも出なければ機会も少ない。

「……そうですか」

　シュスは反論したいような雰囲気を漂わせたが、結局なにも言わなかった。手を止めることもない。彼女はいつも、何事もない顔をして、見事なほど丹念に侍女の仕事を遂行する。

「お姉様のお言いつけは守るわ。お姉様はいつも私を守ってくださるもの。私ときたら、重荷にならないようにするのが精いっぱいなのにね」

　姉は、エリザが子供のころに両親を亡くしていて、きちんとした家庭教師を付けられなかったことをとても残念だと言い、自由奔放に育ってしまったと嘆いている。

　エリザにとって、自由に暮らした日々はとてつもなく大切なものなので気にすることはないが、どうやら自分は、公爵の後ろ盾を持つ令嬢として相応しく育たなかったようなのだ。

たくさんの家庭教師が付けられていろいろ学んだが、確かにおしとやかで物静かな貴婦人にはなれなかった。しかし、他はなんとかなった気もするのに、姉は嘆くのをやめない。

エリザ自身に分からなくても、眩いばかりのブロンドを持ち社交界一の美女と謳われるオリヴィアが言うのだから、自分はやはり貴族の令嬢としては失格なのだろう。

姉を嘆かせていると思うと、ため息が漏れてしまいそうだ。

「出来上がりました」

落とし穴にはまりそうだった気持ちが、シュスの声で我に返る。

「ありがとう」

明るく返事をすれば、シュスはどこからか手鏡を出してきて後ろを見せてくれた。

エリザはいつも大抵同じ髪型をしている。

モメント公爵の屋敷で夜会などが行われるときは結い上げるが、普段は横髪の短い分は頬へ流し一掴みほどを両側から寄せて頭のうしろで緩く一つに括る。そこに宝石の入った高価な髪飾りをつけている。リボンが髪飾りになっただけで、少女のころと同じだ。

シュスが鏡をどこかに仕舞ったので立ち上がろうとすれば、エリザの前に回ってきた彼女に動きを止められる。

「エリザ様、あの……このままで。少々お尋ねしたいのですが」

土の上に膝を突いたシュスが、ベンチに座るエリザを見上げて訊いてくる。

「なに？」

「私の前にお傍に付いていた侍女が解雇された原因は、エリザ様になにかを言ったからだそうですね。

他のメイドたちが話していました。言ったこと、というのは、もしかしたら『オリヴィア様はエリザ様を貶めている』と、そういったふうのことではありませんか？」

エリザは顔が強張るのを感じながら答える。

「……そうね。そういうことを言っていたわ」

「エリザ様にはとても良いご縁談もあったのに、オリヴィア様がすべて潰されたと――」

「シュス！」

エリザの青い瞳がぐっと濃さを増したようになり、シュスへ強い視線を向けた。

相手は友人に近い大切な侍女だったが、一気に戦闘態勢だ。エリザの怒りは、思い切りもよく分かり易い。シュスは目を瞬いて俯いた。

エリザは晴れ渡った空へ視線を投げる。そうしてから再びシュスへ顔を向けた。

「私ね。お姉様は、たった一人の妹として私のことをとても大切に思ってくださっていると信じているの。私がお姉様を大切に思うのと同じよ」

目を眇め、にこりと笑って続ける。

「縁談のことも、掃除が趣味というのを分かってくださる方はいらっしゃらないのよ。感性が合わないというか。お姉様がお断りしてくださるから助かっているくらいなの。忘れないで、シュス。私はお姉様を信じている。疑わないと決めているわ。だから二度と言わないで。お願い」

子供のころのことが思い出される。

両親が亡くなってすぐに、クレメンタイン城にいた執事が現金と母の宝石を盗んで失踪した。使用人の一部が巨匠の絵画を持ち去ったりもした。毎日何かが起こる。ひどい状態だった。

オリヴィアは、領地と領民、そしてこれから貴婦人のための勉強なり結婚なりをしてゆかなくてはならないエリザのためを考えて、自分の嫁ぎ先を決めた。手の中に残っていたものを守るために、己の身一つを差し出して、二十歳年上のモメント公爵ジェフリーと交渉した。

結婚を決めた時点では、ジェフリーが悪人ではなく、むしろ好人物だとは分からなかったはずだ。会って話せばとても有能だと感じる。姉はそれに賭けたに違いない。

時折乳母に手紙を出せば、平穏な田舎の様子が綴られ、穏やかな日々に少しも変化がないという返信が来る。それはすべて、潔く管理権を譲った姉の手際だ。

姉が望めば、わがままなど言わずに従う。それは、少女のころからのエリザの決意だ。彼女は頑固と呼ばれるほどの揺らぎのなさでその決意を貫いてきた。昔も今も。

土の上に両膝を突いたシュスは、黙ってしみじみとエリザを見上げていたが、やがて大きく息を吐いた。

「至らぬことを申しました。すみません。もう二度と口にしないと約束します」

口にしないだけで考えることはするのかと少しばかり笑えた。

シュスの指摘を受け入れる気はない。けれど同時に、このごろ姉と話をしていると、どうしようもなく意気消沈してゆくのも確かだった。

「では行きましょう。お姉様をお待たせするわけにはいかないものね」

ベンチから立ち上がり、屋内に入るために庭先から主棟の外廊下へと足を向ける。シュスは黙ってついてくる。

最後にもう一度振り返って春の陽光を眺めたエリザは、小さく呟く。

「――はじめ！」

昔、ドレスの裾を抱えて駆けっこをしたときに。エリザが出したスタートの合図だ。心が重くなりそうになると、たまにこうして気合いを入れる。

意識を集中して、前だけを見て全力で走るための言葉を口の中で唱えてから、エリザはしっかりとした足取りで姉の私室へ向かった。


長い廊下を渡り、階段を上って三階まで行ったところに、オリヴィアの居室がある。

モメント公爵の居室の隣に位置し、執事と共に屋敷を取り仕切る女主人の日常を賄う場所として、多くの部屋数を擁している。

オリヴィア専用のリビングに入室すれば、中で待っていた侍女に案内されてベランダへ出た。シュスは、室内でオリヴィアの侍女と一緒に待機する。

壁からせり出した長い庇（ひさし）の下のベランダは、とても広く、整えられた中庭を見下してお茶を飲むことができるすぐれものだ。風通しも抜群だった。

大理石の丸いテーブルと、高い背もたれのある四脚の椅子が設置されている。

テーブルの上にエリザの好物が載っていたので、思わず歓声を上げた。

「イチゴのタルト！　紅茶のクッキーもあるわ。美味（おい）しそう！」

「エリザったら、お行儀が悪いわよ」

テーブルの横で侍女たちにお茶の種類や出すタイミングを指示していた姉は、エリザを振り返ってくすくすと笑う。

輝くようなブロンドを右肩の上で緩く一つに結んで前に流し、大きな花の刺繍が施された紫色のドレスを纏う姉は、思わず見惚れてしまうほど美しい。胸元が大きく開いていて、身体の線を浮かび上がらせた魅惑的なドレスは、オリヴィアにとても良く似合っていた。

エリザのドレスは淡い色が多いうえに、レースやフリルがたくさんあしらわれて少々子供っぽい。

本当はもっと大人向きのドレスを着用したいが、すべてオリヴィアが選んでくれるのでそのままにしている。

「なにを突っ立っているの。さぁ、座って。タルトをいただきましょう」

「はい。お姉様」

香り高いお茶が出されて、楽しく午後のひと時を過ごす。

昔の思い出などを話している間に時間は過ぎ、エリザはちらりと視線を流して太陽が西へ傾き始めたのを確認した。晩餐の前に入浴するので、あと少しでお開きになるはずだ。

それを見て取ったのか、オリヴィアは今日の本題に入った。

「一週間前にこちらで催したお茶会のとき、エリザに引き合わせた方。ほら、ブリディッシュ侯爵のことだけど、お見合いだったというのは分かっているでしょう？　あちらは、是非、話を進めたいとおっしゃっているの」

いつもなら『お断りしておきましたから』という結果を聞くだけで終わる。エリザは不思議そうにオリヴィアを見た。

「お姉様はお断りされるとばかり思っていました。お義兄様はなんとおっしゃっていますか？」

「ジェフはお断りしようと言ったわ。でもね、よくよく考えてみれば、ここでお断りすると、地位が高くて財産も多いあれほどの家からの縁談はもうなくなるかもしれないわ。エリザがあの方と結婚したいと申し出てくれると、ジェフもそれ以上は言わないと思うのよ」

《ジェフ》というのは、モメント公爵ジェフリーの愛称だ。オリヴィアだけがそう呼ぶのを許されている。

オリヴィアは顔を伏せがちにして、タルトにフォークを入れながら話を続けてゆく。

「あなたのことは最初に説明したのですけど、それでもいいからとご了解されたうえでのお申し込みよ。これならお受けしても大丈夫かもしれないわ」

顔を上げてにこりと笑う姉はとても優しげだ。

「最初に説明、ですか」

「ええ。ほら、乳母の家で暮らした時期があるとか、クレメンタイン城は田舎にあったので貴婦人の勉強ができなかったとか。あなたは十歳でお母様を亡くしているから、教育が不足している面が多いでしょう？　ごめんなさいね、エリザ。親代わりだったのに。私が悪いの」

謝られると、自分は貴婦人として本当に足りないのだと思えてしまう。社交界の華である姉に対して、コンプレックスに近い気持ちを抱くのも無理はなかった。

エリザはお茶を一口飲んだ。

彼女は近いうちになんとかして屋敷を出たいと考えていた。この話を受ければ、結婚という正当な形でモメント家の屋敷から出られる。

オリヴィアがモメント家に嫁してから九年になる。いまだに子供ができない。モメント家は王家に近い家柄であり、由緒正しい血筋を誇るが、血縁者は少なかった。ジェフリーが若い妻を望んだのもそこに理由があるかもしれないのに、すでに九年だ。

──私が心配をお掛けしているからかもしれない……。

心配があると遠のくというし、屋敷の使用人たちも居候のせいだと囁いている。

──私のことが片付けば、きっと、赤ちゃんもお二人のところへきてくれるわ。

どちらにしても、オリヴィアが勧めた相手なら誰であっても受けるつもりでいる。だからその言葉通りにしようと思ったのに、ベランダに春の風が吹いてエリザの髪を揺らせると、いきなりまったく別な返答をしていた。

「あの方と生涯を共にできるとは思えません。申し訳ありませんがお断りしてください」

「え？」

オリヴィアは驚いて目を見張り、テーブルの向こうからエリザを凝視する。エリザが姉の言うことに反したのは初めてだったかもしれない。

「あ……」

エリザも自分の返事に驚いて口を薄く開けたまま固まってしまった。次の瞬間には両手を浮かせてバタバタと振り、思っていたことを口走る。

「あ、あのっ、ほんの少しでいいから、心が引き寄せられる瞬間でもあれば良かったのですけど……っ。どきどきすることもなかったし、第一、顔もまともに思い出せないのです……っ！　あ、あれ？　子供みたいですね、私」

「……あなたって、本当に、お父様が言ってらした《はじけ豆》だわ」

亡くなった父親は、元気いっぱいで、興味が向けばすぐさまとんで行ってしまうエリザに『おまえは、はじけ豆だね』と言って頭を撫でてくれた。そういうふうにされると、エリザは『キャーッ』と笑ってクレメンタイン城の外まで駆けたものだ。

懐かしい……などと言ってはいられない。オリヴィアが呆れるのも当然だ。

年齢的に貴族の令嬢が結婚するぎりぎりのところへきているにも関わらず、生涯を共にできるかどうかなどと、貴族の娘にあるまじき少女思考ではないか。

オリヴィアは深いため息を吐いた。そのタイミングを見計らったわけではないと思うが、ベランダへの出入り口となる窓のところがざわついた。

はっとして振り返れば、いつの間に来たのか、ジェフリーがこちらへ近づいてくる。

エリザは素早く椅子から立った。

「お義兄様。ご機嫌いかがですか」

ドレスの裳裾を摘んできっちり頭を下げる。当主に対しては、貴婦人として最上級の挨拶が必要だ。けれどそれ以上に、ジェフリーに深い信頼と敬意を抱いているエリザの身体は自然体で動く。

「エリザ、今日も可愛いね」

「ありがとうございます」

「オリヴィア、君はいつも美しい」

ジェフリーは鷹揚に笑いながら近づくと、エリザに対しては、『楽にしなさい』という意味を込めて軽く片手を上げた。エリザはその手の示すまま椅子に腰を掛ける。

公爵という地位もさることながら、財産家なので身に着けているものは最上級品であり、カフスどころか、上着にもドレスシャツにも、ボタンなどに宝石があしらわれている。

生まれながらの大貴族で、身長も高く、ほどよく筋肉が着いたバランスのいい肉体を優雅に動かす。少し癖のある淡い金髪と薄い鶯色の瞳をしていて、見た目の印象はとても柔らかい。

格好のいいミドルエイジとして、王城でも老若を問わずご婦人たちに囲まれるらしい。

立ち上がったオリヴィアのすぐ傍まで来たジェフリーは、妻の片手をそっと持ち上げると甲にキスをする。その後、肩を抱き寄せて頬にも軽く口づけた。

絵に描いたような夫婦なのに、熱情が滲み出ることもなく、規定通りの順番を守っているかのように淡々と動いてゆく。

ジェフリーは、家の財政を潤す商いも上手いし、政治的手腕もあって大臣職まで務める男だが、家族に対する愛情をあまり表に出さない。できる男というのはこういうものなのだろうか。

一方、オリヴィアの方も、貼り付けたかのような笑顔をジェフリーに向けている。

――仲が悪いわけでもないから、これが普通なのかな。

エリザからすればとても不思議な夫婦関係だ。いつもこういう雰囲気に接しているから、噂通り、ジェフリーがオリヴィアを選んだのはたくさんの子供がほしいからだと考えてしまう。

オリヴィアに椅子を引いて座らせたジェフリーは、自分も丸いテーブルを前にして座った。すぐさま新しいお茶が運ばれてくる。

侍女たちをベランダから下がらせたオリヴィアは、そこでようやく夫に問う。

「ジェフ。どうなさったの？　王城へ行かれていたでしょう？　いきなりお帰りになるなんて、なにかありましたか?」

「大切な話をするために一時的に戻ってきたんだ。用件を終えたらまた王城へ戻る。晩餐は今夜も参加できないな。すまない、オリヴィア。エリザ」

真剣な顔で言われる。オリヴィアもエリザも返事のしようがなくて、顔を見合わせる。

ジェフリーの怖いようなまなざしがエリザを捕らえると、彼女は奇妙な予感を得て背筋がふるりと震えた。

「ブリディッシュ侯爵からの縁談は断らせてもらうよ、エリザ」

「先ほど、お姉様にお断りしてくださいとお願いしたところです」

「ふむ。よかった。実はエリザに新たな縁談が来ている。第三王子との結婚だ」

「ええっ」

エリザが驚きの声を上げると同時に、オリヴィアも驚愕して繰り返す。

「第三王子との結婚!」

ジェフリーは、してやったりの笑みを浮かべて続けてゆく。

「実は前々から、殿下御自身から打診されていた。様々に手を回して、下拵えをしてきたのが実ったんだ。このたびようやく陛下のお許しをいただいたんだよ。王家との縁談だ」

ジェフリーは間違いなく有能だった。反対しそうな王家の縁戚関係者たちを取り纏められるほど、政治的手腕も高い。

彼は一呼吸おいてから、疑念を挟む余地のない確固たる口調で告げる。

「モメント家に断る選択はないが、一応エリザの意見も聞きたい。このあと王城へ戻って、国王陛下に『喜んでお受けします』と返事をしていいのかどうか、確認のために戻ってきた」

エリザはぽかんとして口を開けたままだ。オリヴィアは、美女としては似つかわしくない詰問口調でジェフリーを問い質す。

「第三王子は、病弱と言われ、長い間まったく公式の場へ出られなかったカーティス様ですよね。ほんの一年前からいきなり表舞台へ現れた、あの《麗しの殿下》？　でもあの方はまだ十八歳だったはずです。エリザよりも三つも年下ではありませんか」

「陛下は、三歳くらいなら構わないと言われている。なにより、カーティス様ご自身が強く望んでおられるからね。それが最重要だそうだ。カーティス様は他の者が連れてきた花嫁候補など目もくれない方だからな」

「……カーティス様？」

ようやく意識が追いついたエリザが、目をぱちぱちとして一人ごちた。

王城へ出仕する用もなければ、宮廷社交界に出ないエリザは、次期国王となる王太子の名前だけは知識として得ている。しかし顔は分からない。王家や王城などについては非常に疎く、遠い景色に過ぎなかった。いままでは。

このときエリザがもっとも気を引かれたのは、第三王子の名前だ。王家の事として聞いたことがあるはずだが、まったく気に留めていなかった。それがいきなり目の前で形を取り始める。

――ティス……カーティス。まさかね。名前の一部が同じだけの偶然でしょう？　だって、駆けっこしたのよ。病弱では無理だわ。

思考がぐるぐると回った。耳は塞いでいないのでジェフリーの声は聞こえる。

「王太子だった第一王子も、次の王位継承権を持つ第二王子も、それぞれの事情で国を出てゆかれた。ラングルド王も、さすがにカーティス様を塔から出すしかなくなったんだ。いまやたった一人残った王子殿下だからね。ただ一人の跡継ぎというわけだ」

——塔？　病気で隔離されていたということかしら。

新たな情報をかみ砕くだけで精いっぱいのエリザと違って、オリヴィアは第三王子について知っていることがあるようだ。もしかしたら、王城で会っているのかもしれない。

「カーティス様は婚儀が終われば王太子に指名される。その関係で、空席だった第三王子の後見役に私が抜擢(ばってき)された。これで大臣筆頭になる。先行きには、宰相も視野に入ってくるな」

エリザは、すっと口角を上げたジェフリーの顔を無言で眺める。世情に疎い彼女でも、モメント家にとって、王家と縁戚になるこの機会は、絶対に失うわけにはいかないと察せられた。

魑魅魍魎が蠢(うごめ)くと言うほどには王城の内部を知っているオリヴィアは、すぐさま未来図を描く。

「宰相……。つまりエリザは王太子妃、いずれは王妃ということでしょうか」

「王子殿下の正妃だから、滞りなく運べばそうなる。婚儀が一番先だ。次に王太子の指名。ここまでは、こちらが返事さえすればすぐに予定が立てられるから、早いぞ。国王陛下のご健康次第で、カーティス様が次の国王になられるのは遠い先かもしれない。しかし、道筋はつけてゆける」

オリヴィアは、ぎぎぎ……と音を感じるほどぎこちなく正面に座るエリザへと顔を向けてきた。姉の青い目が、エリザを呑(の)み込(こ)まんばかりに強く見据えて瞬く。

エリザは姉の瞳の奥に走り抜けたぞくりとするような冷たさと、そこから覗(のぞ)く底の見えない深淵(しんえん)の淵(ふち)に戦(おのの)きを覚えた。

優しい姉、そして妹を大切にしてくれる姉、ときおり冷酷な視線を寄越す姉は、エリザにとって、いままではたった一人残っている血を分けた家族だ。

ジェフリーもエリザを見ている。『一応』であっても、エリザの意見を聞くために戻ってきてくれた義兄は、己の一存で返事ができる立場にありながら、彼女のために時間を割いてくれた。

二人から視線を向けられたエリザは、息を詰めるようにして考え、そして答える。

「……王家からの縁談をお断りできないのは理解できますし、この機会を幸運と考える女性は多いでしょう。私も、普通では得られない人生が待っていると思えば、この先を楽しみにできそうです。お義兄様、このお話、お受けいたします」

座ったままとはいえ、エリザはすっと頭を下げた。

ブリディッシュ侯爵の場合とは明らかに違う。モメント家のためを思えば、王家との縁談を断るなどあり得ない。

義兄のジェフリーを尊敬しているエリザにとって、好きな相手がいるわけでもないのだから彼の希望を優先できるならそれに越したことはなかった。

しかも、姉夫妻の役に立てるという望むべくもない形で、この屋敷から出てゆける。

短時間とはいえエリザなりに考えた末の返事だったが、オリヴィアが平坦な声で割り入ってくる。

「ですが、ジェフ。この子には王家に入るような教育は授けていません。王妃どころか、王子殿下の妻であっても、天地が引っくり返ろうともなれようはずがないのです」

いままではぼんやりとした言い方だったのを、オリヴィアはエリザではダメだとはっきり主張した。

エリザは役に立たないと言われたようでがっくりする。ところが、ジェフリーは柔らかな口調で、オリヴィアの意見を撥ね除ける。

「この縁談は断れないのだよ、オリヴィア。カーティス様のたっての望みという好条件だ。エリザが拒否するならともかく、当人が受け入れると言っているなら、できる限りすんなり進めたい。王太子妃のための勉強はすぐに始める。いいね、エリザ」

ぐっと顎を引き、ジェフリーを見つめたエリザは深く頷く。

「はい。お義兄様。よろしくお願いいたします」

エリザには果断な性情と早い決断力がある。このところ姉へのコンプレックスに押されて、その輝きが薄れていたが、ブリディッシュ侯爵との縁談を断りたいと言ったのと同じで、即断は可能だ。

そして一度決めるとうしろを振り返らないという精神力も健在だった。

場合によっては危うくなる局面もあるが、少なくとも王家との婚姻は、モメント家のため、ひいてはオリヴィアのためになるという明らかな理由があるので決断もしやすい。

蒼ざめたオリヴィアとは対照的に、明るい顔をしてジェフリーは笑う。

「良かった。望まない結婚を押し付けるのは、さすがに躊躇われるからね。私は政治的な思考をする癖がついているが、かといって、すべてをそのための犠牲にする気はないんだ」

目を細めて語りかけてくる義兄の笑顔を見つめる。有能すぎる彼は、『すべてを』と言葉にしたが、これは『家のために犠牲にするものもある』と言っているのと同じだ。

しかし、エリザの気持ちを訊いてくれただけで十分だと思う。応えたい。ただ、オリヴィアにとっては、返事をするだけでは済まない事態のようだ。

「予定は？　ジェフのことだから、予定立てもほとんど済んでいるのではありませんか？」

「今日これから王城へ戻って返事をする。一週間後にはカーティス様の婚約者として陛下への目通りだ。滞りなく済めば、エリザはその日のうちに王太子妃の居室へ移り住んで、婚儀のための打ち合わせをしてゆくことになる」

「ジェフ……っ！　そんなに早く王城へ移るのですか？　王太子妃の部屋？　一週間後なんて早すぎます。妹の結婚だというのに、しかも王家との縁談なのに、準備はどうすればいいのですか？」

貴婦人のドレスはお針子を何人も必要とするし、装飾品や調度の類も用意してゆくなら、最低三ケ月は必要だ。オリヴィアが悲鳴を上げるのも当然だった。

この問いは予想済みなのか、ジェフリーは落ち着いた様子で説明する。

「この話が動き出したのは一年前だ。しかし、陛下のご決定が出るまでは、話が潰れた場合を考えてエリザの見合いは続けてきた。嫁ぐ準備もしてきただろう？　私としては、カーティス様への輿入れ用という腹積もりだった。カーティス様の方でも準備はされている。心配は要らない」

エリザは義兄を呆れたまなざしで眺めたが、異存はない。

オリヴィアは中庭へと視線を落とした。

「……そうですか。確かに、エリザの輿入れ準備はしてきましたものね。ずいぶん高価なものばかりだったのは、そういう理由がありましたか。でも、私にも話してくださらなかったなんて……」

「オリヴィア、すまない。王城内は様々な陰謀が渦を巻いているし、どこに魔術師が隠れているか分からないから、結界が敷いてあるカーティス様の私室でしか打ち合わせができなかったんだ」

「そうですね……。魔術師は契約で主を選びますものね。誰がジェフの足を引っ張ってしまうか分かりませんし、安全を期すなら誰にも話さないのは正しい判断だったと思います」

顔を上げたオリヴィアは、夫に向けて優しく微笑む。とても綺麗な笑みだったので、ジェフリー共々エリザも見惚れてしまった。

——やっぱり王城って、お姉様が言われた通り魑魅魍魎が蠢く世界なのね。モメント公爵の後ろ盾があっても大変そう。……私……とうとう一人になるんだ。

夫がいるなら二人で生きてゆくことになるはずだが、いまはまだ顔も知らない相手だった。一人になると考えた途端、なぜかふわりと身体が軽くなる気がする。もう少女ではない。姉の守りから出るときが来たのを全身で感じた。

「一週間後に王城へ入るとして、ジェフ、結婚式の予定は？　どうなのでしょう」

「王城に入ってから最短の期日設定になる。私は、婚儀は三か月後という提案を御前会議で出すつもりだ。カーティス様からはできる限り早くという要望が出されているし、国王陛下もそれをお望みだから、満場一致で間違いなく賛同を得られるよ」

今度はエリザが声を上げる。

「王子殿下の結婚式なのに、三か月後なのですか？　準備がたった三か月？」

いまは春だから、三か月後なら盛夏直前となる。コード王国は大陸の中央に国土広げる王国だが、王城を含めた王都はその中でも北よりなので、夏場といってもそれほど暑くならない。気候次第で、とてもさわやかな日を迎えられる可能性が高かった。

ジェフリーは笑って頷く。

「陛下としては、決まったのだから早急に跡継ぎをもうけよと仰せだった。兄王子が二人もいなくなってしまわれたからな。結婚式前でも構わないそうだ。まぁ、これは内緒の話だが」

頭の中がぐらぐらしてしまったエリザは、瞬(まばた)きを繰り返しながら義兄を見つめるばかりだ。

ジェフリーは、一通りの話を終えたので王城へ戻ると言った。

「エリザ。おめでとう」

「ありがとうございます、お義兄様」

彼はエリザの頭の上に手をやって撫でたいという素振りで腕を浮かしたが、思いとどまってくれた。ほっとした。小さなころからの後見人だが、さすがにもう子供扱いはやめてほしい。

エリザとオリヴィアは、彼を見送るために椅子から立った。

――とんでもないことになったけど、自分で決めたということを忘れてはいけないわね。

選んだのは自分。そう言えるだけの場を作ってくれたジェフリーに感謝する。叶(かな)うならば、第三王子がものすごく嫌な人物でないようにと祈りたい。さらに言うなら。

――王城に掃除ができる余地はあるかしら。私が掃除をするのは変？　う、誰かに訊けないかな。お姉様に聞いたら絶対にダメって言われそう。

ジェフリーがベランダから出てゆくと、オリヴィアは前を向いたままエリザに訊いてきた。

「一年前……、いえ、それ以前に、王都か王城でカーティス様に会ったことがある？」

「いいえ。私はこの屋敷から外へ出ていません」

十二歳のときにモメント家の王都屋敷へ来て以来、王都や王城はもとより他の屋敷へも行ったことがない。貴族の令嬢はみなこんなものだと聞いている。

「そう。そうだったわね。不思議ね。どうしてあなたをご指名になったのかしら」

「私にも分かりません」

「あなたが四年ほど前に王城で社交界デビューをした時は、兄王子だけでカーティス様は表に出られていなかったわ。この頃ようやく夜会や舞踏会に出席されるけど、エリザは王城へ行っていないのよね。本当に不思議だわ」

鼓動が高鳴る。なぜこれほど胸が騒ぐのか。

――予感がするからだわ。なにかが起こる予感。怖くて、でもわくわくする不思議な感覚。カーティス様はどんな方かしら。《麗しの殿下》という二つ名が本当なら、優しげで儚い人かも。看護を必要とするような人なら、エリザが三歳年上でも構わないのかもしれない。

新しく動いてゆく事態が気持ちを浮き立たせ、かつて姉から聞いて自分でも口にした言葉『自分が生きてゆく先は自分で決める』が、脳裏を過ぎる。『生きる道は自分でもぎ取れ』と心が言う。

「エリザ、忙しくなるわね」

「はい。お姉様。よろしくお願いします」

くるりと振り返って微笑んだオリヴィアは、いつもの穏やかで優しい姉の顔に戻っていた。

入浴は晩餐の前に終えている。部屋へ戻って夜着に着替え、ベッドへ入った。『おやすみなさいませ』の言葉を残してシュスも退室していった。

軽い羽毛布団は春浅いこの時期でも過不足なく暖かい。明かりを消せば、いつもと同じにすぐさま眠りに入るはずなのに、エリザは目をぱっちり開けて天蓋の天井を眺めている。

――眠れない。

晩餐はオリヴィアと二人で取ったが、どちらも上の空で会話をしていた。

――お姉様はこの縁談に反対なのかしら。教育が足りないと言われていたから、そのせいかな。

そういえば、寂しいことに『おめでとう』と言われなかった。エリザが幸せになれば、これで良かったといつか思ってもらえるだろうか。

――眠れない……。当然か。とうとう結婚することになったんだもの。顔も姿も知らない人で、おまけに三つ年下の王子殿下だなんて。……ティスも三つ下だった。だけど、偶然だよね。病弱というのがすごく違うし。

病弱の一事が大きすぎて他はすべて偶然としか思えない。それでも気になる。

うー、うーと唸りながら枕に伏せていたエリザは、あまりの眠れなさに参ってしまった。

仕方なくむくりと起き上がる。軽い上履きに足先を入れ、ナイトガウンを羽織って、ベッド下の箱の中にいつも用意してある布きれを取ると、火の入っていない暖炉を磨き始める。

身体を動かしていればそのうち眠くなるだろうと考えたが、まったく瞼が下りてこない。却って目が覚めてしまった。

――掃除もダメ……。じゃ、少し散歩でも行く?

そろりと歩いて部屋から出た。シュスは眠っているだろうから呼べないので一人で廊下をゆく。

夜の一人歩きなど良家の子女には許されない暴挙だ。特に結婚まで決まった令嬢が、供も連れずに部屋から出るなどもっての他だとは分かっている。

しかし、少なくとも屋敷内だからと心の中で言い訳をして、エリザはいつもの西の庭へ向かった。

実は、夜の散歩は何度目かになる。屋敷の周囲は警備のためにモメント家の私兵が巡回しているが、エリザはいままでの経験から、西の庭辺りへは警備兵が来ないことを知っていた。

そぉっと歩いてゆく。今夜は夜会などの催しもないので、屋敷内はとても静かだ。

――遅いものね。夜番以外はみんな眠る時間だわ。

真夜中でも廊下には明かりがあり、庭に外灯が設置されている。おまけに月夜だった。

西の庭に到着すれば、丸い月が噴水を照らしている。夜中でも止められていない水流がわずかな光をきらりと弾いた。

幻想的な風景に心を奪われたエリザは、最初は周囲を見回しながらゆっくり歩き、次には夜着の裾を持ち上げて池の周囲を走り始める。

――走るの、好きだ……。こういうことは、王城へ行ったらきっとできなくなるわね。

ブルネットの髪は括っていないので、彼女が風を切って走れば後ろに広がって棚引く。

この庭では踊ることもあった。彼女は気が向いたところで両手を大きく広げてくるりと回る。手で持ち上げていたドレープいっぱいの裾が、ガウンと一緒に大きく翻った。

「あぁ……、気持ちがいいっ」

声まで出た。もう一回り……っと、大きめの池の周囲をもっと外側に広がってくるくると踊っていたら、池の水がさざ波立っているのに気が付いた。噴水の水しぶきが落ちているだけでなく、風も大してないのに、ざばんざばんと周囲の岩に打ち付けながら波打っている。

「なに、これ」

エリザは動きを止めて池の縁に近寄った。

すると、噴水の内側で水が彼女の腰辺りまで持ち上がったかと思うと、次にはざっと落ちて水面が光り始める。月光の反射と違い、水面自体が発光していた。

すぐに渦を巻き始め、下から浮き上がって出てくる者がいる。

「……うそっ」

よろりと二・三歩下がって叫び声を上げる……ところだったが、両手で口を押さえた。ここで叫ぶと、巡回をしている衛兵の注意を引き付けて大騒ぎになってしまう。

しかしこれは、どう見ても何か不思議な力が働いている現象だった。

——これって、魔術？　誰か呼ばないと。

魔力に晒(さら)される危険が屋敷の近くに来ていると思い至り口を開けるが、一気に姿を現した者を視界に捉えたエリザは、声を出すのも口を閉じるのも忘れた。

水面の漣(さざなみ)は収まった。水の上に少しばかり浮いた位置からさらに上方へすっと伸びた高い背丈と、一目で分かる貴族的な衣服、そして力の波動で上へ浮流する銀の髪が見て取れる。

高みからエリザを凝視している琥珀(こはく)色の瞳と目が合った。

——ティス……っ？　え？

空中に浮いている彼は、かつて見た少年の姿ではない。成人した男性だ。

すべてが非日常的で初めての事態だったが、エリザは雷に打たれたようにして悟る。これは、あの原っぱで出逢ったティスなのだと。

月夜に映える銀の髪は、静けさを纏いながらも揺れている。整った相貌は子供のころの強気な気質を拭い去っているにも関わらず、エリザの目には昔見た利かん気な性質が感じられた。

なにより、男性にあるまじき麗しさに驚嘆する。

──なにこれ。まるで、美麗な悪魔のような……。……なぜ悪魔。あまりに綺麗だから？

真っ直ぐな立ち姿の美しいこと。毅然とした様子と共に、彼の完璧さに人が畏怖するのを笑って見ているような歪みまで感じさせた。だから、悪魔という単語が閃いたのかもしれない。

「ティス……なのよね？」

エリザが呟いた途端、氷柱を思わせる冷たい表情が柔らかな微笑へと変わる。

──大人なのに、子供みたいに笑うのね。

九年過ぎていたから、彼は十八歳になっている。

「エリザ……。逢いたかった。一目で僕だと分かってくれるなんて、感動だよ」

口の中で転がすように名前を綴られて、エリザの頬が上気する。

お見合い相手には微塵もときめきを感じなかったというのに、彼が名前を口にするだけで鼓動がドキドキと速くなる。エリザ自身が驚くべき状態になった。

──なぜ？　あの小さなティスが、大きくなって現れただけじゃないの。九年も過ぎているんだから、当たり前のことだわ。

戸惑いながら見ていると、彼は池の上から立ち姿のままですとんっとエリザの前に降り立った。

まずは背の高さを感じる。顔を見るためには、かなり上向きになる必要があった。原っぱではエリザよりも小さな少年だったのに。

「身長が、高い……！」

「それだけなの？　エリザ。久しぶりなんだよ。逢えて嬉しいとか、必ず再会できると信じていたとか、いろいろあるじゃないか」

「それはそうだけど」

一歩下がったエリザは、改めて目の前に立つ彼を上から下までしみじみと眺めた。魔力のオーラは収まり、銀の髪は素直に頭部を覆う普通の状態に戻っている。

笑みはまっすぐエリザに向けられ、琥珀の瞳は、出逢ったころのような相手を敵対視する様子もなく、ひたすら彼女を見つめている。

透き通った黄金の瞳を持つ者など、モメント屋敷の催しに来た招待客の中にも、彼女がお見合いをした何人かの中にも、一人もいなかった。

あまりに強く見つめられるので、反射的に睨み返してしまう。

彼女自身は気付いていないが、王都へ来てから少しずつ削られていた柔軟で強い精神が、眠っていた体勢からむくむくと頭を起こし始める。

エリザの本来の生命力を目覚めさせる黄金の瞳を持つ者など、ティス以外にはあり得ない。

彼はエリザの様子に満足したのか、やっと説明を始める。

「僕は十八歳になった。エリザには謝らなくちゃいけないな。ティスは正式名じゃないんだ。エリザならティスと呼んでくれても構わないけどね。本名は、カーティス・ボナ・コードだよ」

「カーティス⁉　ボナ・コード……コードって、王家の名よ。つまりティスが第三王子のカーティス様……？　あ、……やっぱり、そうなんだ」

「やっぱり？」

「お義兄様から聞いたときに、名前とか、年とか、ティスかなと思ったのよ。でも、第三王子は病弱だっていうから違うかな、とか。大体ね、小さなころ遊んだ相手が実は王子様だったなんて、普通まさかと思うでしょ。……でもティスのような気もしていたのよね」

「エリザは勘がいいからな。《病弱》は、長い間表に出なかった理由づけだよ。父親のラングルド王は、子供のころから魔力で遊んでいる僕を恐れていた。最初は部屋に軟禁されたんだ。抜け出したのがばれて、次はギルド特製の塔の中に閉じ込められた。八年もね。塔から出たのは一年前だよ」

「そうなんだ……」

幼い日に出逢ったティス、つまりカーティスは、部屋から抜け出していると言っていた。父上や兄上たちに嫌われているとも。

あの頃のことが思い出されて、エリザは目を伏せた。九歳の少年が家族に疎まれて閉じ込められていた。哀しいことだ。

——大変な思いをしたのね。……カーティス様は、昼間の話に出てきた私の結婚相手だわ。結婚？ティスと？　弟みたいだったティスと？

自分でも恐ろしく鈍いと思いつつ、恐る恐る顔を上げて、目の前にいるカーティスを再び眺める。

彼は『どうしたの？』と小首を傾げた。これがまた様になっていて非常に麗しい。

胸の鼓動は高まり、エリザの頬はさらに上気して、卒倒しそうになる。

「あの、聞きたいのだけど、いいえ、カーティス様、お聞かせ願いたいのですが」

「普通に話してほしいな。エリザならティスでいいと言ったじゃないか」

「じゃ、ティス。えーっと、昼間ね、お義兄様が私に王家からの縁談があると言われたのよ。第三王子と結婚するという話で、お義兄様には『お受けします』とお返事したわ。すぐに王城へ戻って陛下に言われたはずよ。その第三王子とティスは、同一人物なのよね？」

間抜けな質問だったかもしれないが、確かめずにはいられなかった。

誰と結婚するにしても、原っぱで駆けっこをした少年以上に意外な相手はいない。想定外というか、想像外というか、いまさらながらもう一度目の前の美丈夫を眺める。

エリザは違っていてほしいという期待も込めて尋ねた。ティスは、弟のように思っていた年下の友人なのだから、奇妙な関係になりたくない。

夫婦関係が奇妙だというのは変かもしれないが、条件だけで決めた相手に嫁ぐことを考えていたエリザにとっては、友人の方が大切だ。その関係が崩れてしまうのは避けたい。

くすくすと笑うカーティスの姿は、魔物的な綺麗さと優美さがあって目を奪われてしまう。銀の髪がさらさらと流れるのを見て、かつての少年とダブって見えた。

「そうだよ。僕はエリザと結婚したい。結婚すれば死ぬまで一緒にいられるからね。モメント公爵と手を組んだのもそのためだ。長い間準備をして、この間ようやく父上に許可をもらった。受けてくれて嬉しいよ。王家側からの縁談の申し込みでは、エリザに強要しそうで心配だった」

「長い間の準備って、塔の中に閉じ込められていたのでしょう?」

「塔の結界なんて、四年もすれば破れるようになった。けど、脱出はしなかった。社会的に正当な立場を作って、エリザに求婚するためにね。父上の信頼も必要だったんだ。兄たちに自ら国を出る気にさせるための工作もやったし、エリザの縁談を壊すよう圧力をかけてきたのも僕だ」

うわっと後ずさる。彼は、そうした工作をしても悪気はまったくないという顔をしていた。利かん気で負けず嫌いで悪戯(いたずら)も好きだったティスらしいなどと、安直に納得できるものではない。

「縁談がいつも壊れたのは、ティスのせいだったの！　あんなに落ち込んだのに」

「裏で手を回したのは僕。賛成して協力したのは公爵。表側で穏便に終わらせたのはあなたの姉の、えーっと誰だったかな。そうそう、オリヴィアだ。打ち合わせたわけじゃないが、オリヴィアは妹の縁談が良縁であればあるほど躍起になって潰しに来ていた」

どきりとする。エリザは一瞬黙ってしまったが、すぐに反論する。

「私には合わないと思われたからよ。良縁だからじゃないわ」

「そうか？　財力があり、人物も好ましく、見目もそれなりに好くて家柄もいい。年齢的にも三つ四つ上なら良縁だ。そういった話がいくつもあったろう？　オリヴィア自身は二十歳も上の相手と結婚しなくてはならなかった。選ぶ自由がなかったんだ。それが不満なんだろうな」

「あのね、ティス。お姉様はたった一人の妹として私を大切に思っていらっしゃるわ。そう信じているの。お姉様が守ってくださらなかったら、私がいまこうしていることもないのよ。なにがあっても疑わないと決めているわ。もう言わないで」

カーティスは口を噤んで、上の方からエリザをしみじみと眺める。ここで負けてはならじとエリザも見つめることで返した。やがて彼はゆっくりと口角を上げて微笑む。

彼はすうっと動いてエリザを緩く抱きしめた。軽い感じではなく、片方の腕がエリザの背中を回り、片方は腰回りを抱いている。

「ティス？」

彼の服とエリザのナイトガウンがこすれ合う。ただ、彼女が顔を上げてカーティスを見つめられるほどには、腕の力は緩かった。

「エリザはエリザだなぁ。変わっていないね。年齢も上がってすごく綺麗になったのに。王都へ来たから、濁った環境の中で変わってしまったんじゃないかと心配だった。エリザ、逢いたかったよ。あなたのことをいつも考えていた。エリザに言葉をもらったから、僕は歪みきらなかったんだ」

「ティス、それでは自分が歪んでいるって認めていることになるわよ」

「歪んでいるさ。昔から闇に近い。あれ以上闇に堕ちなかったということだよ。エリザと再会することばかり考えていたから、歪みきって闇落ちする暇もなかった。結婚の申し込みに返事をもらったんだ。エリザ、傍にいてくれるんだよね。結婚すれば、生涯を共にできる」

　縁談を受けるだけの理由はあったし、顔も見たことのない相手だったからこそ、迷うというより崖から飛び降りる気分で決めることが可能だった。

　ところが、相手がかつての少年だと分かると、返事をしたときに呑み込んだはずの迷いや恐れが浮き上がってくる。

　エリザは俯き加減になってカーティスから視線を外した。いまや、彼女より背の高いカーティスが腕を回すと、自分はすっぽりそこに嵌まってしまう。肩幅もかつてよりずっと広いのだ。

　服の下には、細身なのにしっかりした筋肉があるのを感じた。エリザがそっと両手を置いた左右の上腕には、どうあがいても適わない男の力強さがある。

　可愛いばかりの少年だったのに、いまはまったく違っていた。

「……お受けしますと言ったわ。でもね、ティスとだなんて、結婚とか、生涯を共にする夫婦とか、実感が少しも湧かないわ」

「誰か他の奴だったら実感するのか？」

「そうじゃなくて、昔はほら、ティスは私より小さくて弟みたいだったんだもの。夫と言われても、すぐに意識が切り替えられない……。ごめん。器用じゃないね、私」

頑固とかはじけ豆とか言われてしまうのは、不器用なせいでもあった。

背中に回っていたカーティスの片手が前に移動して、俯いていたエリザの顎を指が掴んだかと思うと、ぐいっと顔を上げさせられる。腰に回っていた彼の腕に力が籠もって、引き寄せられた。

「え……？」

鋭い目つきになっているカーティスの端麗な顔が、彼女の視界を埋めながら迫ってくる。近づいた唇が少し開いた。夜のしじまを縫って低く静かな声が耳に届く。

「実感？　触れ合えばすぐにどれほど近くなったかが分かるよ。エリザよりも小さかった弟のような僕はもういない。僕だって、逢いたいばかりだったエリザを、抱きたいと思ったときは少しびっくりしたよ。けど、それが自然の流れだったんだ」

――抱きたい？　……そうか、それだわ。夫婦の営みをティスとするってことが、本当に『どうしたらいいの』という感じで。そんな、いますぐ……？　考える時間もないの？

動揺しているうちに薄い唇がエリザのそれと重なる。びくりと慄いた彼女の肢体は、次には初めてのキスに動転して硬直した。

冷えた唇だったと思う。反対に自分はすぐにかぁっと顔が上気したからきっと熱かった。

エリザが動けない間に、カーティスは彼女の唇を味わう。上唇を舐め、下唇を噛んで、再び合わせてくる。まるで門をこじ開けるための儀式のようだ。

近すぎる位置にあるカーティスの端麗な顔を見ていられなくて、慌てて両目を閉じたエリザは、余計に彼の唇を感じる羽目になった。

頭の中は茹ったようになり、意識が、逃げるという動きに到達できない。

されるがままになっていると、蹂躙を受け続けたエリザの口が空気を求めて少し開く。カーティスはその機を逃さず、彼の唇でぐっと押して隙間を広げ、軟体動物のような舌を差し入れてきた。

「あ、……は、……んっ」

初めてのキスが思いがけず深くて、エリザは息も絶え絶えになってしまった。

カーティスの舌は、情愛と欲求の激しさを載せて彼女の口内を動き回る。小さく怯えるエリザの舌を押さえて絡め捕った。

「はっ、あ……」

「エリザ……好きだ。愛している」

小さかったティスはもういない。愛しているとまで言われても、そのことの方が哀しかった。

唾液が溢れて口の端から零れる。それさえも惜しいとばかりに、カーティスは舌を伸ばしてエリザの顎から口端までを舐めた。

彼の唇は顎の先へと移動してゆき、夜着にガウンという出で立ちの加減で大きく開いている襟元に辿り着く。舌先で首筋を舐められ、唇が落ちて、強く吸い上げられた。

「あ、あっ……」

ひくんっと大きくしなった肉体は、カーティスの腕によって支えられている。

「エリザ……エリザ……」

熱に浮かされているようなカーティスの声に交じって、意味をなす言葉が漏れ出てきた。

「僕の部屋へ跳ぶよ。今夜、そこで僕のものになって……エリザ」

大きく鼓動が打ち、エリザは閉じていた目を見開いた。キス、そしてその先は？

カーティスの魔力なら、ここへ来たときと同じく一瞬で移動できる。彼の寝室へ行き、そして。

心の準備がまったくできていない。いきなりでは怖い。カーティスが怖い。男の情動に襲われているのを感じたエリザの中に恐怖が膨れ上がる。

意識せずして蒼ざめたエリザは、彼をどんっと突き飛ばした。

「エリザ？」

「違う。こんなの、ティスじゃない。いやよ。いますぐなんて、いやっ」

小さな声が次第に大きくなり最後は叫ぶようにして口にしていた。

エリザは震える手を上げ、つい先ほどまで彼に触れられていた唇に指先でそっと触れる。ひとさし指の腹は、互いを確かめるための口づけとは明らかに感触が違った。

唇を合わせることが、どれほど人の情に直結していたのかを思い知る。これが実感するということなのかと、驚愕の思いで彼女はよろよろと後ろへ下がった。

突き飛ばされて驚いているカーティスを余所（よそ）に、エリザはすぐさま体の向きを変えて走り出す。逃げるためだ。後ろも見ずに駆けだして、西の庭から出ていった。

「エリザ……っ」

呆然（ぼうぜん）といった体で腕を伸ばしたカーティスは、庭の端から屋敷の守備をする私兵が出てくるのを見て、すぐさま魔術を発動するとその場から消え去った。

エリザはとにかく走る。廊下も走り、彼女自身の寝室へ辿り着いてベッドへ飛び込んだ。

身体を丸めて上掛けの中に潜ると、どっと汗が噴き出た。

——ティス……。大人になっちゃったんだ。キス、した。ティスと。

哀しいのだろうか。あれほど顔も姿も美しく、しかも魔術まで使える王子で、おまけに、もうすぐ王太子の指名を受ける相手。『愛している』と言われた。何をそれほどこだわることがある？

——だって、あんなに可愛かったのに。

男という生き物は、子供のころは可愛くても成獣になれば怖いのだと悟ってしまった。

エリザの胸の内で、大人のカーティスが少年ティスの上に重なってゆく。思い出が消されてしまうようで、ひたすら哀しい。

——笑顔は子供みたいだった。本質は変わっていないのかしら。そうだったら嬉しいけど。

あの笑顔なら、かつて一緒に遊んだティスに繋がる。

そこまで考えてようやくほっと息を吐いた。すると次第に眠くなる。

すでに明け方近いし、最初は眠れなくて散歩に出たことを思えばこれで目的は達せられたわけだ。

眠りはすぐに深くなり、エリザは熟睡した。


そのころ。モメント屋敷の女主人の居室では、オリヴィアが一人でワインを開けていた。

何部屋も続く居室の一つが寝室になっていて、中央には巨大な天蓋付きベッドがある。その並びに対面のソファセットが置けるほどには広い。壁際には暖炉があるが、春なので沈黙している。

オリヴィアはソファにゆったりと腰を掛け、グラスを揺らしながら一人で呑んでいる。夜着を乱してむき出しになっている脚を優雅に組む姿は、どこか気だるげで、淫靡な雰囲気を漂わせた。

夜着は、裾から腰近くまで一直線に割れている長いスリットがあり、少し動くだけで右脚が付け根まで出るという艶やかな作りだ。夫の好む美しい肢体が、夜にはもっと映えるようにとオリヴィア自身が考えたデザインだった。

——これだけやっても、『愛している』と言われたのは最初の数年しかない。

大切にされているのは感じる。けれどいまはそれだけしか感じない。

社交界の華とまで謳われるオリヴィアの美貌は、連れ歩くには宝石よりも価値があった。二十歳年上の夫の友人たちから見れば、羨ましくて仕方がないのだ。

社交界は性的に乱れている面があり、夫がいるにも関わらず、オリヴィアに対してたくさんの男たちが誘惑の手を伸ばしてきた。しかし、彼女には守るべきものがあり、モメント公爵の妻という立場はなくせないので、堕落への手を取ったことはない。

夫など誤魔化してしまえと言う輩もいたが、ジェフリーは、妻のふしだらな関係に気が付かないような鈍い人間ではないし、ましてや見逃す愚か者でもなかった。

逆にオリヴィアは、彼が他の女に目移りしないようこの九年、妻として最大級の努力をしてきた。領地や領民の安寧の維持と、たった一人の妹がなに不自由なく暮らせるよう願って。

——絵に描いたような美しい公爵夫妻。……お子様はまだですかと聞いてくるのは、それくらいしか突くところがないからでしょうね。

彼女が持つ公爵夫人という立場や、資産家の夫がいることに嫉妬する婦人連中は多い。

田舎男爵の娘だったくせにと、宮廷社交界でどれほどの虐めをうけたことか。

——そんなところには行かせたくなかったのに、王子の妻になるのですって？

グラスを傾けてくいっと呑む。誰もいないのが油断となって、思わず声に出た。

「エリザが王子の正妃になる。すぐに王太子妃、いつか王妃に。エリザが」

オリヴィアは手元のグラスが空なのに気が付いた。ローテーブルの上からデカンタを取って、血の色のような赤いワインを注ぐ。

ジェフリーは昼間一時的に屋敷へ帰っただけで、すぐに王城へ戻った。今夜は城に泊まると連絡も来ている。今夜どころか、王城にあるモメント公の居室でしばらく滞在することになるだろう。

これはよくあることだった。有能な男は、家にいるより活躍の場での滞在時間が長い。留守が多いので、夫婦でありながらオリヴィアは一人でいることが実に多かった。

ジェフリーは、エリザの後見人であり、第三王子の後見役にもなった。彼の立場からすれば、この縁談は絶対に成功させなくてはならない。万が一にも破談になれば、モメント家の面子が丸つぶれになるだけでなく、国王陛下から付与される爵位にも影響してくるのは間違いない。

内緒で縁談を進めていたのも頷ける。兄王子二人がいなくなった以上、カーティスだけが次期国王になれる王位継承権を持つ。反対勢力はもちろんあるし、逆にこの一年、誰が彼の正妃になるのかと貴族界は戦々恐々としてきた。

「殿下のたっての望みなのね。エリザはどこで殿下に会ったのかしら。いわくつきのあの王子が、自分の正妃をジェフの推薦で決めるとは思えない。会ったこともない女を選ぶこともないでしょうし。必ずどこかでエリザと会っているはず」

最近になって王城でたまに見かけるカーティスは、いつも周囲に人の輪ができていて、オリヴィアは公爵夫人として通り一遍の挨拶を交わすだけだった。

モメント公爵夫妻へのカーティスの態度はとても礼儀正しいが、かといって親しいわけでもない。

それがいつの間に……と、怒りにも似た感情が沸きあがってくる。

なにも話してくれなかったジェフリーにも怒りは向く。大切にされていても、二十歳も年下の妻では物足りないと言わんばかりだ。

「カーティス様は姿こそ最上級でも、寄ってくる女たちにはとてつもなく冷たいし、取り巻きの貴族に対しても、なにか気に入らないことがあるとすっぱり切って捨ててしまわれると聞いたわ。それがなぜエリザを？　どこで、どうやって会ったの」

オリヴィアは、エリザの行動をなにもかも把握していたはずだ。

「こちらへ来る前？　乳母の村のどこかで……なんて、あり得ないわ。あんな田舎へ殿下が行くはずはないし。エリザが十二歳のときなのよ。殿下は九歳じゃないの。乳母はなにも言っていなかったし、嘘（うそ）を吐いていたとか、隠していたとかの様子もなかった」

そこでまたくいっと呑む。

どこで出逢っていようとエリザはカーティスのたっての希望で彼の妻になる。

王城へ取って返したジェフリーは、今後の予定を走り書きの手紙でオリヴィアに知らせてきた。

最初の山場は国王ラングルド・ギガ・コードとの対面だ。これは、打ち合わせをして進めてゆくだけの形式的な通過儀礼に過ぎない。お目通りが設けられる段階で、結婚は決定している。

目通りが滞りなく済めば、そのまま舞踏会に移行して、エリザは王家の一員として宮廷社交界に再デビューする。

外に向かって発表するわけだから、これ以降に破談などまずあり得ない。

『自分の地位や権力のためにエリザをカーティス殿下に捧げた』と悪意に満ちた陰口を叩かれるとしても、ジェフリーは微塵も意に介さないだろう。そういう人だ。

夫は悪人ではない。家を守ることに長けていて、目端も利くし、実力もある。しかもオリヴィアの願いを率先して聞いてくれる。

これ以上なにを望むのかと自分でも思うが、良からぬ方向へ頭が向いてしまうのは、きっと一人でいる時間が長いからだ。

かといって、ジェフリーにもっと一緒にいてほしいとは言えない。上昇志向の彼は、足を引っ張る妻など、恐らく一息で振り捨ててしまう。

考えれば考えるほど、オリヴィアは堂々巡りの闇に堕ちてゆく。

──王妃になる。あの子が王妃に。

妬ましくて仕方がない。

こんな気持ちは持ちたくないのに、自制を振り切って込み上げてくる。

──あれほど自由に過ごしてきただけでも十分なのに、この国の女性の頂点に座するのね。

たった一人の大事な妹なのは間違いない。それなのに、こんな黒い感情を持ってしまう自分はとても醜い。

たまらなくなったオリヴィアはグラスをテーブルの上に置き、身の内に生まれてくる黒いイメージを振り払う仕草で遣る瀬なく手を動かした。

すると、置いたばかりのグラスとデカンタに当たって二つともテーブルから落ちてしまう。

カシャーンと小気味のいい音を立ててグラスが割れ、転がったデカンタから赤いワインが飛び散って絨毯を汚した。オリヴィアはそれを眺めて口元を歪める。

絨毯の染みは拙い。ジェフリーに『この頃、飲酒が多いね』と言われたばかりだ。

オリヴィアは顔を上げ、窓の方へ向かって小さく声を上げる。

「シュス。来て」

「お呼びですか」

誰もいなかった窓のところに、細い身をした人物が突然現れた。空間跳躍の魔術だ。

シュスの魔力は小さいので、身体を取り巻くオーラの発散は、微小で色もなく目には見えない。が、カーテンが何気に揺れるほどは、放出されている。

「夜中に悪いわね。これを片付けて。染みもね」

「はい」

侍女のお仕着せを纏う彼女は、手慣れた様子で床に両膝を突き、エプロンではなくスカートのポケットから親指ほどの赤い石を取り出した。

高価な宝石でなく原石を削っただけのものだが、魔力が込められた《魔石》だ。魔力のない者にはただの石でも、魔術師には利用価値がある石だった。

それを握ったシュスは、口の中で呪文を唱えながら床に指先をつける。すると丸い呪方陣が浮き上がり、床に落ちたグラスの破片と絨毯の染み、そして転がったデカンタをその内側に入れて光る。

壊れたグラスは見る見るうちに元の形に戻り、染みは乾いて跡も消えた。同時にシュスの手の中の魔石が一筋の煙のようなものを出すと、崩れて霧散した。

ソファから身を乗り出して見ていたオリヴィアは、感嘆した様子を隠さない。

「魔術って本当に便利ね。シュスは何でもできそうだわ」

床に膝を突いた姿勢を崩さずにいるシュスが、顔だけ上げると抑揚もなく答える。

「私程度の魔術師ではなにもできません。所詮、ＣＣクラスなのですから」

そこでようやく立ち上がったシュスは、修復したグラスと中身がなくなったデカンタを両手でそれぞれ床から拾い上げた。

オリヴィアは口角をあげ、美しい笑顔でさらに尋ねる。

「カーティス様はトリプルＡなのでしょう？　ジェフリーは大臣の職にあるから、いろいろ知っているのよ。私に話してもいいと考えたことは教えてくれるの。昔、聞いたのよ。ギルド特製の塔に閉じ込められたのは、病弱ということにしてあるだけで、本当は大層な魔術を使えるからですって」

じっとオリヴィアを見ていたシュスは、静かに応える。

「Ａクラス以上だと予測されています。ギルドでは、カーティス様はたった一人で世界を掌握できる潜在能力を持つという判断をしました。一人でも世界征服が可能ということですね」

「まあっ。すごいのね」

オリヴィアは思わず声を上げた。夢想話のようだが、魔術を目の当たりにするとそういうこともあるかもしれないと思える。

「怪物のようなものね。予測だけなの？　どうなの？　エリザの夫なのよ。教えて」

シュスは淡々と付け加える。

「ギルドにも正確なところは分かりません。カーティス様が、持ちうる全魔力を解放して魔術を発動されたところを誰も見たことがないのです」

「キラーク宰相も知らないの？　塔からカーティス様を出すと国王陛下が決められたときに、彼は、大臣が住まう屋敷にひとりずつ魔術師を派遣するよう提案しているじゃない。カーティス様の力の大きさを知っていればこそだと思っていたわ」

「魔力を測るのは、難しいのです」

「そう……。宰相ほど優秀な人でも、カーティス様の力の全容は分からないのね」

マイン・ディス・キラークは、先代の国王に仕えた宰相の一人息子で、王の代替わりのときに新王ラングルドに新たな宰相として指名を受けた。それ以来ずっと国王の傍にいる。

できる男として名を馳せるキラークの逸話は多々あるが、特に有名なのが、魔術師たちが集まってギルドができたときに、王都にある本拠地へ単身で乗り込み、コード王国に害をなさない代わりに魔術を仕事として認めるという協定を交わしたことだ。

他国では、魔術師同士の争いが起こって不安定な内情を抱えるところもある。集団となって力を暴走させる可能性があるギルドを、早めに押さえたキラークの手腕は見事だった。

カーティスは塔から出されても魔術を使うことがなかったので、派遣した魔術師を貴族の家からそろそろ引き上げても構わないのに、どの家もそれを言い出さない。

なぜなら、魔術は武器だと分かったからだ。

これで魔術師たちの職は、コード王国内では安定した。

魔術師の派遣を推奨したキラーク宰相は、これを狙っていてのことだったのだろうか。

「ね、シュス。あなたがギルドから派遣されたのは、モメント公爵一家を守るためだったわ。それは表向きの理由で、実際は内情を知るためでしょう？　カーティス様とエリザの縁談を、ギルドはいつから知っていたの？」

シュスがギルドから派遣された魔術師だということは、屋敷の中ではジェフリーとオリヴィアの他は誰も知らない。エリザもだ。

いつからというのが分かれば、出逢いも見当がつくかもしれないとオリヴィアは考えた。

オリヴィアの質問に対して、シュスは素っ気なく答える。

「私には分かりません。Ｃクラス程度では無能扱いですから、重大な情報は回されないのです」

「ふふ……。シュスはカーティス様の婚姻相手がいる家に派遣されたのよ。無能なわけがないじゃないの。ま、いいわ。エリザ付きの侍女にしたのは私です。あの子になにかあったらすぐに教えてちょうだい。姉だもの。あの子を守ってやらないといけないわ」

「……オリヴィア様。新しいグラスとワインをお持ちいたしましょうか」

「持ってきて」

「かしこまりました」

グラスとデカンタを持ったシュスは、消えることはなく歩いてオリヴィアの寝室を出る。すぐに戻ってきてグラスなどを置くと、スカートを摘んで深くお辞儀をしてから普通に退室した。

オリヴィアは再びワインを呑み始める。

ぼんやりしてきた意識の中に、王城の催しにジェフリーと一緒に出席し始めたころのことが思い浮かぶ。社交界のきらびやかで華やかな面だけが大きく見えていたあのころ。

カーティスはまだ塔の中にいて、第三王子のことは噂すら聞かなかった。

第一王子の王太子殿下と第二王子はどちらも素晴らしい貴公子で、女性に非常にもてた。特に、王太子は次期国王になる者として、たくさんの縁談が持ち上がっていたし、取り巻きも多かった。

その王太子がオリヴィアを美しいと褒め称え、王城へ行けばすぐさま近寄ってきて賛美の言葉を繰り返すようになった。第二王子もそうだ。

しかし、オリヴィアはすでにモメント公爵夫人であり、どれほどちやほやされても靡くわけにはいかない。

――もしもあのとき、結婚していなかったら。どうなっていたかしら。

クレメンタイン男爵令嬢のままだったら、デビューのときくらいしか王城には招かれない。だからこの想定には無理があるというのに、つい想像してしまう。

「結婚していなければ、王太子殿下の求愛に応えることもできたわ。そうすれば殿下も駆け落ちなどしなくて済んだでしょうに。立派な国王様になられたはずよ」

王太子は、あれほどオリヴィアの気を引くようなことを言っていたのに、あろうことかこのモメント屋敷に仕えるメイドと恋をしたあげく、国王陛下の反対を押し切って二人だけで国外へ逃げて行った。いわゆる駆け落ちだ。

第二王子は、いきなり『自分が何者であるのか探しに行きたい』と言い残して、これもまた国外へ出てしまった。オリヴィアに恋情を訴えながらも、すでに夫のいる貴婦人相手ではどうしようもないので失恋した、という手紙が残されていたらしい。

もしもあのとき結婚していなかったら……守らなくてはならない妹がいなかったら、王妃になる道を辿っていたのは自分だったかもしれない。

「私が王妃になった方が似合うわね」

自由に未来を選べるエリザへの妬みが再び膨れ上がる。

「王妃になれたのに」

オリヴィアは唇を噛む。アルコールが彼女の思考を単純にして闇の淵を近づけていた。

「いまの私の手の中は、なにも無いも同然だというのに」

美貌はいずれ失われる。妹は新たな場所へ移ってゆく。夫の愛情もなければ、子供もいない。

――エリザ。可愛い妹。それは変わらない。憎いわけではないのに、どうしてこれほどまで妬ましいの。このところ、こんな気持ちばかりがどんどん膨らんでいるわ。

オリヴィアはグラスを傾け、最後の一滴まで飲み干した。

手に余るほどに。

夜明けが近い。外が多少明るくなってきたというのに、部屋の隅の一つがどろりとした深い漆黒に纏わりつかれている。

オリヴィアはその異変に気付かず、アルコールに浸るばかりだった。

第二章　カーティスの魔術は我慢から始まる

明け方になってから王城の自分の部屋へ戻ったカーティスは、ベッド端にぐったりと腰を掛けて、背中を丸め、片手で額を押さえた。

エリザが駆け去ってから、モメント屋敷の警護の私兵に見つからないようすぐに移動したが、高ぶった感情が鎮まらず、あちらこちらへと飛んでいた。ギルドの目を躱しながら夜の散歩だ。

感情の高ぶりは拙い。魔力のコントロールが危うくなってしまう。

ふぅと息を吐いたところでコンコンという軽いノック音で顔を上げる。扉に感知魔術の呪方陣が敷いてあるので、誰が来たのか尋ねるまでもなく分かった。

一人にしてほしいと言えば立ち去るだろうが、手になにかを持っていたので返事をする。

「入れ。ディアン」

藍色の短髪と紫色に近い瞳をした従士が入ってくる。背丈はもとより、身体全体がカーティスよりも大きい。髪も目も普通の人間では持ちえない色合いをしているのは、ディアンが獣人だからだ。

「カーティス様。ごゆっくりでしたね。遠くまで行かれたのですか」

「あぁ。遠くまで行ってきた。――一人で」

「エリザ様とご一緒ではないんですか」

ふんっと息を荒くしてカーティスは黙り込む。

ディアンという名前は彼が付けた。ガーディアンの簡略形だ。

純粋な獣人ではなく、父が獣人と人のハーフで母が人、という合いの子だから彼はクォーターだ。

普段は人型で通しているが、必要に応じて黒と藍色の毛並みを持つ大型の狼になる。

魔術も動かすことができた。クラスからいえばBBあたりで、カーティスが従士とした以上、世話をしてやらなくてはならない。ディアンが持つ魔石はカーティスが作って渡している。

塔にいるカーティスの殺害目的でディアンを遣わしたのはギルドだった。大枚を支払ってギルドに依頼したのは、いっそ息子を殺してしまおうと考えた父親だ。

当時十四歳だったカーティスは、塔による魔力制限があったにもかかわらず、獣姿のディアンを軽く打ち負かした。その結果、ギルドはますますカーティスに目をつけたというわけだ。

度々来るのでいい運動とばかりに相手をしていたら、ギルドの支配から解き放ってほしいと頼まれた。だから刻まれていた支配印を剥がし、仕えたいと言うから従士にした。

獣人は一度忠誠を誓うと死ぬまでその身を捧げるというが、その伝承は本当だったようだ。

従士のディアンは、なぜか侍従の真似までするし、忠告もしてくる煩いやつになった。

いまもあーだこーだと言ってくる。

「一人で夜の散歩とは粋なことですが、ギルドが見張っていたでしょう。見つかると面倒ですよ」

「振り切ったに決まっている。モメント屋敷へ行くときも誤魔化して出たじゃないか。あまりあからさまに魔力を使うと、キラークが父上に言いつけて問題になるから、注意はしているさ」

「ははは……。キラーク様はどこに与しているのかよく分からない方ですよね」

ディアンは持ってきた盆をローテーブルに置きつつ何気なさそうに言うが、これも忠告の類だ。

「言わなくても注意はしている。キラークは僕に魔力制御を教えたり、一般教養を教えたりするために塔まで通って来たが、そもそも僕を閉じ込めるためにギルドを動かした張本人だからな。師に近いところがあっても、信用など少しもできない」

「私の件でも動いていますよ。カーティス様が従士にしてくださってすぐ、ギルドが手を出さないよう話をつけたのは彼でした。それでも信用するのは無理ですね。お気を付け下さい」

「だから分かったと言っている」

やはりうるさい奴だ。

「お飲み物はジュースになさいますか、白湯（さゆ）がよろしいですか」

「白湯だ」

ディアンは、盆の上に伏せられていたコップを起こして持ってきた水差しから白湯を注ぐと、ベッド端に座るカーティスのところへ持ってくる。

「どうぞ。エリザ様に逢われたのですよね。いかがでした？」

「綺麗で可愛くて、胸も大きくて腰も引き締まっていて、すらりと美しくて……。再会するまで姿を覗（のぞ）き見しなかったのは、外見はどうでもよかったからなんだ。エリザは魂の揺らぎがなにより美しいから。でも、外見も美しいなら、それはそれで嬉しいものだな」

コップを手にしてうっとりと宙を見つめる。ブルネットが靡（なび）いていて女神もかくやの美しさだった。青い瞳は夜の濃さを加えて海を彷彿（ほうふつ）とさせる。澄み切っていて直接撫でたくなったあの瞳。

――舐めたい……。

軽やかな動きは、少女のころとほとんど変わっていない。エリザは、あの時のままで大きくなったかのようだ。彼女の生きる力が――魂が、青く揺らぐ炎のように見えるのも昔と同じだった。

ディアンはぼうっとしたカーティスを呆れたまなざしで眺める。

「長い我慢の末の再会ですからね。感慨もひとしおだったでしょう」

「感動した」

カーティスはふっと息を吐いて、白湯を喉の奥へ流し込む。

「そうですか。感動されたのですか。九年も願い続けた再会ですからね。我慢を重ねて、鍛錬もして、陰から守る動きをしながら覗き見をせずに九年。驚いてしまいますよ。あなた様の純愛には」

塔に閉じ込められて四年もすれば、いつでも脱出できるほど魔力は増大した。

しかし、我慢した。

ギルドに魔力の大きさを測られるのは避けたい。連中が掲げる《魔術師の地位向上》などに関与する気は毛頭なかったからだ。

早くエリザと再会したいとそのことばかりを考え、彼女のために塔の中でも勉強を欠かさないでいた。エリザに近づこうとする者を排除するのもきっちりやったつもりだ。

従士のディアンは外への出入りが自由自在だったので、……というか、獣人は人よりも下だと考える魔術師は多く、ディアンがどうしようが誰も頓着しなかったので、カーティスは邪魔者排除のために彼を容易く動かせた。

モメント公爵と連絡が取れたのも、仲介としてディアンがいたからできたことだ。

妻に手を出そうとするカーティスの兄たちを排除したいと考えていたモメント公爵は、塔から正当な形で出るために兄たちが邪魔だったカーティスと、すぐに協力関係を結んだ。公爵と手を組んで、兄たちが自ら希望して国外へ出るよう仕向けた。

塔に入って八年。カーティスは正面から出た。

彼を殺そうとした父親に自分を認めさせたし、人の目があるところでは魔術を使わないようにして、周囲に集まるどうでもいい連中にも、ことさらにこやかに対応した。

たまに本心が出て『冷たい』などと言われるが、なんとか修正できる範囲に留めている。

すべては、エリザとまともな形で再会するためだ。

「純愛か。それはただの結果だ。最初は再会したいだけだった。それが、抱きしめたいになって、結婚したいになった。そういえば結婚に意識が向いたのは、おまえの言葉からだったな」

「そうでしたか？」

「言っただろうが。『それほどお好きなら、結婚でもしたらどうです』とな。四年ほど前だったか。ものすごく良い案だった」

カーティスはコップを両手で持ったまま、肩を揺らしてくつくつと笑った。ベッド端に腰を掛ける彼の前に立っているディアンは、右手の人差し指で顎のあたりをかりかりと掻(か)く。

「渡りに船でしたかね。カーティス様は、魔力の大きさはともかく成長速度は普通でしたから、惚(ほ)れた女性と結婚、……というか、ベッドで絡まりたいと考えられるのは当たり前でしょう」

渡りに船どころか、ディアンに言われて、エリザとずっと一緒にいるためにはそれがもっとも適切な方法だと気が付いた。

そして、彼女と閨(ねや)を共にすると想像しただけで、大人への階段を上り始めていた自身の男の性が咆(ほう)

哮して喜んだのだ。そこまでいけば、もはや後戻りはできない。

　モメント公爵の名前を頭に入れたのもそのころになる。エリザの後見人だったから、良好な関係は不可欠だと考えた。

「もう子供じゃないんだ。触れたいに決まっている。触れれば夢中になってしまうな。エリザの唇はすごく柔らかだった。何度でも触れたい」

「おや、キスまでされたのですか。それで、どうしてここへお連れしなかったのです？　あなた様のあの勢いなら、そういうコースになっても不思議はないでしょうに」

「逃げられた」

　コップを傾けてごくりと喉を鳴らして一気に飲み干す。

　目の前に立っていたディアンは、腰を曲げ、声を出さずに笑い始めた。

「カーティス様ならどうにでもできるでしょう？　魔術の中には、人を操る術もありましたよね」

「そんなことエリザにできるか。操ると、魂のオーラが凍り付いて見えなくなってしまうし、大体、操ったと彼女が知ったら、きっとものすごく怒る」

　そしてディアンはまた、身体をのたうちまわらせて大きく笑った。

　従士の様子など気にも留めず、カーティスが考えるのはエリザのことばかりだ。

　ついに頭を抱え込んでしまった彼の姿に、さすがに笑いを収めたディアンは『そんなに拙いことになったのですか』と訊いてきた。

「エリザは『いやっ』と言って逃げていったんだぞ。いきなり抱き寄せてキスをしたのがいけなかったのか。嫌われた？　もう逢いたくないと言われたらどうしたらいいんだ」

どんなことでも思うままにできる男が、これほど頭を抱えるのはすべて愛情所以だ。

ディアンは、ふむと考え込んでから提案する。

「どのみち結婚するのは決まっています。一週間後に陛下へのお目通りがありますから、かねてより作っておいたドレスを何着か持参して、モメント屋敷へ行かれたらどうです。そのときにですね。珍しいお茶だと言って《惚れ薬》を盛ったらいかがでしょう」

「エリザに飲ませて、偽りの愛の言葉を聞くのか。空しい話だ。第一、惚れ薬は一時的にしか効かないんだぞ。数時間で効力が切れてしまう」

ディアンはにこりと笑う。この笑顔は曲者だ。彼は、姿こそは二十五、否、二十八歳くらいに見えるが、生きてきた年数はその五倍はあると思われた。

「兄君に使われたときも数時間で効力は切れましたが、想いを募らせた記憶は残りましたよ。だからモメント家のメイドと深い恋仲にまで発展したのではありませんか。あの想いは本物です。きっかけを薬で作っただけなのですよ」

メイドはモメント公爵の推薦した良人材で、美しさも教養もある愛情深い者だった。

長兄はいま、誰にも邪魔されない国外で、公爵の援助を受けながら幸せに暮らしている。それを知っているから、薬の案に乗りたくなったのだ。しかし、やはり首を横に振る。

「……だめだ。できない。ドレスは誰か他の者に……いやおまえに届けさせよう。僕からのプレゼントだ。彼女との語らいは、一週間後の目通りまで待つ」

「語らいだけですか?」

「許されればどこまでも、だ。どちらにしろ、僕の魔力制御に対して、父上に疑念を持たれたくないから、王太子の任命まではおとなしくしていよう。エリザに対しても、少しは抑えないとな」

考えてみれば、自分は九年の間エリザのことを考えてきたが、彼女には突然のことになる。

これから先の長い時を共に過ごすためには、じっくり考えてもらう時間もたぶん必要だ。

――ここは我慢だな。力をコントロールするために、感情を抑えて耐え忍ぶのを九年やったんだ。

あと少しくらいなら……。

カーティス自身もとても不思議だったが、エリザのことになると自分は闇雲に走り始める。それと共に、視界が塞がれてなにも見えなくなってしまう。なんでもできるのに、なにもできない。

つまるところ、どれほどの力があっても、使うのは己の心なのだった。

――エリザ。『いや』なんて言わないでくれ。僕は、あなたに拒まれたら闇に迷う。なんでもできるから、迷うんだ。

九歳のときに、『生きる道は自分でもぎ取れ』というエリザの言葉で生き方を決めた。

ギルド特製の塔に閉じ込められている間、感情に任せて魔力を爆発させなかったのも、エリザに再会する道をもぎ取るためだ。彼女と共に生きたいと願う心がカーティスを導いてきた。

「カーティス様、カーティス様、聞こえていますか？　エリザ様のことを考え始めるとこれだからな。

カーティスさまー、食事はどうなさいますーぅ」

「煩いぞ。聞こえている。眠ってからだな。久しぶりに飛んだから、少し疲れたかもしれない」

「どこまで行かれました」

「北の山脈までだ。あそこはいつ行っても氷と雪に覆われている」

飛ぶというのは、羽ばたくのではなく空中浮遊術で空を横切ってゆくのを指す。空間跳躍では眼下の景色を眺められないので、ギルドに気付かれないよう目くらましを掛けて空を飛ぶ。

「そんなところまで一気に行けるのはカーティス様くらいですよ」

「塔での時間を魔術の勉強に費やしたのは無駄ではなかったな。魔力だけでは魔術を使えない。エネルギーが爆発するだけだ。おまえが塔へ運んできた魔術書は実に役に立った」

「それは良かったです。いつか、ギルドが予想した通り、世界を掌握できるほどになられますよ」

カーティスの魔力が大量に放出されるとき、琥珀色の瞳が光を弾く黄金に変わる。いまのところディアンしか知らない。魔力の限界はカーティス自身にも未知数だった。

「世界征服よりも、僕はエリザに笑っていてほしい。そのための我慢なんだからな」

それはカーティスにとって祈りにも等しい願いだ。

「ではおやすみなさい、カーティス様」

ディアンは深く腰を曲げてから部屋を出て行った。カーティスは服をぱぱっと脱いで、なにも身に付けずにベッドへ潜り込んだ。貴族の男は裸で寝るというが、彼は元からそうしている。

——エリザの夢が見られるように。

夢を操るのもできなくはないが、自然な形で無理なく笑う彼女を見たいと願って目を閉じた。


エリザは次々に積み上げられてゆく衣装箱を唖然（あぜん）として眺めた。どうやらネックレスや指輪、髪飾りに扇など、装飾品が詰め込まれた箱もいくつかあるようだ。

カーティスの正式な使者としてやって来た従士ディアンは、『殿下からエリザ様への贈り物です』と前置いて、口上らしきものが書かれた紙を読み上げた。目録もあるようで、巻物になったそれを片手で持つと、もう一方の手でざっと下へ広げ、上から順々に読んでゆく。

王城のカーティスから使者を出したと知らせが来たので屋敷の広間の一つで待っていたが、こういうことだったのかとエリザはため息を押し殺す。カーティスは彼女を驚かせる名人だ。

ディアンの朗々とした声が広間の隅々まで響いてゆく。

「王城への移動と国王陛下へのお目通りに着用するドレスと装飾品が一式。そのあとの舞踏会で着用されるドレスと装飾品一式。翌日の昼のお茶会でのドレスはモメント閣下がご用意されたということなので、その日の夜会のための……」

延々と続く目録の内容に頭がぼんやりしてきた。

――ティス……。なにを考えているの。まさか国庫からということはないわよね。

税金で賄われていたらすべて返そうと考えていたら、ディアンは最後に付け加えた。

「これらはカーティス様の個人資産から出ています。カーティス様の兄君お二人が国を出られるとき、コード王国内におけるご自分たちの個人財産をすべて弟に譲ると書き置かれたので、現在、カーティス様の財力は、王家の中では陛下の次です。エリザ様。ご心配には及びません」

わざわざ贈り物の出所をディアンに伝えさせたのは、受取りを拒否させないために違いない。

「……カーティス様に、ありがたく頂戴致しますとお伝え願います。お礼状も書きます。家の者にあとで届けさせますね」

「了解いたしました。お伝えしておきます」

壁際のソファでエリザと並んで座り、黙って眺めていたオリヴィアが、一通り終わったところでぽつりと言う。

「すごい量ね。これを積んだ馬車を連ねて王都を横切ってきたなんて、ずいぶん派手だこと」

「王都を横切ったわけではありません。迂回路になる林道を来ました。ご婚儀がお済みになれば、派手な動きもご遠慮される必要はなくなります。カーティス様は『確実に婚儀はするので配慮の必要はない』と仰せでしたが、宰相閣下のご提言がありまして、今回はそれを受け入れられたのです」

王族の結婚は、贈り物を届けるという単純なことでもややこしくなるらしい。

カーティスの言で気恥ずかしくなったエリザは、赤味が差した頬を隠したくて俯く。ディアンの説明を聞いていたオリヴィアは喉の奥で小さく笑った。

「迂回路を来たところで貴族のお歴々は耳聡いのよ。すぐに噂が広まるでしょう。社交界でどんな詮索をされることやら。ね、エリザ」

「そうですね……」

心ここに有らずで返事をしてしまった。ディアンが口上と目録を書いた紙を入れた四角の桐箱をエリザに渡してくる。箱の上に、カーティスからの手紙が添えられてあった。

手紙の封蠟には王子の印璽が押されている。このところ集中的に家庭教師がついて王家やコード王国について教えられているので、ほぼ間違いなく見分けられる。

王家の紋章が透かしで入った封筒を手に取り、しみじみと眺めているエリザに、横から覗き込んだオリヴィアが勧める。

「すぐに読んでみたら？」

「……部屋へ戻ってからにします」

「そう」

長い間、姉の言葉に唯々諾々と従っていたエリザは、このところ違う反応を見せている。オリヴィアが意外そうに彼女を見つめる場面が多くなってきた。

そういう自分に気が付いていたが、エリザは修正するつもりはない。これから先は、姉の守りから出てゆかねばならないのだから。

手箱の中にカーティスからの手紙も仕舞うと、膝の上に載せて箱の表面をそっと撫でた。婚約者扱いが嬉しいような、相手が王子殿下だと思うとそぐわないような、奇妙な気分になる。

強い視線を感じて顔を上げれば、ディアンがエリザをじっと見ていた。目が合う。息を潜めて相手を窺う気配がした。ディアンは王都で暮らす普通の人とはどこか違う。

――ティスの正式な使者となるほどの従士だもの。やっぱり魔術師なのかしら。

確かめる術はなく、かといって使者を疑うような言葉はこの場では憚られる。

オリヴィアが立ち上がり、侍女に箱の一つを開けさせて中を確かめてから、ディアンへ顔を向けた。

「一週間後……いえ、五日後にはエリザは王城へ移動する予定だから、これをまた持ってゆくことになるわね。こちらでも、ドレスはもちろん、化粧道具などの用意をしているのよ。大層な荷物になるわ。道中何事もなければいいのだけど」

するとディアンがにこやかに答える。

「当日は私がお迎えに参ります。馬車を連ねることになりますが、王城は近いですし、守りの呪方陣も刻まれるので滅多なことは起こりません。ご安心ください」

「守りの呪方陣ね。それはカーティス様のお力によるものですか？」

オリヴィアの言葉にはっとして背を伸ばしたエリザは、立っている姉の横顔を見上げる。ゆっくりこちらへ向いたオリヴィアは、意味ありげに目を細めた。

「あら、エリザ。あまり驚いていないようね。知っていたの？　カーティス様が魔術師だってこと。ジェフは、《病弱》以外言ってなかったと思うけど、どこで知ったのかしら」

心臓がどきりと鼓動をうった。

少女だったエリザの行動に責任を持たねばならない乳母が叱られないようにと、初めての出逢いのことは誰にも言っていない。

話すにしても、九歳のカーティスが王城から跳んできたとなれば、《病弱》という表向きの理由を崩してしまうので、いまとなっては明かすことが難しくなってしまった。

しかし、ジェフリーはずいぶん昔から大臣職に就いているから、カーティスが魔術師だと知っていても不思議はない。

完全な秘匿情報ならこの場でディアンが魔術の話題を出すはずがないし、極秘扱いではないからこそ、オリヴィアはジェフリーから聞いていた。カーティスがこの九年をどう過ごしていたのか、もしかしたら姉から聞けるかもしれない。

──乳母のことを叱らないでってお願いするのはどうかしら。乳母は、『このごろ身体の調子がすぐれません』と手紙に書いていたもの。それも伝えれば、きっとお許しくださるわよね。

腹を決める。一歩前へ出るのと同じような意気込みで言う。

「お姉様。どこで、というのはあとでお話しします。驚かれると思うわ」

微笑して言えば、オリヴィアもそれ以上の追及はしてこなかった。いまは周囲に人がいるので、込み入った話はできない。

ディアンは深く頭を下げた。

「モメント夫人のおっしゃる通り、カーティス様が馬車に守護の呪方陣を仕掛けられます。《病弱》と《魔術師》は相反する事態ではありません。何ら奇妙なところはないのです」

広間の中を一瞬で見回し誰がいるのかを確認したディアンは、きっとかなりの優れ者だ。頭を起こした彼は、エリザの方を見て続ける。

「次の移動はエリザ様がご一緒ですから、荷物などは二の次の呪方陣になりましょう。カーティス様はエリザ様のことはできる限りご自身でなされたいと言われています。王城の魔術師の手は要らないと仰せでした」

「あら、まぁ」

口元を手の甲で押さえたオリヴィアは、ころころと上品な笑いを零した。これが貴婦人の仕草なのかと、エリザはじっと見つめる。憧れの姉は、エリザのお手本でもあった。

モメント屋敷の女主人としてオリヴィアがディアンをねぎらう。

「ご苦労様でした。滞りなく受け取りましたとお伝えくださいね。公爵様にもご報告しておきます」

「お願いいたします。では、これで失礼させていただきます」

ディアンは微笑んで再び深くお辞儀をしてから、他の者たちを引き連れて広間を出て行った。

「エリザ。私の部屋へ行きましょうか」

「はい。お姉様」

エリザは桐箱をシュスに預けて彼女の部屋へ持ってゆくようにと指示したあとは、姉について廊下へ出る。長々と歩いてオリヴィアの居室まで行き、室内に入ってソファの一方に座った。

正面にはもう一つのソファが設置されていて、オリヴィアが腰を掛ける。

お茶が運ばれると、オリヴィアは人払いをした。これで二人きりになる。

エリザは、一息入れてからすぐに始めた。

「カーティス様との出逢いについてですが、以前、お姉様が私に聞いてこられたときは、王都や王城でということでしたので、出逢っていないと申し上げました」

なにより、前に訊かれたときは、カーティスがティスだとは知らなかったのだ。

「カーティス様と初めてお逢いしたのは、こちらへ来てからではなくて、もっと前なのです。お話しします。代わりにと言っては変かもしれませんが、お姉様がご存知でいらっしゃるカーティス様のことを教えていただけませんか？」

「あの方のことを知りたいのね。エリザ、知りたいと思うのは、それだけ相手のことを考えているということでもあるわ。無関心なら知りたいとも思わないでしょうから」

「それは、——結婚する相手ですから」

知りたい理由としてはそれほどおかしくない答えなのに、少しばかりでも頬が熱くなった。オリヴィアはとても興味深そうに目を眇める。

「確かにそうね。いいわ。知っていることだけよ。さぁ、カーティス様との初めての出逢いを話して。いつ、どこで、どうやって？」

「いまから思うと、とても不思議な出逢いだったのです。私が十二歳のときでした」

エリザは、胸の奥に隠した宝物になっている思い出を話す。そして、乳母は知らないことだから、監督不行き届きなどと責めないでほしいと訴えた。

オリヴィアはコロコロと笑う。

「九年も前のことを責めるわけがないでしょう。それより、本当に偶然だったの?」

「はい。原っぱへ行ったときに、たまたま九歳のカーティス様が寝転がっていたんです。『跳んできた』ということでした。一か月の間は雨が降った日も一緒にいましたから、本当に毎日彼の顔を見ていましたね。私にとっては弟のような感じで、友達でもあったのです」

「……一か月過ぎて、あなたは王都へ来たわ。王都では一度も逢っていないの?」

一昨日の夜、噴水のところで逢っているが、どう考えてもあれは内緒にしておくべきだと思えた。エリザのためというよりはカーティスのために。しかも、キスをしたと話すには相手が姉では恥ずかしすぎる。だからエリザは口を噤んで頷くにとどめた。

「私の話はこれだけです。遠い昔遊んだだけなのに、それがどうして結婚に繋がるのか、私にも分かりません」

「そう。あなたがそう言うのなら、あなたにとっては分からないことなのでしょうね。では、約束だから、私の知っていることを話すわ」

正面に座るオリヴィアの眼が少し大きくなったような気がした。エリザと同じ色合いの青の瞳がこちらを見ている。凝視されると、なぜか追われる気持ちになった。

オリヴィアは静かに話し始める。

「あなたと原っぱで出逢ったとき、カーティス様はすでに王城の一室に閉じ込められた状態だったの。

抜け出してそちらへ行っていらしたのね。それが、発覚したのよ。次は、ギルドが総力を上げて造った塔に閉じ込められた」

どきりとする。エリザのせいではないだろうが、心臓が痛むような気がした。

「部屋にしても塔にしても、どうして閉じ込められるのですか。まだ子供なのに」

「カーティス様のお力はとても大きなもので、赤ん坊のときは魔力の爆発が何度もあったそうよ。育つうちにどんどん魔力が強くなられたというから、周囲にとっては苦渋の選択だったの」

「ですが、九歳のカーティス様は、魔術の危険とか話せばちゃんと理解されたと思います」

初めて逢ったティスは、とても挑戦的な目で彼女を見上げた。彼にとって周囲の者は、すべて敵にしか見えなかったのだ。けれど次第にその心は解（ほぐ）れていったではないか。

「話すのは無理だったみたいね。カーティス様が五歳のときに王妃様が亡くなられると、宥められる者がいなくなってしまった。時々、暴れられたらしいわ。国王陛下も兄君たちもカーティス様を恐れたから、魔術師の塔に閉じ込められたの」

幼い子供が、外へ出られず、誰かと遊ぶこともできずに過ごしたのか。世話係はいても家族と同様に彼を恐れただろう。まともに話をしてくれる者がいない中で、少年は一人でなにを思っていたのだろうか。痛ましくてエリザは眉を顰（ひそ）める。

「……ひどい……」

「カーティス様がそれほど強大な魔術師だからよ。しかも感情によって魔力を爆発させてしまわれる。塔はかなり強力な結界で包まれていたそうよ。ところが、兄王子が二人とも国を出られたから、国王陛下は最後の王子であるカーティス様を塔から出す他はなくなったの。一年前に」

田舎の原っぱでエリザと出逢ったカーティスは、子供の遊びを繰り返しながら自らの生きる道について考え、エリザが言った姉の言葉を『忘れない』と返してきた。

胸奥で自分に言い聞かせ、九年後には、己の立ち位置をもぎ取ったのか。

「塔から出てきたカーティス様は、力のコントロールができていたそうよ。塔の中で、感情を抑え、我慢を覚えて、自分を制御することを学ばれたのでしょう」

エリザは喉が詰まったようになって声が出なかった。大人たちに寄って集って押さえつけられたカーティスは、夜中の噴水のところで何と言っていた？

『エリザに言葉をもらったから、僕は歪みきらなかったんだ』

それから。

『エリザと再会することばかり考えていたから、歪みきって闇落ちする暇もなかった』

さらに驚くべきことを言った。

『愛している』

大人になったティスは、第三王子のカーティスになっていた。

次第に俯いたエリザは両手で顔を覆う。涙が零れそうだったのに、胸が詰まって苦しいばかりのときは泣けないのだと知ることになった。

「エリザ。エリザ大丈夫？　どうしたの。魔術師が怖くなってしまった？　それともカーティス様のことが怖いの？」

対面のソファに座っていたオリヴィアが立ち上がって傍まで来る。エリザの隣に座り、彼女の肩を緩く抱いて心配そうに覗きこんだ。

「怖いのは分かるわ。Aクラス以上の魔術師で、しかも、『たった一人で世界を掌握できる潜在能力を持つ』そうよ。世界を掌握って『世界征服』ということだものね」

　夢のような内容だと思いながらも、噴水の時のカーティスならあり得るかもしれないと思い直す。ただ、これだけは言いたくて、エリザはオリヴィアをじっと見つめて主張する。

「怖くはありません。私にとっては、少年ティスとカーティス様は繋がっています」

「九年も間が空けば別人になっていてもおかしくはないわよ。そういえば、カーティス様が全力で魔力を発動されたところは誰も見たことがないそうだけど、エリザは？　見たことはない？」

　ただ遊んで、駆けっこをしていただけだ。楽しかった日々に魔術など入り込む余地はなかった。

「見ていません」

「そう……。これで私の話は終わりよ」

　オリヴィアはすぅっと離れると、対面のソファに移動した。エリザは姉に顔を向け、背筋をしゃんと伸ばす。

「お姉様、お話をありがとうございました。私、部屋へ戻って少し休んでもよろしいですか？」

「いいわよ。あなた、顔色が悪いわ。あとで様子を見に行かせるわね。予定されていた勉強は、今日は休みにするよう執事に伝えておきます。ゆっくりしなさい」

「すみません……。あ、でも、魔術のことはもっと学びたいので、そちらは勉強のご手配をお願いします」

　オリヴィアの目が眇められた。家庭教師の時間調整という些細（ささい）なことだったが、エリザが己の動きを自分で決めたので驚いたのかもしれない。姉は感情の読み取れない声で返してくる。

「カーティス様を知りたいから魔術のことを勉強するというのは正しい判断だわ。あの方の基本はそこにあるでしょうから。では、執事にそれも伝えておきましょう」

「ありがとうございます。ではお姉様、失礼いたします」

エリザは、蹲りそうな自分を叱咤しながら立ち上がり、ふらつきそうでもなんとか歩いて自分の居室へ戻った。

シュスに前もって頼んでいた通り、書斎机の上にディアンが持ってきた桐箱が置いてある。

エリザが机の前にある椅子に腰を掛けると、シュスがやってきて『飲み物はどうなさいますか』と訊いてきた。

「いまはいらないわ。一人にしておいてくれる？」

「かしこまりました」

箱を手に取ってふたたび眺めている間にシュスは退室していった。

中に入れておいた手紙を取って、ペーパーナイフで封を開けると、良い匂いのする便箋が二枚、二つ折りになって入っていた。

ゆっくりそれを開く。かちりとした硬い文字で文章が綴られていた。

『昨夜は突然押しかけたあげく、いきなりのことをしてすまなかった』

手紙は謝罪から始まっていた。

大人のようだと思ったが、カーティスは大人だ。どうしてもティスのイメージが付いて回るので、彼は成長したのだとエリザは常に意識を上書きせねばならない。

『エリザと再会するために、自分の正当な立場をもぎ取った。結婚したいと考えたのは四年ほど前からだ。具体的な準備は一年前から始めている。エリザが身に着けるものをどうしても贈りたかった。受け取ってくれ』

ここでふぅと一息入れて手紙をそっと胸に寄せる。

手紙というものがこれほど胸に染み入るとは、思ってもみなかった。故郷の様子を知らせてくる乳母の手紙ではこうはならない。

再び目を向けて先を読み始める。

『国王陛下への目通りのときのドレスは、あなたの瞳の色と同じにしたよ。舞踏会用のは、髪の色を考えて濃い赤にしてある。是非、着てほしい。次に逢うのを楽しみにしている』

そして最後はこう締め括られていた。

『我慢するのも大変だな。だけど、どうしても逢いたかったんだ』

少年のときでさえ、遠くから毎日原っぱへ来ることができていたカーティスなら、魔術を使えばおよそ何でもできるだろう。もしかしたら、ギルド特製の塔からでも脱出は可能だったのかもしれない。しかし彼は、塔の中で八年耐えた。正当な立場を掴むために。

己が王子たるに相応しいことを父親に証明したから、もうすぐ王太子の指名を受ける。どうやってか、二人の兄が個人資産を弟に譲ると書き置くほどには和解した。

そしていま、エリザの前に立っている。

利かん気で負けず嫌いな小さな彼と、いまの王子カーティスが同じ線で繋がるからこそ、エリザは戸惑いの中にいる。彼女にしてみればいきなり大きくなったようなものだ。なかなか慣れない。

――ティス。耐えて我慢して自力で大人になったんだわ。彼の中には、世界を掌握できるという魔力だけじゃなくて、人としての力もある。

そこに注視すれば、大人の彼はとても魅力的だ。

エリザは、そっと手紙を胸に抱きしめて目を閉じた。


瞬く間に五日過ぎて、エリザが国王陛下に目通りする日になった。

春らしい暖かな快晴となり先行きの明るさを感じ取れたのが嬉しくて、ベッドから起き上がったエリザは笑って窓から空を見上げた。

モメント屋敷にいる者はみな慌ただしく動いている。エリザも早くから湯殿に浸かり、髪を結われ、いまは部屋でシュスともう一人の侍女の二人がかりでドレスを着付けられていた。

姿見を眺めながら鮮やかに微笑む。

——大人っぽい。嬉しいな。

全体の色合いが、エリザの瞳の色を髣髴（ほうふつ）とさせる青が基本になっている。空の色よりもさらに突き抜けた濃い青色は、彼女の感情が高ぶったときに表れる色彩だ。

駆けっこをして負けると、こういう色合いになった。『エリザの目は、怒るとすごく青くなるよ。泣きたいときもそうなのかな』と言ったカーティスは、覚えていたのだ。

銀糸で刺繍が施され、フリルになった薄絹は半透明の白だった。レースも白い。他の色は意図的に入っていないのだろう。

形も素敵だった。可愛いというよりは、比較的大きく開いている胸元から腰にフィットして魅惑的な線で纏められている。布が柔らかいせいか、量は多いのに深いドレープを重ねて裳裾の広がりが押さえられている。

様子を見に来たオリヴィアが、高い声で注意を促した。

「あら、少々大人向きではなくて？　カーティス様にはあとで私の方からお伝えしますから、こちらで作ったドレスにしましょうか」

エリザの横に立ち、姿見を眺めながら言われたので、鏡に映る姉と目が合った。

「お姉様。このドレスで参ります。贈っていただきましたからには着用しなければ、落胆されてしまわれるかもしれません」

言っていることに間違いはないはずだが、ドレスのことでも、いつもは姉の言葉に反対することはないので、驚いたときの癖らしくオリヴィアは目を細めてエリザを見つめた。

オリヴィアが再びなにか言おうとしたところで、扉がノックされる。ジェフリーの声がした。

「もう終わったかい？　入ってもいいかな」

ちらりとシュスを見やれば頷いている。着付けは終わったということだ。隣の侍女が持つトレイに載せられた宝石類が装着前だったから、終了の言葉はまだない。

装飾品の数や大きさを見たエリザは、すべて付けるのかと思って目が泳いでしまったが、とりあえず扉に向かって返事をした。

「お入りください。ドレスの方は終了しています」

扉を開けて入室してきたジェフリーは、エリザを一目見て目を見張る。

「これは美しい。こういうはっきりした色合いもよく似合うね。エリザの目鼻立ちを浮き上がらせるようなバランスの良さだ。いや、急に大人になってしまったようで、私は少し寂しいよ」

両手を広げて近寄ってきたジェフリーは、エリザを緩く抱きしめてくれた。それから彼は、オリヴィアの腰に腕を回して引き寄せると、頬にキスをする。

こういう一連の動きは、貴族の貴公子として実にそつがない。

「ジェフ。娘を嫁に出す父親のようですよ」

「それに近いな。宝石は私が付けてあげよう。ダイヤにサファイヤ、アクセントがルビーか。カーティス様の熱情をひしひしと感じるね」

エリザは『熱情』という言葉に思わずひくんっと肩を上げてしまった。反応を返したことがまた恥ずかしくて、頬がわずかに染まる。

ジェフリーはくすりと笑っただけでなにも言わない。彼は本当に大人の男性だ。すべてに丁寧で、基本を外さない。手の動きがとても優雅だ。

彼はエリザにネックレス、イヤリング、髪飾りと、順につけてゆく。

「私も」

オリヴィアの手で幾つもの指輪が嵌められた。姉の目じりに涙が浮かんでいる。なにがあろうと、妹を大切に思っているという姉の根本は変わらない。エリザはそう信じている。

モメント夫妻はすでに着替えを終えていた。オリヴィアは相変わらずの美貌を惜しげもなく外に出して、もっとも似合うと思われる極彩色のドレスに身を包んでいる。

ジェフリーは、妻のドレスから取り出した一色で纏めた上着とタイを身に付け、濃い色のズボンを穿いていた。二人が並べば、まさにコード王国が誇るモメント公爵夫妻となる。

エリザは姉と義兄を見つめると、床へ向かって柔らかなドレープが多くなっている裳裾を両手でそれぞれ摘んで深く腰を折る。

「お義兄様。お姉様。長い間慈しんでくださいまして、ありがとうございました」

頭が上げられない。涙ぐんでしまうのを押さえないと、シュスが丹念に整えてくれた化粧が崩れてしまう。

オリヴィアは目頭を指先で押さえ、ジェフリーは詰まったような声で返事をくれる。

「婚儀は三か月後だが、間違いなく執り行われる。私がそうする。だからこれでエリザを見送ることになるね。カーティス様と一緒に幸せになれるよう、私たちはいつも祈っているよ」

「ありがとうございます」

そこでゆっくりを顔を上げ、エリザは鮮やかに微笑んだ。ジェフリーは珍しく相好を崩している。

「モメント家はエリザの実家だ。たまには遊びに来て、オリヴィアの話し相手をしてくれ」

「はい」

式を挙げてから婚家に入るのではなく、国王陛下へのお目通りが済むと、その夜は舞踏会となり、エリザはそのまま王城の王太子宮に留まる。三か月後の婚儀が済めば王子の正妃だ。

——今から三か月の間に、ティスを夫として見られるようにならないといけない……。

一番の問題は、結婚するというのに実感が薄いことかもしれない。

迎えが来たと伝えられて正面まで行くと、騎士の正装をしたディアンが、王家のしきたりにのっとった仰々しい態度で、エリザを王家の紋章が扉に嵌め込まれた馬車へ誘導した。

姉夫婦も、すぐ後ろについているモメント家の紋章がある馬車に乗り込む。

騎乗したディアンが『出発』と告げると、全体が動き始める。

ディアンは、エリザの馬車の隣についた。国軍に所属する衛兵が周囲に散らばって護衛の体勢を取ったのを窓から見たエリザは、こくりと喉を鳴らす。

王家の者との結婚は、服装から態度、持ちもの、後押しをする貴族がどれほど高い位を持つのかなど、様々な面で完璧さが要求される。

逆に、妻となった者に渡されるのは、すべてが一変する周囲の環境だ。常に護衛がつくのもその一つで、目の当たりにしたエリザは予想していた以上の重責を感じた。

彼女は目を閉じると、馬車の背もたれに深く身を沈める。


王城にはまず最外壁があり、その周りを深い堀がぐるりと巻いている。堀には水が流されているから、大門へ辿り着くには、下された跳ね橋を渡らねばならない。

跳ね橋を上げてしまえば、平地とはいえ攻め込むには難しい堅固な城になる。

最外壁の大門を潜ったあとは、第二外壁を通り抜け、第三壁を通ってようやく王城本体がある内側へ入る。エリザは馬車の窓から興味津々といった体（てい）で外を眺めていた。

建物としての城が中心にあり、たくさんの塔と屋敷の棟を連ねた建物で構成されている。赤い屋根が見えると、エリザは何事もなく到着したことにほっと胸をなで下ろした。

モメント家の屋敷を出たのは太陽が中天にかかる直前だった。いかに近いとはいえ迂回路を来たので行程は数時間を要している。いつもならそろそろお茶の時間だ。

ジェフリーに、婚儀は諸外国から賓客を山ほど招いて執り行われると聞いた。

カーティスが王太子の指名を受けるときには、王太子妃として王都を見下せる最外壁に立ち並び民への顔見せとなるらしい。

その第一歩が今日のお目通りだ。

――……大丈夫かしら、私。

決心してやって来たとはいえ、不安も次第に大きくなる。

王城の正面で出迎えてくれたのはキラーク宰相だ。黒い瞳と、肩よりも下の長さになる黒色の直毛を持った静けさを纏う男性だった。

エリザよりもかなり背が高く、細面が示すように身も細いと思うが、ゆったりとしたローブ姿だったのでよく分からない。

国王の信認が非常に厚く、過去の功績から、魔術師ギルドとの太いパイプを持つ人物だ。

優秀なのだろうが、エリザにしてみれば、カーティスを塔に閉じ込めるために一役買った人物だった。一役どころか主犯かもしれない。

身長の加減でずいぶん上の方から彼女を眺めたキラークは、下げ過ぎではないかと感じるほど深く腰を折った。

「エリザ様、この度は、殿下のお妃様候補としてお出でいただきまして、ご足労痛み入ります。今後のご予定などはすべて私の方で取り計らいますし、ご不便がないよう手配いたしますので、どうぞなんでもお言いつけください」

「ありがとうございます。これから先、よろしくお願いします」

「では、どうぞこちらへ」

慇懃そのものといった深い礼からやっと顔を上げたキラークは、にこりともせずに踵を返した。

王家の一員になる以上、国王陛下、王子殿下、そして賓客以外のどの相手に対しても頭を下げ過ぎてはいけないと教えられた。エリザはそのとおりに動く。

慣れていないので人形の動きにも似た覚束なさだったが、宰相は眉一つ動かさなかった。

屋敷を出た瞬間から激変してゆく周囲の環境は、エリザにとてつもない緊張を強いている。宰相の言葉で、彼女は自分がまだお妃候補でしかないと悟る。

――お姉様は、こういう世界が私に合わないってことを、よくご存知だったのでしょうね。

姉のためにも失敗はできない。

キラークに案内されたのは、謁見の大広間に入るために待機する前室だった。幅も高さもある大きな両扉の両側には衛兵が直立不動で立っていて、キラークのわずかな合図でその扉が開く。

部屋の中にはすでにカーティスがいた。王子としての正装がとてもよく似合っている。

銀髪が映える上着は、エリザと対になった濃い青色だ。袖口から覗くドレスシャツのレースは白いので、これもまたエリザと合わせてあった。

カーティスは、いまにも彼女に駆け寄りそうな雰囲気だったが、キラークを見て止まる。身分が上になる彼から近寄るのは順に反するということだ。エリザはゆっくりカーティスに近づいた。

「ようこそ、エリザ」

美しい笑みを浮かべて立っているカーティスは、傍まで来たエリザの手の甲を取って口づける。エリザも軽く膝を曲げて挨拶をした。

「お招きありがとうございます。王子殿下に相応しくあるよう、努力は惜しみません。どうぞよろしくお願い致します」

言葉を考えたのはジェフリーだ。間違いなく言えているはずだが、緊張はますます高まる。反して、カーティスはエリザの挨拶をするっと流して彼女を見つめるばかりなので戸惑ってしまう。

「美しいな。会えて嬉しいよ。僕はあなたに会う度に感動する」

前もって設定されていないことを言われると、対応に困る。困ると地が出る。

「感動？　そんな大げさな。……あの、ありがとうございます。カーティス様」

「ティスでいいよ」

「人がいる場でそういうわけにはまいりません」

思わず、くっと睨んでしまった。カーティスは笑いだしそうな顔になる。

その場には彼女たちを先導する役としてキラークがいた。彼は扉近くに待機しているから、二人の会話は聞こえないかもしれない。それでも、『カーティス様』呼びは通さなくてはならない。表では特にそうするよう、モメント屋敷で教えられた。

カーティスは片肘を曲げて出してくる。エリザはその腕に手を掛けて腕を組んだ格好になった。

すると彼は、エリザの手を上からぽんぽんを軽く叩いた。不思議なことに、それでエリザの中の緊張がすとんっと抜ける。

──さぁ、始まるわ。集中するのよ。前を向いて思い切り走る……気持ちで。

「──はじめ！」

床を凝視して小さく小さく呟けば、なぜか聞こえてしまったらしいカーティスが微笑した。

エリザが口にした言葉をどこで使っていたのか、カーティスには分かったのだ。それが気合い入れだということも。

彼女はとっておきの笑みを彼に向けた。カーティスも微笑で返してくれる。

「行くか」

「はい」

二人は一緒に歩み始め、キラークが先導してゆく。

謁見の間の扉の前でモメント公爵夫妻が待っていた。ジェフリーとオリヴィアは、カーティスとエリザの後見役として国王に謁見する。すでに知られていることでも、これで正式な任命となる。

大扉が開けられ、侍従長と思しき者が声を張り上げた。

「カーティス・ボナ・コード殿下、エリザ・クレメンタイン嬢、お二人の後見役ジェフリー・モメント公爵閣下とご令室オリヴィア・モメント様」

緋色の絨毯の上をエリザたちが歩き出すと、数歩後ろをジェフリーたちがついた。細長い絨毯の両側は、ひしめき合って立っている高位の貴族たちで埋まっている。

正面には二段ほど上がる台座があり、玉座とそこに座するラングルド国王が彼らを待っていた。

ラングルド王へのエリザの目通りは実にスムーズに終わった。

決められていたことをなぞっただけだが、失敗しなくてよかったとエリザは胸をなで下ろす。

次に案内されたのは、この先彼女が住まう居室で、王太子のための一角、つまり王太子宮にある王太子妃の部屋だ。聞いてはいたが、本当にこれでいいのかと考えてしまう。

「カーティス様には、三か月後のご婚儀のあと、できる限り早い段階で王太子のご指名をお受けいただく予定です。ただでさえ短期にすべてを執り行いますから、ご婚約者様には居室の移動などしなくてよいとの陛下のご判断です」

案内してきたキラークが説明した。

入城したときは『お妃候補』だったものが、一時間そこそこで『ご婚約者様』に替わっていた。国王陛下への目通りがどれほどの意味があったのか、窺い知れる。

カーティスはエリザに、少し休むようにと言い、廊下へ出る大扉ではなく、壁のドアを開けて彼女のリビング兼寝室から出て行った。ドアの向こうは彼の寝室だと宰相に教えてもらう。王太子夫妻が住まう場所は、互いの寝室が内扉で繋がっているということだ。

キラークは腰を屈めて退室し、ジェフリーとオリヴィアもモメント公爵に割り当てられている居室へ向かった。

一緒に来た面々がいなくなると、エリザはよろよろとソファに座る。エリザ付きの侍女として共に王城へ入ったシュスが入室してきて、何事にも動じない鉄壁の侍女の顔を向けてきた。

いつもと同じ様子の彼女を見ると心も落ち着く。

「エリザ様のご予定は、夜は舞踏会となっております。二時間もすればお着替えをしなくてはなりません。いまのドレスをお脱ぎになって、横になられるのがよろしいかと存じます」

「そうね。このあとは舞踏会か……。こういう毎日を過ごしてゆくなんて、王城へ来る人たちってものすごく体力があるわね。――体力ね。いいわ、私もそれなら少しばかり自信があるもの。奇行と噂されても、掃除で身体を動かしたのや、庭を歩いたことがここで役に立ちそう。不思議なものね」

「そうですね。まさかここで活かせるとは、思ってもみませんでした」

エリザは部屋の中を見回して、上部が曲線になった幾つかの窓や大理石仕様の暖炉、目の前のローテーブルなどを眺める。そしてふふふ……と笑った。

「掃除しがいのある調度がいっぱいだわ。綺麗にしてあるけど、磨く回数が多くなったからって痛まないわよね。これだけ広いと埃を払うだけでも手間がかかりそう」

同じように見回したシュスが頷く。

「本当に」

笑った気配があってので急いで振り向くと、いつもの顔に戻っている。隙のないことだ。

王城はきっと使われていない部屋も多いだろうが、ふらふらとあちらこちらをうろつくのはしばらく控えるべきだろう。

しかし何年も住まうのだから、掃除をする機会はいつか作れる。いや、作る。

——屋根裏部屋もきっとあるわ。

心の内でぐっと拳を握った。

モメント屋敷の最後の屋根裏部屋はかろうじて片付けてきたが、時間が不足して自分内満足の完成度までいかなかった。残念だ。実家に帰ることがあれば、続きをやりたい。

人生は長く、やりたいことをする時間はまだまだある……はず。たとえそれが掃除であっても、大っぴらに言えなくてもだ。

考えている間にどんどん活力が回復してきた。エリザは微笑んでシュスに顔を向ける。

「次の着替えまではこのままでいます。飲み物は欲しいからお願いね」

シュスは軽く頷くと、『お飲み物を用意してきます』と退室して行った。

時間は瞬く間に過ぎ、舞踏会の用意に入る。

王城で手配された侍女たちをシュスが指揮しながら夜のドレスを運んできた。シュスはエリザ付き侍女の筆頭になった。これはエリザの希望だ。

舞踏会用としてカーティスが用意していたドレスは、真紅にベージュのレースと小花のアクセントがあるものだった。フリルなどは少なく、胸元も背中も大きく開いている大人のドレスだ。

エリザのブルネットとのバランスも良く、白い肌が映える。宝石はダイヤモンドが主体だった。

侍従が呼びに来て廊下へ出れば、カーティスが立っている。

「エリザ、綺麗だよ」

「ドレスのおかげです。ありがとうございました。カーティス様」

ため息を吐かんばかりに褒めてくれたカーティスは、『様』づけが本当に気にくわないようだ。そういう顔を向けてくるのがおかしくて、エリザは小首を傾げて笑ってしまう。

舞踏会が始まっている大広間に主役の二人が姿を現すと、大歓声が沸き起こった。

こういう場合の対処を心得た人々なので、そつなくすべてが進む。ただ、陰口にも似た会話をする人も多くいて、その口に蓋をするのはキラーク宰相でも無理だったようだ。

エリザは耳が良いのか、管弦楽が演奏されている中でも、たまに聞こえてしまう。

『王城へ入場されたときも思いましたが、あの《麗しの殿下》の隣に並ばれては、お可哀想(かわいそう)かなと思っておりましたのを完全に覆されましたな。いやお美しいご婚約者様ですよ』

『本当にそうですわね。これで、エリザ様をモメント家の居候と囁く者もいなくなるでしょう』

『ははは……、まだ婚約ではないですか。カーティス様は最後の王子殿下ですからなぁ。娘を正妃にしたいと考える方々は、婚儀が終了しても消えませんよ。まだまだ、これからでしょう』

状況に相応しいあでやかな姿を披露したエリザに、表だって突っかかる強者は少ない。しかし少ないというだけで、彼女を蹴落としたいと望む者はたくさんいる。

実際、この舞踏会の場でも、巧妙に絡んでくる令嬢や高位の貴族などが後を絶たなかった。

最初のダンスはカーティスと踊った。ドレスの加減もあれば、速い曲だったのもあってエリザとカーティスは非常に目立った。終われば次の相手が申し込んでくる。

年配の伯爵が、踊っている最中にこの先の大変さをとくとくと説いてきた。微笑して聞き入る。

——余計なお世話とは言えないわよね。

なにか言えば、すぐさま上げ足を取られそうだ。

カーティスが他の令嬢と踊っている間に近寄ってきた婦人連中が、『あの二人はお似合いでしょう? 家柄も釣りあいますしね』と口々に言ったりもした。

エリザには上手く切り抜けられない。なんといっても、こういう人たちに囲まれるという状態に慣れていなかった。つい頓珍漢な受け答えになってしまって、その場で笑われる。

集団になって押し寄せてくる嘲笑にも似た乾いた笑いは、エリザを立ち竦ませた。次第に叫び出したい気分になってくる。

すると、なんとカーティスが、ダンスの途中であっても相手に謝罪しながらやってきて、エリザの前に立ったのだ。

「彼女は僕の大切な人なのですが、宮廷社交界にまだ慣れていません。ご用でしたら僕がお聞きしますよ。何でしょうか」

「え？　殿下、その、別に。女性同士のことを少し。ご存知でないと困られると思いましたので」

「エリザには、今後博士や学者たちがつきますから、慣れていない部分はすぐに直されるでしょう。ご心配をお掛けしますが、いま少しご容赦願います」

それはそれは美しい笑みを浮かべて言えば、周囲の女性たちはみな、ごにょごにょと口ごもるばかりになった。

カーティスは、きつい言葉を選ばなかった。態度自体とても優美で柔らかく、エリザに向ける利かん気な顔は表では微塵も見せない。もう少年ではないのだと、心の内で再び確認する。

エリザは、彼女の前に立ったカーティスの背を眺める。

――私を守ってくれる盾のような背中……。ティス……、いいえ、ここにいるのは『カーティス様』なんだわ。

その背中は、彼女よりも高く、肩幅も広く、しなやかさがあるのにとても頑丈そうに見えた。この背中にくっつきたい衝動が込み上がる。

かつての少年には抱いたことのない感情が溢れ、ドキドキと鼓動は躍り、息が止まりそうなほど、ときめいた。成人した男性の背中を眺めて、心が高揚して止まらない。

これは過去の思い出とは関係なく、いまのカーティスに対する感情の高ぶりだ。

彼は微笑みながら、弧になって前方を囲む婦人連中に言う。

「良い機会ですからはっきりとお伝えしますね。僕はエリザを悲しませるものは、何であっても許す

つもりはありません。大切な人なのです」

「そんな、悲しませるなんて。するわけがありませんわ。そうですよね、エリザ様」

いきなりその場の成り行きをエリザに振ってきたご婦人方に対して、どう答えようかと頭の中がフル回転する。まずは庇（かば）われている状態から出なくてはと、カーティスと並ぶために横へずれて一歩前に出てから、エリザも彼に習ってにこりと笑う。

「お友達になっていただけたらとても嬉しいです。どうぞよろしくお願いします」

カーティスとエリザ、そして弧になった彼女たちを中心にして、どうなるかと周囲をぐるりと取り囲んで興味津々で見ていた集団が、さざめくようにして笑った。

エリザが横にいるカーティスを見上げると、彼は微笑して微（かす）かに頷く。これでよかったのだとエリザはほっとした。

――天才魔術師なのに、態度と言葉で私を庇ってくれた。魔術では、人を支配下に置くことはできても、大衆から認められる立場を作ることはできない。

人を傷つけたり支配したりせず、魔術師として恐れさせることもなく、こうした表舞台で彼女の盾になってくれる。

――あなたの背中、絶対に忘れない。

彼がここまでくるのに費やした苦労が偲（しの）ばれて、エリザは少しだけ俯くと、目じりに浮かんだ涙を散らせるために目を瞬いた。

カーティスと共に周囲に人の輪ができ、その中心で注目を浴びるエリザを、大広間の隅からオリヴィアが眺めていた。

社交界の華と謳われるオリヴィアは、いまのエリザと同じように周囲に人を集めていた。

王妃殿下のいない王城では、美貌によって賞賛を受ける若いオリヴィアは、敵も多かったが、取り巻きも次第に増えていったのだ。そうなるよう、彼女は努力した。

いまやその位置はエリザにとって代わられようとしている。

――王子殿下の婚約者というだけで。

くるりと踵を返してその場を立ち去ろうとしたオリヴィアを、片手を差し出したジェフリーが止める。舞踏会である以上、これはダンスの申し込みだ。

「ジェフ。疲れてしまいましたの。エリザはカーティス様がいらっしゃれば大丈夫でしょうから、私は退出させていただこうと思います」

「踊ろう。せっかくの舞踏会だ。一度くらいは踊ってほしい。しばらくそういう機会がなかったからね。終わったら一緒に大広間から出よう」

自分に向けられた夫の願いは叶える。それがオリヴィアの覚悟であり、信条だ。

二人で踊りながら会話をする。

「ねぇジェフ。この世で一番恐ろしいものはなにかしら。Aクラス以上の魔力？　なにもかもを壊してしまうような魔術？　それらを操る怪物かしらね。世界征服も可能な怪物。……怪物はみなで排除しなければいけないという人も多いでしょうね。例えば国王陛下とか」

「そうだな。私が思うに、この世でもっとも恐ろしいのは、《人の心の闇》だな」

「……心の、闇。……そうね……そんなものを抱えたら、少なくとも自分だけは、そこから絶対に逃れられないものね」

「逆に、自分だけは最後までそれに対抗できる。どうしたの、オリヴィア。カーティス様のことが気になるのかい？」

軽いステップを踏みながら、オリヴィアはジェフリーの顔を見上げて囁く。

「妹の結婚相手ですから、怪物では困ります」

「大丈夫だよあの方は。エリザがついているからね。エリザは傍にいるだけで、カーティス様が歪むのを押しとどめられる唯一の存在だ。エリザ自身が歪むこともなさそうだし。ほら、あの子は自らの意志で明るさを保てるし、いつも前を向いている。あの子を歪めようとすれば一仕事だ」

ジェフリーはそこでくるりとオリヴィアを回して明るく笑った。

オリヴィアのドレスの裳裾が綺麗に翻る。ダンスのとき、いかに自分が美しく見えるかいろいろ試したのも、すでに遠い過去になろうとしていた。

「そうね。エリザはそういう子だわ」

小さな声で相槌(あいづち)を打ったオリヴィアの視線は、人々の輪の中で談笑しているエリザと、彼女を守るために隣に立つカーティスへと向けられた。

「オリヴィア？」

「あ、はい、ジェフ。お似合いの二人ね。よかった」

「そうだね。そう言えば、エリザとカーティス様が初めて出会った時のことを聞いたそうだね。もちろん私にも話してくれるね」

「ええ、もちろんよ。相変わらず耳聡いのね、ジェフ」

ジェフリーは年齢にそぐう落ち着きのある静かな笑みを口元に湛える。政治的な手腕は抜群で、地位向上に余念がない男は、妻の扱いにも長けていた。

——でも、最近は『愛している』って言ってもらってない。九年も過ぎれば、妻への興味も薄れるのかしら。仕事ほどの魅力が、私にはもうないということかもしれない。

再びちらりとエリザを見る。カーティスがどれほどエリザに夢中なのか、端からは一目瞭然だ。

——自由に過ごした少女時代のあとは、姉のところで裕福に暮らして、最後は夫に愛される王妃になるのね。

ジェフリーがオリヴィアの腰に手を添える。

「行こうか。二人には挨拶をするまでもないだろう」

「そうね。邪魔をしてはいけないわ」

モメント夫妻は、寄り添って舞踏会の大広間から出て行った。

人いきれで酔ってしまったエリザは、少し休もうというカーティスに手を引かれベランダへ出た。

舞踏会に参加している多くの貴族の中でも目敏い者は、二人が窓側の出入り口から抜け出てゆくのに気が付いたが、誰もなにも言わない。二人きりになりたい彼らの邪魔をしては、王家の子を待望する国王の顰蹙を買いかねないからだ。

エリザはベランダの奥側にある白い階段を下りた先へとカーティスに誘導される。

やがて小さくまとまった庭へ出た。周囲が木立で囲まれているので大広間からは見えないが、あちらからの明かりは届くという絶妙な造りになっている。

彼女はほぅと息を吐いて、強張った肩から力を抜く。興奮して熱を持った頬を春の夜風がさわさわと撫でてくれるので、とても気持ちが良い。

「飲み物を持ってこよう」

「王子殿下を使うなんて、できません。私が持ってきます」

「なにを言っているんだ。ご婦人に運ばせるなんて、そんな格好悪いことができるものか。エリザは少し僕に甘えることも学んでほしいな。それに二人きりなんだよ。『ティス』は?」

「人がいる場所では、『殿下』か、『カーティス様』とお呼びするよう教師に言われました。言葉遣いにも要注意だって。……二人きりのときは好きになさって構いませんというのもあったかな」

「だろう? それでいいじゃないか」

「そうね……」

他者から教えられるばかりで、自分のしていることが正解なのかどうかが分からなくて不安だ。

最後の方は声も小さくなって、エリザはカーティスを下から見上げた。

カーティスは目を細めて微笑する。素晴らしい美男子ぶりに見惚れてしまう。

飲み物を取りに行くため、カーティスは片手を上げてその場から離れて行った。

遠ざかる背中を見つめて、エリザはどきんっと鼓動が打つのを感じる。すると、頭の中で小さなティスの姿が過去の思い出の位置に遠ざかり、いまのカーティスが存在感を増す。

――あの背中、すごく好き。……好き。カーティス様が、好き……。え、えぇえ――っ。

自分ながら驚いてしまった。

エリザは動くこともできずに、必死の体で彼の背を凝視する。絶対に忘れないと決めたカーティスの背中を目の奥に焼き付けるようにして見詰めている。

悠々と動く高い背は、やがて視界から消えた。

「これは、エリザ様ではありませんか。大広間から抜け出てこられたのですか」

「え？」

振り返れば、ジェフリーより若いがそれなりに年齢が上の男性が立っている。一瞬誰だか分からなかったが、記憶を振り絞ってようやく思い出した。

「ブリディッシュ侯爵様。こんばんは。……ご機嫌いかがですか？」

棒読みになった。

お見合い相手のブリディッシュ侯爵は、エリザよりも十二歳年上で、落ち着いた声と態度で接してくれた人だ。しかし、姉と話したときに顔がどうしても思い出せなかった人でもある。ようやく名前に顔が付いた。

「美しい。そして、相変わらず溌剌(はつらつ)としておいでだ。お元気そうでなによりです」

近寄ってきた侯爵はエリザの右手を救いあげ、その甲に軽く口づける。ごく普通の貴婦人に対する挨拶だったので、エリザもスカートの裳裾を摘まんで軽く膝を曲げた。

「ありがとうございます。侯爵様もお元気そうですね」

「そうでもありませんよ。カーティス様が恋敵では身を引くしかありませんから、毎夜枕を濡(ぬ)らしているのです。どうです？　私はこんなにやつれてしまいましたよ」

「……」

気の利いたやり取りなど、エリザにはとても無理だ。経験が絶対的に不足している。

エリザからすれば、恋を語るほどカーティスと接触していないし、ブリディッシュ侯爵と会ったのは一回しかない。カーティスとブリディッシュ侯爵がいつの間に恋敵になったのだ。

侯爵との縁談は、しっかり断りが入っているはず。

しかし、そういった表向きのやり取りとは関係なく、失恋しただの新しい恋などといった類は、社交界を沸かせる華となって陽の当たらない場所で咲き誇っている——と、これは王城に来る前に、オリヴィアが教えてくれた。

『体のいい言葉に流されてはダメよ。せめて、婚儀が終わるまではね』

『お姉様。婚儀が終わるまで、ではなくて、夫婦なら死ぬまでではないのですか？』

冗談だと思ってころころと笑った。姉は『その通りね』と笑い返した。

——冗談じゃなかったのね。

オリヴィアがエリザに注意を促さなくてはならないほど、現実では乱れた関係が横行していると分かった。カーティスと婚儀の予定まで決まっているエリザに、ブリディッシュ侯爵は口説き文句を並べて迫ってくるのだから。

こうなると、甲にキスをされたまま手が離されていないのはとても拙かった。

「やめてください！」

いきなり引き寄せられて仰天しているエリザに、侯爵は身体を寄せてキスを仕掛けてくる。男の力は彼女の想像以上だった。

エリザは、すぐさま手を振り払わなかった自分の甘さに唇を噛んで抵抗する。

「可愛い唇なのに、私を拒む言葉しか出て来ない。一年前から殿下との縁談があったと知っていたら……知っていても、こんな可愛い花なら手を出さずにはおられませんね」

浮ついた言葉は空気よりも軽く飛んでゆく。

「放してくださいっ」

こうなれば足で蹴る……と頭に浮かんだところで、侯爵は見えない手に弾き飛ばされたようにして吹っ飛んだ。

青白いエネルギーが揺れながら立ち昇る呪方陣が、地面の上、あるいは空中にいくつも現れ、庭のあちらこちらにあったはずの彫像が飛んできて、侯爵の周囲にぶつかる。

しかし、音はない。ひたすら無音で砕けてゆくのをエリザは唖然と眺める。

「うあっ。で、殿下っ」

誰の仕業なのか、侯爵にはすぐに分かったようだ。

エリザも振り返ってベランダから来る階段の方を見れば、両手にカクテルグラスを持ったカーティスが近づいてくるところだった。

魔力の波動に煽られてさわさわと舞い上がる銀髪、そして黄金の瞳。瞳は普通にしているときよりもずっと濃い。まなざしは、周囲の空気さえも凍らせるかと思えるほど冷たく澄んでいた。

彼の周囲を取り巻いた黄金のオーラが揺れ、カクテルグラスがカーティスの両手から放れて両側で宙に浮いた。彼は、空いた両方の手を前に出す。掌は、土の上に座り込んでしまっている侯爵の方へ向いていた。

ブリディッシュ侯爵は腰が抜けたのか、ずりずりと後ろへ逃げようとしている。なにか言いたげだが、かくんと開いている口からは恐怖の喘ぎ以外には出て来ない。

「ティス……、待って、ティス、待って……っ」

危機感が肌をぞろりと舐めた。弾かれるように動き出したエリザは、カーティスに抱きつく。

止めたいのはブリディッシュ侯爵のためではない。こんなところで力を解放したらカーティスのためにはならない。せっかく、自らをコントロールして、一国の王子としての姿を保ってきたのに、エリザのためにここで騒ぎを起こしてはすべてが水の泡になってしまう。

――どうすればいいの？

思い余ったエリザは、自分からカーティスの唇にキスをした。上手く合わさらなくて、角度を変えて再び口づける。

モメント屋敷の西の庭で、カーティスに口づけられた。そのときのことを思い出しながらなんとか唇を合わせると、カーティスの身体がぎくんっと揺れて歩みが止まった。

これはいけると脳裏に閃いたエリザは、口を少し離し、背伸びをして彼の耳に口唇を寄せると小声で呼ぶ。

「ティス！」

声を大きくしなかったのは、近くには大広間があり、そこには貴族ばかりでなく王城に出仕している多くの使用人がいるからだ。大声を出しては、誰かが気が付く。

宙に浮いていたグラスは土の上に落ち、彫像は壊れたものも含めてそのまま元の場所へ戻ってゆく。欠片(かけら)も含めて後ろの方へと宙を飛んでゆく様子は、まるで夢物語だ。

「エリザ……」

呻(うめ)くような声がしたかと思うと、きつく抱きしめられた。エリザの顔が彼の肩口に埋まる。

カーティスは彼女を抱きしめているというより、腕を回して覆いかぶさる格好なのに、まるで縋り付いているかのようだった。

背中に回された腕が震えている。エリザも彼の背中に腕を回してピタリとくっついた。

——背中……こうしていると触れられるんだ。

新しい発見だった。思わず撫でてしまう。

しばらくそのままだったカーティスは、腕の力を緩めて顔を上げ、逃げ出そうとしている侯爵の這いつくばった後姿に向かって硬い声で言う。

「他言無用だ」

ぎょっとして振り返ったブリディッシュ侯爵は、激しく頷き、急いで答える。

「も、もちろんです」

「二度とエリザに手を出すな。そんなことをしたら今度は闇夜で八つ裂きにする」

カーティスの腕の中で寄り添いながら、エリザはぎょっとして彼を見上げる。

ただの脅しなのか本気なのか、顔を見ただけでは分からない。けれど、本気になれば、カーティスにはそれができる。

彼女は振り返ってブリディッシュ侯爵の方を見た。

声が出ない侯爵は、無言でぶんぶんと何度も頷く。ひどい汗をかいている。エリザがカーティスの上着の袖をぎゅうと握って引くと、彼は彼女を見て少し笑った。これ以上ひどくならないのが分かり、そこでようやくエリザもほっとした。

カーティスは王城で生きる者の強かさを見せて、脅すだけではなく要求も突きつける。

「侯爵。これに懲りたら、今後は僕の協力者になってほしい。協力してくれたらそれなりのものは渡す。いいか。王城ではエリザを助けろ。守れ」

「はっ。私は誠心誠意、全力をもって殿下のため、エリザ様のために働きましょう」

片腕でエリザの腰を抱きながら、カーティスがもう一方の手をふいっと動かし、下から何かを投げる仕草をすると、小さな光がブリディッシュ侯爵の額に飛んだ。

「ひ、ひぇっ」

再び腰を抜かした侯爵の額に、青く小さな呪方陣が張り付いたと思ったら、すぅっと消えた。

「これで契約はなった。裏切るなよ」

「お二人のために身命を賭して……」

「もう行っていい。そうだな。エリザと僕は王太子宮へ戻るから、みなにそう言ってくれ。若いからとか適当に理由をつけて、主役が抜け出したという文句が出ないよう上手くやってほしい」

エリザもカーティスも舞踏会が終われば休むだけになる。すでに夜も更けているとはいえ、主役として舞踏会にいるのに、退出には早い時間だ。

「分かり、ました」

ブリディッシュ侯爵は恐怖で引きつった顔をして必死に立ち上がると、ふらふらしながらその場から去っていった。見ていられなくて、エリザは目を伏せる。

カーティスは彼女の方へ目を向けずに肩を抱いて促した。

「僕たちの部屋へ行こう」

黙って頷く。体力というより気力が底を突いていた。大広間へ戻る気にはなれない。

彼女の手を引いて、カーティスは王太子と王太子妃の居室へ向かう。エリザには今日入室したばかりの部屋だ。

ドレスを脱がせたり、必要なら風呂を用意したりするためにシュスが待機しているに違いない。カーティスと一緒に戻るなら、まずはなにをどうしようか。

――シュスに飲み物とか持ってきてもらって……。ディアンを呼ばないと。でも、従士は世話係ではないから侍従を寄越してほしいって、えっと、ディアンに言うの？　それなら先にディアンを呼ぶことに変わりはないじゃないの。

考えているうちに、彼女の部屋の前を通り過ぎ、隣になる王太子の居室へと連れて行かれた。

王太子用の居室には当然、両扉のところに衛兵が二人立っている。直立してカーティスに礼を執る彼らの間を抜け、カーティスは自分の手で扉を押し開くとエリザを連れて部屋に入った。

閉める前に、彼は衛兵に命じる。

「誰も入れるな。エリザの侍女も、ディアンもだ。用ができたら言う」

「はっ」

扉が閉まると、カーティスはエリザを抱きしめた。肩が震えていたので、体勢の加減で丸くなっている背をぽんぽんと軽く叩いた。

「エリザ。僕が怖くないか？　魔術での攻撃なんて、初めて見たよね」

「……初めてよ。昔遊んでいたときは魔術を使わなかったものね。あんなすごいことができる人に出会ったこともないし。助けてくれてありがとう。だけどあれは、少し危ないわ」

カーティスがどんな顔をしているのか、エリザからは見えない。彼は怒った口調で言い募る。

「当てようと思えば当てられた。どうにかなったとしても、跡を隠すのは簡単にできるから構うものか。遠くへ運んで埋めてしまえばいいんだ」

「ティス！」

ぎょっとしたエリザは、彼の胸に手を当てて上半身を引きはがす。カーティスの腕は解かれなくても、どうにか顔を見られる状態になった。

「感情に任せて魔術を振るうことはしないのでしょう？　我慢することにして、お父上の国王陛下にも認めてもらったんじゃない。できるからといってなんでもやっていたら、ただの獣よ」

「あいつはエリザに乱暴を働こうとした。そんなところを見て、まともな考えなんか浮かぶものか。これからだって、あなたに危害を加えようなんて奴は、微塵に刻んで山の中に空中散布だ」

「ひ……っく」

奇妙な声というか音が出てしまった。

他の追随を許さぬ玲瓏とした美しい顔で淡々と言われると一瞬聞き逃しそうだが、内容を認識した途端、臓腑が縮む。誇張ではなく、カーティスには可能だと思えるから恐ろしさも倍増だ。

ただ、動かされる魔術が怖いだけで、彼自身を恐れるものではない。これはやはり少女のころの《ティス》を知っているからだ。原っぱで一緒に走った少年は、大切な友人だった。たった一か月でも、きらめくような太陽の下での記憶だ。

エリザは息を呑んだあと、カーティスの胸のところに手を置く。

「私を理由に非道なことをしないで。我慢するのは大変でも、ちゃんとして。ティス、お願い。私が近寄れなくなるような怖い獣にならないで」

「……分かった」

再びぎゅっと抱きしめられる。腕の力が強くて胸が苦しくなるころには、少し離されて再びキスをされていた。唇が重なりあって、貪られる。

段階を踏む気配など微塵も感じさせない勢いで、カーティスの唇は首筋へとずれてゆく。舌の感触が生々しく這い、ぞくりと肌がそそげたったのを自覚して、エリザは眩暈を起こしそうだった。

「ま、待って。ティス、待って。もう眠る時間よ。誰かが呼びに来るわ。部屋へ戻らなくちゃ」

「一緒にここへ入ったんだ。どうなるか誰でも分かる。邪魔なんか入らないさ」

そうしてまたキスだ。『待って』と言いたいから、口が開いて舌が入るのを許してしまう。

「んー……っ、んっ」

――な、なに、このスピード。だめよ。せめて好きだって、言わなくちゃ。

自覚したばかりの気持ちを伝える前に、この状態になってしまった。

舌で口内を蹂躙されてゆく。顎に指が掛かり、もっと大きく開かされると、顔を振ることさえ上手くできなくなった。

頭の中が白く霞み始めた辺りで、カーティスの腕の力が緩む。エリザはその瞬間に、腹に力を入れて彼を突き飛ばした。一歩後ろへ離れてはぁはぁと早い息遣いの中で言う。

「やめて。こんないきなり」

「相変わらずだなエリザは。素早く動くから油断できない。……いいか、結婚するんだ。いま結ばれて何がいけない。エリザ、僕を拒むな。僕がここまで来られたのは、エリザの言葉があったからこそなのに、いまさら拒むなんて、ひどいじゃないか」

「だ、だって、私は――」

ふっと気が付く。

――ここよ！　ここで言わないと！

脳内が沸騰したようにすさまじい勢いで回転した。

「私はティスが好きなのよ！　でもね、あまり急がないで。せめて結婚式まで……」

「好き？　知ってるさ。あの原っぱで、エリザは僕に好きになってあげると言った」

「え？　あ、あれ？　そうか。私はカーティス様が好きなの！」

両手をわたわたとあてどもなく動かす。

「僕がティスだからだろ？　エリザにとっては、大きくなったティスなんだ。でも違う。子供のころの、友達の《好き》ではいまの僕は満たされない」

あまりに夢中で告げた余韻で興奮していて、カーティスの言葉が半分も分からなかった。

拒否されたと感じたエリザは愕然とする。彼女の動きが止まったところで、カーティスがぱっと動いたと思ったら、すぐ目の前にいて両手首が取られた。これでもう逃げられない。

――すごい力。大人の男の人なんだ。

ぎょっとする。先ほどのブリディッシュ侯爵のことが脳裏で蘇り、エリザは男の力を恐れた。

「放して！　いやよ」

「僕が成長したからいやなのか？　大人になれば当然の変化だ。そうか。いまの僕をもっと知ってくれればいいんだ。もうティスじゃなくなったっていうのを身体で知ってよ、エリザ」

ぐいっと引っ張られてカーティスにぶつかりながら接触すると、しゅんっと小さな竜巻が起こった。

一瞬、闇に呑まれたと思う。次には、カーティスのベッドに横たわっていた。

姉に聞いた通り、カーティスは呪文も魔石もなく魔術が使えるようだ。

ベッドがバウンドして揺れる。

エリザは上向きで寝ていて、彼女の上に覆いかぶさったカーティスがいる。

彼がエリザの赤いドレスを上から下まで目線で辿ると、腕の先の方の布が巻き上がり、すぐに砂塵となって消えていった。その現象は、次第に胸の方へと移動しながら、ドレスは順に消えてゆく。

驚嘆したまなざしでむき出しになった自分の腕を見たエリザは、叫ぶようにして言う。

「だめっ。このドレスはティスがくれたでしょう？　消さないで。とっても好きなドレスなの」

――こんなときに、ドレス！

自分に呆れるが、口にしたのは本心だ。

虚を突かれた顔でエリザを見るカーティスはそっと笑った。大人の笑みだ。

「そうか。僕の贈り物を喜んでくれたんだな。じゃ、僕が自分の手でドレスを脱がせるよ。下着も、すべてをね」

彼は言葉通り、エリザの脇のホックを外しにかかる。

「ティス……本当に、いま？」

「僕は、エリザに逢うことばかりを考えていた。最初はただ会いたかった。塔の中で再会することばかり考えていた。数年過ぎる間に、求めるものが変わっていったんだ。エリザのすべてがほしい。心も、身体もだ！」

どきんっと大きく鼓動が打ったあとは、ドキドキと早鐘のようになる。エリザは両手を上げて顔を隠した。真っ赤に上気した顔を見られては、拒絶する気持ちがなくなったと分かってしまう。

心の準備ができる時間がほしかった。しかし、好きだと自覚しているから、これほど欲してもらえるなら、今でなにがいけないのかと開き直る。

決断が早い。それは拙速と言われることもあるかもしれないが、エリザがエリザである所以でもあったのだ。

「婚儀まで、待てないのよね？」

「そうだ。僕を非道な獣にしたくないだろう？　エリザが手に入らなかったら、きっと怪物になってしまう」

エリザは腕を下すと、彼女を覗きこんで上から見ているカーティスの両頬に当てる。冷たい頬だった。唇のところには薄い笑みがあるのに、彼女を包むまなざしは今にも泣きそうに見える。

「そういう言い方は、ずるいと思うわ」

「なんとでも。あなたを手に入れられるなら、何にでもなる。非道な獣でも、怪物でも、世界の覇者にでも……なってやる」

もう一度好きだと言おうと思ったのに、エリザに応える暇は与えられなかった。カーティスが、ドレスを脱がせながら、いたるところに口づけてきたからだ。

大量の布が取り払われてゆく。ばさりといった衣擦(きぬず)れの音が耳に届けば、身体にあるのは上半身の薄絹と、コルセット、そして下着の類だけになった。

「……ぅ……」

今度は両手で胸を隠す。恥ずかしくて目を閉じた。その間に、カーティスは自分の服を脱いでゆく。

布の擦れる音でそれが分かるので、ものすごく恥ずかしい。

彼の手がコルセットを外し、薄絹を取り、下着まで取り去ると、エリザの目元は潤んでしまう。

「エリザ……、綺麗だな」

うっすらと目を開ければ、上半身を顕わにしたカーティスが見えた。エリザは、恥ずかしいうえに怖くなったので再び目を閉じる。ふいっと横を向いた。

カーティスは彼女が怒っていると考えたのか、両肩を強い力で掴んで乱暴に口づけてきた。

「んっ、んっ、……ぅウ……」

唇の触れ合うところで少しばかり浮かせた彼は、大人の男の掠れた声を出す。

「待てはなしだよ、エリザ。嫌だと言っても止まらないからな」

初めて感じる他人の肌は、温かく、そして怖い。この先が怖かった。そういうエリザの気持ちを置いて、カーティスは無言で頬に口づけ、首筋に顔を埋めて強く吸いあげる。

「あぁ……」

自分の口から無意識にため息のような声が漏れると、エリザは真っ赤になった。自分の反応に戸惑い、胸を隠していた手を口元に持ってゆく。

無防備になった胸部にカーティスの手が寄せられて乳房を弄られる。全体をぐっと握られて揺さぶられた。

「豊かな胸だ。こんなに育つなんて、……嬉しいけど……誰も触っていないよね」

ぱっと目を開いたエリザは、カーティスを睨んで激しく言う。

「誰も触ってなんかいないっ」

カーティスは笑った。笑いながら彼女の乳房の先端を口に含み舌で舐って転がした。

そこから生まれる感覚が、身体中を走る。

「あ、あぁ……っ……ま、待って、あ、そんなふうに、しないで」

「待ては、なしだ」

くぐもった声になるのは口の中に彼女の乳首が入っているからだ。乳房を下から手で揉まれながら、唇で先端を弄られる。それがこれほど奇妙な感覚を生まれさせるとは考えてもみなかった。

右から左、左から下へ。カーティスは己の舌でエリザを確かめてゆく。

「は、……あぁ、……」

至るところを吸い上げられては舐められ、手で撫でられた。肌が紅潮しているのか、熱い。考えたとしても抵抗などできなかった。カーティスはまさに劣情を顕わにした男の顔をしてエリザの肉体を貪っている。

サラサラの銀髪が腹のあたりを擽っているのを感じると、彼が下肢のところにいるのが分かってエリザは慌てる。起き上がろうとするが、カーティスの手が陰部をそろりと撫でたので、肩肘を立てたところで硬直した。

そういえば、いつの間にか脚が大きく開いている。カーティスはその真ん中にいた。

「可愛い茂みだな……」

触れながら言わないでほしい。指が立てられて女陰が割られると、さすがに悲鳴が漏れた。

「きゃぁ、あ、あぁっ……ティス、やめ……っ」

大きく割られた足の間で、楽しげに彼女の内股を舐めてキスするカーティスは、遊んでいるようでもある。とにかく嬉しそうで楽しそうで、秘密の扉を開く子供のようであり、エリザを苛めたい大人のようでもあった。

顔を左右に振って感覚を散らそうとするエリザは何が何だか分からなくなってくる。

指が浅瀬を泳いで、隠微な豆を弄り始めると、もう堪らなくなって膝を立ててしまう。閉じたくて膝を寄せようとしたが、間にカーティスがいるのでほとんど動かせなかった。

「いや、あ、見ないで、うぅ……あ、っ」

「感じる？　エリザ、気持ちが好い？」

「いや、いや、……触らないでぇ……っ、いやぁ……」

気持ちが好いのかもしれないが、とにかく頬が燃えるように熱く、閉じている両目から興奮のあまりの涙が溢れる。

ひくりひくりと動く両膝を閉じたいのに、カーティスがどこにいるのか自覚するだけだった。

彼の指は意地悪だ。両手の指を使っているのか、陰唇を拡げられると同時に、ぷくりと膨らんだ陰核を愛でられている。唇は下腹を這っているから、彼は己の指がどこをどう辿っているのかしっかり目で見ているに違いない。

恥ずかしいところを拡げられて、もっと恥ずかしくなる。それを見られているのも堪らない。だから『いやだ』と言うのに、カーティスには少しも止める気配がない。

「エリザ……素敵だよ。あなたが喘ぐ姿は、僕が想像していたよりも、ずっと淫猥で艶やかだ」

「は、あ、あぁあぁ……っ、あ、見ないでぇ……」

体中を走ったのは確かに快感だった。初めて味わう快楽は隠微な豆から生まれたが、それを助けたのは割れ目に唇まで触れさせているカーティスだ。

　そんなところに口づけられて、エリザの頭の中は真っ白になってゆく。

「こんなに濡らして……気持ち好い？　もっと悶(もだ)えて、エリザ……」

　股の間から微かに聞こえる声の淫猥なこと。腰が震える。

　彼の舌が踊ると、ぴちゃりと水音が漏れた。濡らしたというエリザの愛液なのだろうか。そんなになるまで濡れるものなのか、本人にはあずかり知らぬことなのに、彼には知られてしまう。

「達(イ)って……エリザ。声を上げて、僕に聞かせて……」

「あ、あ、あぁあ……っ、ダメ——っ」

　声を抑えることなど頭になかった。起き上がるために立てたはずの肘はすっかり崩れ、背中を反(そ)らして浮かせたエリザは、両脇に堕ちた手でリネンを掴んで達してゆく。

　快感の極みに昇り、がくがくと震えて一瞬の硬直のあと脱力した。

　カーティスが彼女から離れる。躰(からだ)から力が抜けたエリザは、激しく肩を上下させながらぼんやり天蓋を見上げる。視界の中にカーティスの顔が入ってきた。

　彼は、はしたなくも口のところを手の甲で拭って微笑する。彼の口元を彼女の蜜が濡らしたからだと分かると、眩暈がした。

「ティス……あの……」

「これで終わったんじゃないよ。僕もすごく興奮した。今度は僕の番だ」

　両足を抱えあげられて付け根から開かれる。そこに押し当てられたものに、エリザは震えた。

「ティス……」

涙で濡れた目で見上げる。エリザの目に映るカーティスは確かにティスであるのに、彼女を貫こうとする凶器を持ちえた大人だった。こんなときなのに、貯まった涙の底から見上げる銀髪と琥珀色の眼が美しいと感じる。

すぐにやってきたのは、生涯忘れられそうもない衝撃だ。

「ひあっ……っく、くぅ……、アァ――……っ」

「――初めての声も、僕のだ、エリザ」

「あんっ、いた……っ、ん――」

「痛いのか。……お願いだ。我慢して。エリザの中に全部――、うっく」

彼も痛いのだろうか。エリザの躰に力が入っているからか？

エリザは、速い息遣いの中で、なんとか硬直を解きたいと考える。まずは呼吸を整えようとするがままならない。その間も、男根はエリザの蜜壺の奥へ向かって隘路を開いていった。

痛い。けれど、その圧迫感こそがなにより恐ろしい。胎内を犯される恐怖だ。

そうして、すべて収めた彼はただちに動き始める。

「は……っ、あ、待っ……て、まだ、あああ……」

「ごめん……気持ちが、好すぎて……ごめん、エリザ。愛している」

「ん――……っ、んっ」

飛び散る涙と、カーティスの汗。そして体内の雄の息衝きに踊る肢体。激しい蠕動と、貫かれる痛みとそして。止まらない喘ぎを吐きながらでも思う。

――感動……？　ティスと結ばれたことの？　いいえ、ティスは少年で、弟のようでもあった友達。

結ばれた相手は大人の彼。王子殿下のカーティス様、なんだ。

エリザの前に盾のようにして立った彼の背中を見て、ときめいた。ティスだからではない。大人の男として彼女を貫けるカーティスだから、その背中を見て心を騒がせたのだ。

——好き。カーティス様が。

愛しているとまでは、まだ言えない。気持ちが不安定な状態でも結婚することで互いは繋がれる。拘束にも似た《神の前での結婚》があるのは幸運だ。互いから逃げられない。

「あ……ティス……」

呼べば、彼女を突くことに夢中になりながらでも顔を寄せてくれる。そして、エリザの言葉を聞こうとする。キスをくれる。エリザは無我夢中でカーティスに縋り付いた。彼女の手はリネンを放し、腕はカーティスの首に回る。

「エ、リ、ザ、……」

激しく息を吐くのは彼も同じだ。優しく名を呼んでくれるこの声。

雄に貫かれて飛び出したエリザの悲鳴は彼のものだ。彼女の中で達するときのカーティスの呻きは、エリザのものだった。

「は、あ…………っ……」

内側で爆(は)ぜてゆく漲(みなぎ)りを絞りつくす勢いで自分の内壁が蠢いた。

ため息のような声を出してエリザは目を閉じる。激しく飛び散った涙は、頬を流れてリネンの上に落ちていった。

第三章　カーティスはエリザに魔術を使えない

荒い息を鎮めながらカーティスがエリザから離れたとき、彼女はくたりと身体から力を抜いた状態で半ば眠っていた。目を開けようとしても薄く開くだけで、自分でもどうしようもない様子だ。

カーティスは楽しげに笑う。

「ごめん。無理をさせた。今夜はここで眠ってくれ。あなたの眠りは誰にも邪魔させないから」

エリザに上掛けを被せて肩のあたりをぽんぽん軽く叩くと、すぅっと熟睡に入っていった。

彼自身は、細心の注意を払いながら上半身を起こし、ベッド端から足先を床に下して座った体勢になる。すぐ横にある椅子に掛けられていた黒いガウンを取って、素肌の肩に掛けた。

眠るときはなにも着なくても、起きた直後のために絹のガウンが用意されている。それは従士でありながら従者の役目もこなすディアンの気配りだ。

ディアンは彼が塔にいるときから仕えているし、エリザへ向けるカーティスの気持ちもよく知っているので、ついあれこれ任せてしまう。

政治的な役割を担う右腕がモメント公爵なら、彼の世話から実務的な隠れ仕事まで任せられる左腕がディアンといったところか。

王子である以上、数人の従者が配属されているが、あまり近い位置で待機されると魔術師という面が出るときに邪魔になる。だから、彼らには身の回りの世話というよりは、もっとずっと雑多な仕事だけをさせていた。

　父親から『魔術を使うのは禁止』と言い渡されているが、必要に応じて秘密裏に使用している。例えば、彼が王城全体に軽い守りの呪方陣を張っているのは防御の範囲と認められているのに乗じて、王太子宮にはもっと強い結界を張っているとかだ。

　王太子宮の結界を、いまからさらに強固にするつもりだが、さすがに今度は、魔術師ギルドから注意が来るかもしれない。

「城の魔術師どもが騒いだら、子づくりのためだと言っておくか。父上が跡継ぎを望まれているのに、覗かれているようで気が逸れると上手くいかない……とか？」

　カーティスは肩を揺らして笑った。

　結界内では、大きな魔力使用でなければ王城に詰めている魔術師にも気づかれない。いきなりベッドへ空間跳躍をしても、外からは分からないというわけだ。

　カーティスは人差し指を宙に向けて立てると、くるくると円を描いて回した。すると金色の光を放つ小さな呪方陣が現れて一瞬で部屋を包むまでに広がり、すぐに消えた。

　通常の呪方陣は白く、青みがかってくると強力さが増す。金色に光るのは、それだけ多くの魔力を消費している表れだった。

　彼は、魔術を繰り出すのに《どうしたいか》を望むだけで事足りるが、細かな設定をするにはやはり呪方陣を必要とする。

　そうでなければ、部屋だけを包むというときに、本当は城全体に魔術をかけたい気持ちがあると、いきなり膨れ上がって爆発してしまうからだ。

いまは、エリザの眠りのために誰も入室させたくないし、ノックの音さえも排除したい。それだけできれば十分だった。

大扉に仕込んだ感知魔術によれば、ディアンは、扉の向こうで入室の誰何のために室内の様子を窺っている。一晩中そこにいた。

「悪いな、ディアン。舞踏会を抜け出したから、様子を見て来いとせっつかれたんだろう？　ずっと声を掛ける機会を計っていたのにな。エリザの眠りを壊したくないから、しばらくはダメだ」

愛しい人はすべてに優先する。

カーティスは後ろを振り返り、エリザが眠っているのを確かめた。彼女はカーティスを恐れないと分かっていても、魔術を行使するところはできる限り見せたくない。

——ドレス姿はあんなに艶やかなのに、寝顔はあどけないんだな。

あれほど会いたかった彼女が、すぐ傍で眠っている。それを思うだけで泣きたくなるほど感動する。

彼女へ向けた視線をもぎ取るようにして離すと、次は不安が襲ってきた。エリザのことだけは、気持ちが上がったり下がったりと忙しく動く。

——嫌だ……って言わなかったか？　言われたよな。……嫌われたら、どうしよう。

不意に、ディアンの『惚れ薬を使ったら』という提案が意識を掠める。

「……ばかだな。そんなものでどんな気持ちが生まれても、しょせんは薬で造った偽物……。じゃ、なかったか」

駆け落ちしてゆくとき国境まで見送った長兄は、『お前に感謝している。真実の愛に目覚めるきっかけをくれたんだ』と言った。幸せに満ちた顔をして、二人寄り添って去っていった。

惚れ薬から始まったとしても愛情は実った。それを目の当たりにしたので、薬で気持ちを高ぶらせるという手段もあり得ると考えてしまう。

「惚れ薬……か」

窓の外に横たわる夜の闇を眺める。魔力がわずかに漏れて、カーティスの想像を掻き立てた。呪文を呟けば、彼が望んだ映像が、闇を背景にした窓に透き通った状態で浮き上がった。

カーティスの執務室は主棟の方にあるが、そちらには気晴らしをすることを考慮して、窓のドアから出られるベランダがある。客人と一緒にお茶を飲める設えもしてあった。テーブルと椅子だ。

そこで自分はエリザと向かい合ってお茶を飲んでいる。そういう映像だった。

──エリザに惚れ薬を飲ませるなら、お茶に混ぜるかな。薬を服用したあと最初に見た者に恋心を抱くから、他には誰もいない状態にしないと。人払いをして、目の前で彼女が飲むのをしっかり確認するんだ。目の前なんだから、僕を見て、きっと恋を……。

考え始めると止まらない。

薬を入れるのは簡単だ。無味無臭であり、カーティスが魔力を込めたものなら一滴でも効果はでる。侍従に運ばせる間に内緒で入れてしまえばいい。とはいえ、ディアンに話せばそれとなくやってくれて、彼が運んでくる。その方が確実だ。

エリザと軽い会話をしながら、ごくごく自然な感じで彼が自分のカップに口をつければ、きっと何の用心もなく彼女も飲んでしまう。

しかし、ここで問題が発生した。

——軽い会話？　どういうものが軽いんだ？　城内の噂話ではだめだ、僕が噂好きの軽薄な奴だと思われる。

軽い会話の当てなどない。むしろそういうのはエリザが上手くて、たぶん天気がどうのと明るく笑って話してくれる。カーティスはそれを眺めているだけでとても満足するから、黙って聞くばかりになりそうだ。

——よし。これでいい。

そして彼はお茶を飲む。カーティスに合せてカップを持ち上げたエリザの可愛い唇が開き、惚れ薬が入ったお茶を飲もうとる。

即効性だから、飲めばカーティスを見るだけで効果が出る。

きっと、頬を赤らめてうっとりとこちらを眺めるだろう。そして、すぅっと彼の方へ手を伸ばして『あなただけが好き』と言ってくれる、きっと。

ティスと名乗った少年のころの友達への好きではなく、熱っぽく、視線を絡ませ、大人の女性が男に対して媚びるような笑みを浮かべ——。

——熱っぽく、絡ませる……？　それは、嬉しいけど。媚びる……エリザが？

ベッドに座って、想像によって浮かび上がる映像を観ながら、カーティスは額を指で押さえた。

カップを持ち上げて飲もうとするエリザ。

正面の椅子に腰を掛けそれを見ている自分の顔が、笑みを浮かべている状態から急激に変わり、強張って口元が引きつるような感じになった。そして、椅子を後ろに蹴り倒す勢いで立ち上がる。

素晴らしい速さで片手を伸ばし、エリザが口元まで寄せたカップを横に払った。

派手な音を立ててベランダの床の上でカップが割れる。エリザは唖然として彼を見た。

『どうしたの?』

『虫が……っ。虫が入っていたからっ。新しいのを用意させる。ディアン!』

顔を見られたくなかったので、振り返りざまに大きな声で呼んだ——。

と、そこで想像の糸が切れた。

幻の透き通る映像は消え、夜のしじまを映す窓ガラスに戻る。

「だめだ。できない」

ベッド端に座ったカーティスは額を指でぐりぐりと押さえた。

「飲ませられるか、そんなもの。媚びだと? そんなのはエリザじゃない。エリザはもっと強い眼で僕を見るんだ。彼女の視線には、前へ突き進むっていう意志が常にある」

ティスだったころの彼が父親にも兄たちにも嫌われていると言えば、真正面から『わたしが好きになってあげる』と言ったエリザ。彼女は、あんな顔をして彼に媚びなど売らない。

彼女の『——はじめ』の合図で、全力で走った。あの言葉が気合い入れになるのは、エリザだけではない。負ければ悔しい。駆けっこに魔術など使ったことはないから余計に悔しい。自分が歪まなかったのは、頑固なほどまっすぐな存在があそこにあったからだ。

いまのエリザを愛しているのに、彼女を魔術で歪めてどうする。

「エリザに魔術は使えない」

長い長い溜息(ためいき)をついたカーティスは、額から手を離し、伏せ気味になっていた上半身を起こした。

そして身体を捩(よじ)り、眠っているエリザを再び眺める。

エリザはこちらへ向いて横臥している。枕に頭を預けた体勢になっているのは、最後にカーティスがぐったりとしたエリザの頭を枕の上に載せたからだ。

無理をさせた気がする。けれど彼女の寝息は健やかだった。ブルネットが枕の上方に乱れ落ちて、白いリネンの上でその存在を主張している。エリザは気が付かなかったようだが、夜に合せて灯されていたベッド横の明かりは点いたままなので、よく見えていた。

カーティスは、捩っていた身体の片足をベッドの上に載せ、エリザの髪を一房手に取ると身体を深く伏せてそこに口づけた。

すると、エリザがふるふると頭を動かしたかと思ったら、薄く目を開いた。

髪にも神経があるのかと錯覚しそうだ。彼女はおぼつかない口調でカーティスに尋ねる。

「……ん？　私、眠っていた？」

「疲れているんじゃないか？　まだ夜中だ。眠る時間はたっぷりある。僕も横で眠るよ」

「はい、……カーティス様」

エリザは目を細めてゆく。二人だけだとはっきりしているのに『様』づけされたので、カーティスは少しいじけた。

「エリザ。ティスでいいよ。二人だけなんだから」

「うーん……。あのね。これからは二人だけのときも、カーティス様って呼ぼうと思うの。だって、あなたはいずれ国王様になるのでしょう？　だから、妻でも敬意は表さないと」

眠そうだった。だから脚色もなく考えていることがそのまま出てきている。

――僕と結婚するのがどういうことか、考えてくれるのか？

原っぱへ行っていた少年ティスではなく、第三王子であり、近いうちに王太子になるカーティスと結婚するのだということを、きちんと認識し始めているのか。

「あ、でもね、二人だけのときの言葉づかい？　……は、いまみたいでもいいかな。表では丁寧にするから、二人だけのときは、少し甘えたい」

——甘えたい？　甘えたいのか？　望むところだ！　……そういえば、彼女から姉っぽい雰囲気が薄れている。

エリザはきっとねぼけているのだろうが、カーティスは彼女が眠る前にと急いで応える。

「それで良いよ。あなたの思う通りにしてくれ。でも、どうしていきなり？　時間を掛けて分かってもらえばいいと思っていたのに。……今夜は急いでしまったけど、……ごめん」

「ティスは遠い思い出の中にいて、いまのカーティス様とは違うってこと、ようやく気が付いた。あのね。えーっとね。カーティス様がいまここにいるあなたで、ティスは思い出の中にいるの。混ぜちゃいけないんだって、分かったから。……私、鈍いよね。ごめんなさい」

「謝るな。ティスの延長線上にいても、僕は僕だ。その通りだよ。分かってくれたなら嬉しいが、どうして急に」

——いや、分かってもらうために抱いたんだった。夢中で最初の目的など忘れてしまっていた。だから、これは当然の帰結……なのか？　不安だ。

エリザは、口元に手を寄せてわずかばかり隠しながら『ふふ……』と笑う。眠りながら笑った。ぐらりとくるほど可愛い。本当に可愛い。なんて可愛いんだ。

「ティスのこと好きだったわ。すごく可愛いかったし。弟みたいで、友達で。カーティス様は、あのころとは違う『好き』なの。だって、舞踏会で私の『盾』になってくれたのは、あなただもの」

「う……、え？　舞踏会で、…？　……？」

肝心な部分だろうに聞き逃した。他の衝撃的な言葉に隠れてしまったのかもしれない。

「いまの僕が好き？　エリザ、そうなのか？　友達のティスじゃなくて、夫となるいまの僕のことが好きなんだな？　もう一度言ってくれ」

「うん、カーティス様が好き。……眠い……」

揺さぶろうとして思いとどまる。静かに眠ってほしくて結界まで強化したのだから、自分が起こしては意味がない。

身体に無理を強いた気がしていた。今宵（こよい）ばかりは静かに寝かせなければ。

——初めての夜だ。眠かったのに寝かせてくれなかったとか、嫌だったのに自分の欲望ばっかりぶつけられたとか、そんな記憶は残したくない。『カーティス様が好き』というのは、間違いなく聞いたんだから、落ち着け。

カーティスが悶々（もんもん）と悩んでいる間に、エリザは目を閉じた状態で小さく呟く。微かな声だったが、今度こそ聞き逃したくなくて意識を耳に集中する。

「カーティス様、……これから先、一緒に頑張りましょうね……。おやすみなさい……」

——一緒に、一緒に！　頑張りましょうって、もちろんだ！　あなたのためなら命だって掛けられる！　絶対に泣かせない……ベッドの上以外でなら。つまり、抱いたから、小さいころのティスとは違うと認識してくれたんだよな？　目的達成なのか？　それなら毎晩でも……いいかな。

鼓動が激しく打った。息が速くなってしまったのを何とか落ち着かせようとして、カーティスは自分の胸を押さえる。

スースーとまた深く寝入ってゆくエリザを起こしたくなくて、しばらく硬直したままでいた。

ある程度時間が過ぎてから、よたよたと自分側の枕を直して眠ろうとする。明日は午餐からの予定になるから、彼としても眠るための時間は十分あった。

ごそごそと枕の位置を変えていたら、手の先になにかが当たる。

――なんだ？

大豆くらいの硬い物を摘んで枕の下から取り出すと、それは結晶のままの鉱石だった。夜の明かり程度でもはっきり分かる群青色をしている。

「ラピスラズリ――聖石じゃないか。なぜ、こんなところにあるんだ？　おまけにこれは、……魔石化している」

Bクラス以下の魔術師が使用する魔石は、カーティスのような高能力の魔術師が宝石に魔力を入れ込んで作る場合と、周囲に浮遊している極小の魔力を吸い上げる自然生成の物がある。

ラピスラズリは自然生成する魔石だった。複数の鉱物の混合物で、魔術師の間では最強の聖石と呼ばれている。つまり、最強の魔石でもあるのだ。

置いておくだけでどんどん強力になる。しかし、希少性が高く、めったに手に入らない。

カーティスが、部屋の結界を強化する魔術を使っているから、このラピスラズリは発生した魔力をたっぷり吸いこんで一気に魔石化したに違いない。

カーティスは手の指で持った石を、上下左右から眺め、透かしても見た。

「これほど純粋で均等な群青は見たことがない。エリザの瞳の色に酷似しているな。いや……そっくりそのままだ」

どきりとする。エリザの寝顔に目を向けたカーティスは、顔を下げて彼女の目じりを舐めた。初めての快感や、興奮、予期しない羞恥で思わず零したであろう涙の跡が、カーティスの舌に、薄い塩分とピリリとしたわずかな魔力の刺激を寄越した。

カーティスは息を詰めてすっと背を起こすと、上方からエリザを見つめる。

「涙が元になっているんだ。エリザの中には魔力があって、涙を魔石に変えられるってことか。それも、最強の聖石に」

魔術師が喉から手が出るほどほしがる魔石が、零した涙から生まれると知られたら、エリザを狙ってどんな連中がやって来るか分かったものではない。

「……エリザの中の魔力は、涙から聖石を構築する。本当に？　……確かめるには、内側を探ることになる。精神構造から、肉体の隅々までを、……探るのか」

カーティスは鼻を押さえた。血が噴き出しそうになったからだ。

——無理だ。

彼にはエリザの中を魔力で探ることなどできない。そんなことをしたら、鼻血の海で溺れ死ぬか、心臓が鼓動を速めすぎて、彼自身の魔力が爆発という形で解放されてしまう。

「発生する事象で判断するべきだ。そうしよう。ということは、涙を流させることになるけど、今回と同じにすればいいんだな」

彼の中に《エリザを悲しませて落涙させる》などという考えは微塵も生まれなかった。褥（しとね）でなら喜悦の涙であるから、カーティスの望みに直結しているではないか。

「よし……っ」

エリザが彼の心の内なる声を聞いていたら途方に暮れたに違いないが、いまは安らかな眠りの中だ。

一方カーティスはすっかり目が冴（さ）えてしまった。

「眠れそうにない。……さて、どうするかなこれ。どこかに貯めておくか？　いや、ものとして残すのは、誰かが見つける可能性もあるから止めた方がいいな」

石を消滅させることにして手で握り込む。ぐっと握ると、指の間から光が漏れたがすぐに収まる。

彼が手を開くとそこにはなにもなかった。自分の掌（てのひら）をしみじみと眺める。

——エリザ。あなたはいつも僕を驚かせて釘付（くぎづ）けにする。親族に厭（いと）われて閉じ込められ、殺されそうになっても心が死ななかったのは、こうやって僕を夢中にさせるあなたがいるからだよ。

原っぱで、子供用ドレスの裳裾を抱えて笑いながら走るエリザの姿を思い出したカーティスは、声もなく笑う。笑ってしまう楽しい思い出がある。それは、なんと幸福なことだろう。

カーティスは、彼女の額に口づけを落としながら囁く。

「愛している」

何度でも言いたいので、エリザが眠っているのをいいことにカーティスは本当に何度も口にした。


扉の外では、待機しているディアンがため息の三連発を零していた。

長時間待機になるのは分かっていたので、シュスは彼が部屋へ下がらせた。

『私に指示を出せるのはエリザ様だけです』

『そうか？　おまえはギルドにも足を突っ込んでいるだろうが。いざというとき、エリザ様のために動きたいと思うなら、眠れるときは眠っておけ』

シュスはむっとしたが、ディアンの言うことをもっともだと考えたのか、『エリザ様が起きられたら、絶対にお知らせください』と言い残してその場を離れて行った。

そのあとは衛兵と三人で寝ずの番だ。ディアンなら一週間くらい眠らずにいられるとはいえ、やはりフカフカのベッドは恋しい。

盗み聞きを趣味とする彼も、カーティスの結界を透かして中を見ることはできない。ただ、ディアンはカーティスを五年も見てきたので、その心の動きや考えがそれとなく分かった。

——結局、世界征服を実現できるかもしれない魔術の天才は、愛するエリザ様のためにだけ、その力を抑えたり振るったりするのか。これがギルドに知られたら……いや、もう知っているか。

二人の状態について、シュスはかなり正確に掴んでいる。

——あの侍女には、支配印か契約印が刻まれているんだろうな。

ギルドに反抗すれば印の力で焼かれる。それを振り切るには己の魔力を使い尽くすしかない。

ディアンは、やれやれ手間がかかると頭を掻きたいくらいだが、それこそが人なのだと妙に納得した。ちなみに、ディアンにとって頭を掻くのは、毛並みの手入れとほぼ同義だ。


国王陛下へのお目通り、そのあとの舞踏会、そして初夜となった昨夜が明けて今日。いつもわりと朝早く起きるエリザは、あれこれとあったせいか昼近くまで眠ってしまった。

「……ここ、私のベッドだ……」

指先で目元を押さえながら上半身を起こす。

彼のベッドより狭いが、エリザのも二人並んで寝られる広さがある。互いの寝室がドア一つ挟んで隣同士なのは、一方を汚してしまったら他方へ移動できるという利点もあるからだ。

空間跳躍したのか、または歩いたのかもしれないが、彼女をこちらまで運んでくれたのはカーティスとしても、纏っている夜着を着付けてくれたのはきっとシュスだ。

情交の痕も顕な裸体だったことを思うとかなり気恥ずかしいが、それも仕事ですと言われるのは間違いないのでもう考えない。窓が少し開いているのもシュスの手際だろう。気持ちのいい春の空気が部屋に満ちていて、目覚めがとても爽やかだった。

廊下への大扉がノックされて、エリザの支度をするためにシュスがやって来た。起き上がったのがどうして分かるのか不思議だが、いつもなのでそれももう聞かない。

――魔術師じゃないかって聞いたけど、はぐらかされた……んだよね？

モメント屋敷の屋根裏部屋でのことが頭を掠めたが、彼女が答えたくないならそれでいい。

シュスに朝の顔洗いなどの補助をしてもらう。その後は、他の侍女たちが運んできた春らしい薄いピンクのドレスを数人がかりで着付けてもらった。次は宝石類だ。

姿見の前で立っているエリザは、鏡に映るシュスに尋ねる。

「カーティス様は？」

起きたときに、隣で寝た形跡が遺されていた。

「今朝は会議が入っているということで、早くに部屋を出られました」

「御前会議？　そういえば、ほとんど毎日あるって聞いたわ。政務も大変ね……」

「そうですね。国王陛下はご体調がお悪いとのことで、今後はカーティス様が陛下代行で取り仕切られることになりました」

表情の薄いシュスが淡々と教えてくれる。彼女は、エリザの知らない情報を適時に渡してくれるのでとても助かっている。

「私の予定は、お姉様やお義兄様、他に何人かの方々と午餐を一緒に取る、だったわね」

「はい。もうすぐ殿下がお迎えにいらっしゃいます」

カーティスと顔を合わせるのは、昨夜のことを考えると心なしか顔が赤くなってしまう。エリザは何度も深呼吸をして気持ちを落ち着かせた。

姉いわく『魑魅魍魎が蠢く』という宮廷社交界を初めとした貴族界の集まりに出るのに、一々浮き沈みしていてはカーティスの足を引っ張ってしまう。公式行事も多いのだから、早々と慣れていきたいものだ。

「出来上がりましてございます」

「ありがとう」

姿見で確認しているうちに、カーティスが迎えに来た。侍女たちに見送られて部屋を出る。

王太子宮に住まう者として、客人を招いての午餐はこの宮の午餐の間になる。夜は晩餐の間で、独りで取るときは食事の間——というふうに、食事だけで数々の部屋があった。

エリザは、肘を曲げた彼の腕に自分の手を掛けて共に廊下を歩く。

最初の挨拶のあとは、羞恥心があって横を歩くカーティスをまともに見られなかった。カーティスの方は、ごく自然に姿勢、態度、笑顔までも表舞台に相応しい王子殿下になっているというのに、彼女は自分が少々情けない。

言葉もなく歩いていると、カーティスが声を掛けてくる。

「エリザ。真夜中に、あなたは寝ぼけた感じで僕に言ってくれたことがあるんだ。覚えているかな。すごく眠そうだったから、ただの寝言かもしれないけど」

「……えーっと……そうね」

どぎまぎしながらカーティスを見上げた。《麗しの殿下》は前を向いたままで話しかけている。

廊下で歩きながら話すには、小声でなければ誰かに聞かれてしまう。

彼女たちの後ろには、多少の距離を開けてエリザの衛兵とディアンがついてきているし、行き来している召使や侍従たちが、カーティスとエリザの進行を妨げないよう廊下の壁に寄って頭を下げていた。部屋を一歩出れば、二人だけではない。

ただ、こういう場所を選んで言ってきたのは、カーティスが早く確かめたかったからに違いない。

エリザは思い出そうと頭を捻っているうちに、ぼんっと音がするかのようにして真っ赤になった。足も止めてしまう。カーティスは怪訝な様子で立ち止まり、横にいる彼女へと向いた。

ぱっと顔を上げて彼を真正面から見つめたエリザは、頬をバラ色に染めつつも口を開く。

「カーティス様が好き……と、言いました。ティスとは違う。あなたが好きです、と……」

目を丸くしてエリザを凝視したカーティスは、すべての動きを止めて、こくりと喉を鳴らす音まで聞こえそうなほど動揺した様子を見せた。しかしすぐに応えてくれる。

「僕はエリザを愛している」

「わ、私は。好き……で、愛しているになるには、少しだけ待ってほしいの。もっとカーティス様を知るだけの時間がほしい。いけない？」

「いいさ。待てる。八年以上待ったんだ」

見つめ合う。原っぱで言った『好き』とは違う。大人のカーティスが好きなのだ。

「他にもなにか言っていた。聞きそびれてしまったんだが」

「え？　……ごめんなさい。覚えていないわ。頑張って思い出します」

カーティスは微笑んでエリザの頬に手を当てる。

「それほど頑張らなくても、肝心な部分があるからいいさ。エリザ……」

そして唇が近づいてくる。――と、すぐ近くからディアンの声が。

「あの、廊下なのですが。私は構いませんが、よろしいのですか？」

ぎょっとして、いまにも口づけようというカーティスを手で押して放れた。エリザは急いで周囲を見回す。視線を向けた先に、午餐の間へ行こうとしているオリヴィアとジェフリーが立っていた。

ジェフリーは笑っていたがオリヴィアは厳しい表情で顔を背けた。

――恥ずかし……っ。お姉様に、はしたないって怒られそう。

カーティスは残念そうだったが、エリザは一歩下がって身体をぴしりと立て直す。

「では、行こうか。エリザ、どうぞ」

肘を差し出された。そこに手をかけて再び二人で歩み始める。

オリヴィアたちの前まできて挨拶を交わしたとき、自分が真っ赤になっていると思いつつも、何とか『よくいらしてくださいました』と言えた。

ジェフリーは笑いながら、そしてオリヴィアは目を伏せて『お招きありがとう』と返してきた。

——お姉様、呆れてしまわれたでしょうね。ただでさえ、躾が悪くてごめんなさいって謝罪までされていたのに。穴を掘って隠れたい。でもカーティス様も共犯よね。

横を見上げれば、すっかり《麗しの殿下》になっている。エリザも見習おうと表情を取り繕った。

午餐の間の前室へ行けば他の招待者が待っていた。彼らには見られていないせいか、食事のときも、そのあとも、廊下での所業には誰も触れてこない。けれどきっと王城内にはすぐに伝わる。

噂を封じることはできないし、ましてや、現在、王宮の話題には欠かせない王子殿下と婚約者のことだから、誰もが喜んで話に食いつく。

予想通り、翌日には廊下での出来事が広まった。仲が良いのはいいことだという意見がある反面、悪意に満ちた誹謗中傷も発生した。特にエリザへの風当たりは大きかった。

シュスが教えてくれたところによれば、ブリディッシュ侯爵が頑張って笑い話に持っていったらしい。侯爵はカーティスの言葉を必死で守っている。つまるところ、彼を恐れるがゆえに。

王城へ入って三日目。

午餐の前に、カーティスがエリザの部屋へディアンを呼び入れ、彼がただの従士ではないと説明を受けた。獣人であり、Bランクの魔術師でもあるという。

「獣人？」

一般向きの書物で読んだ限りでは、獣にも人にもなる存在という記載だけしかなかった。

目の前に立って苦笑しているディアンは、どう見ても普通の人だ。ただし、髪と瞳は人が持ちえない特殊な色をしている。

「変身しろ」

「了解。殿下」

ディアンが片膝を突いて床に右の掌を当てると、彼を中心に白い呪方陣が描かれ、煙かと見紛う魔力の揺らぎが起こった。光を放った呪方陣が消えると、中心には大型獣が一頭いた。

毛並みは黒と藍色で、丸い瞳が紫だった。どこから出したのか、幅のある革の首輪までしている。

「すごい。ディアンなのね。真正の獣人なの？」

『クォーターです。基本は人型です。獣型になると人語が話せなくなるので、申し訳ありませんが、心話を使わせていただきます』

脳の中に直接響く感じだ。エリザはまじまじと大型獣を見る。人型のときも背丈がカーティスより高いディアンは、狼になってもやはり大きい。

「種類からいえば狼だな」

カーティスが補足した。

「触ってもいい？」

近くに寄って両手を胸の前で合わせてお願いをすれば、狼ディアンはエリザのうしろにいるカーティスにお伺いを立てる仕草で首を振った。

エリザも振り向いて、カーティスにお願いの視線を向ける。彼は仕方がないと両肩を上げた。

乳母の家の近くで飼われていた大型犬を思い出して、エリザは床に膝を突くとその首に腕を回してくっついた。頭をぐりぐりしてしまう。

「カーティス様っ、ふわふわよ。ふわっふわ。あぁ、毛並みの手入れをしたい」

「いつまでくっついているんだ。離れろ、ディアン」

『はぁ……』

しばらく首のところにくっついていたエリザは、業を煮やしたカーティスに無理やり離されてしまった。人型に戻ったディアンは困った顔をして首のところを掻いたので、エリザは大笑いした。

ちなみに、服は、変身した時点でカーティス特製の首輪に埋め込まれた魔石に凝縮して入れてしまうそうだ。人型になったとき、服がなくて困らないようにという配慮らしい。

本にはそこまでの詳細は記されていなかった。実体験に勝る学びはない。


日々は駆け足で過ぎてゆく。勉強の時間も取られて、学ぶことも多い。

エリザは時間をやりくりしながら魔術の本を読んでいる。博士や学者先生の教えもあるが、それだけでは、魔術師の枠から突出しているカーティスのことは分からない。

彼のことをもっと知りたかった。接触する時間が多くなればなるほど、その気持ちは大きくなる。同じようにして、カーティスへの《好き》もまた大きくなっていった。

晩餐会(ばんさんかい)に会食、その他の公の行事など、毎日の予定が目白押しに進む。そういう毎日では掃除をする暇もなくて、気持ちの発散の場がなかった。その分、精神的に鬱屈してしまう。

三か月後の婚儀の用意も急ピッチで進められていったので、二か月もすると、さすがの体力も底がつきかけてきた。

エリザが夜会でふらついたのを見たカーティスがついに声を上げる。

『もともと僕は病弱なんだ！』

婚儀まで一か月を切った日の朝、会議のときに大臣たちへ向かって言い放ったそうだ。

午後になってから、エリザが窓近くのテーブル席で夜会のための扇を選んでいるところへ、ディアンが来て朝の出来事を話してくれた。

「病弱……。そういえば、そんな設定もあったわね」

口にした途端、口に手を当てて、ぷーっと吹いてしまった。部屋の中には、シュスとディアンだけだったので、気も緩む。

「それで？　どうなったの？」

エリザの疲労回復のために、カーティスが自分を理由にして主張してくれたのかと思うと、気遣いがとても嬉しい。かといって、脚を引っ張る存在にはなりたくないので、まずは詳細を聞きたかった。

ここぞとばかりにディアンが身振りも交えて話す。

「カーティス様は、『僕は一応回復したのでどんな場にも出ているが、これでは病弱な面が復活してしまう。予定を詰め過ぎだ。少し緩やかにしていただきたい』と言明されました」

エリザの正面で扇のトレイを下げようとしていたシュスが、ディアンの方へ向いて尋ねる。

「婚儀の予定が遅れてしまうと、大臣様方に反論されませんでしたか？」

「お一人が言われましたよ。カーティス様は強い口調で、『婚儀の予定は絶対に遅らせるな！　父上はこのごろどんな場にも出られていない。お体を大切にしていただきたいからそれはいいが、父上の予定まで僕たちに振り分けるのは、せめて婚儀のあとにしてほしい』と言い切られましたね」

「……ディアンはすっかり聞いていたのね」

とうとうエリザは声まであげて笑い出した。

ディアンが会議の様子を事細かに知っているのは、カーティスを待っている間、待機している小部屋で『ついうっかり魔術を発動して聞いてしまいました』からだという。普通にしていても聴力が抜群に高いので、状況によっては魔術に頼る必要もないらしい。

ディアンの動きは間諜（かんちょう）に近いが、エリザは以前、盗み聞きは趣味だと本人から耳打ちされていた。

彼女に伝えられるのはカーティスが了解したものに限られるだろうが、《情報》は、王城での力関係を動かす大きな持ち札の一つになる。防御にも役立つから、ありがたく受け取っていた。

「それから？」

「カーティス様は、『披露目はもう十分だ。僕たちには他に重大な使命がある。父上のたっての望みを叶えようと毎晩挑戦しているんだぞ。体力は温存したい』と、凄味（すごみ）のある笑顔で告げられました。大臣たちはカーティス様の魔力の大きさを知っていますから、その場はひどく緊張しましたよ」

「……っ！　そ、そんなことまでっ」

思わずのけぞってしまった。みるみるうちに顔が上気して赤くなる。

十日ほど前だったか。カーティスはベッドの中で、何気なさそうに言っていた。

『父上はまともな跡継ぎがほしいんだ。魔力を持たない者を望んでいる』

子は父親に似ることもある以上、カーティスを否定するのは自分のことも否定しているのではないのかと、エリザは、遣る瀬無い怒りを覚えた。

『生まれる前から言われても困るわ。男女の違いもあるし、子どもが一人だけじゃないなら、誰かがカーティス様にそっくりになっても不思議はないのに。だって父親なんだもの』

彼女は明るく答えてその話を締めた。

あのときは、『僕はエリザにそっくりな娘がほしい』と頑張られて、翌朝腰が立たなかったというおまけまでついている。

国王の望みが子づくりであるのは明白だとしても、誰もかれもがそれを知っているのも驚きなら、『毎晩挑戦』は、周知の事実なのだろうか。どうして誰も疑問を挟まないのだ。

あれこれ世話を焼いてくれるシュスが毎夜の営みを知っているのは当然でも、なぜ他の者にまで知られなくてはならない。

エリザは途方に暮れた。目を伏せて、小さな声で誰にともなく抗議する。

「本当はそんなこと、人に知られることじゃないわよね。王家の者は、こんなにもプライバシーがないものなの？」

「そうです」

シュスが人を崖から突き落とすかのごとき口調で答えた。エリザとしては、聞き間違えることのない答えはさっぱりしていて好ましいくらいだが、隣にいるディアンは驚いた顔で黒髪に覆われたシュスの頭を見下した。

エリザは顔を上げてディアンに訊ねる。

「会議で結論は出た？」

「はい。明日からのご予定は延期されるか、重要性の低い集まりはご欠席になります。婚儀の用意を優先するという名目を立てることになりますね。ま、ここでカーティス様に異議を唱えたらどうなるか誰でも考えますから、大臣だろうが誰だろうが反対する者はいません」

「カーティス様は、ご自分への恐怖を逆手に取られたのね」

「そういうことです。実際、あの方の逆鱗（げきりん）に触れるのは私でも恐ろしいと思いますよ」

黙ってしまったエリザは、横手にある窓の外へ目を向ける。

外は中庭になっていて、そろそろ夏の気配が漂っていた。強い陽光が、新緑をどんどん育ててゆくのを感じる。王城へ来て二か月過ぎたのだ。

過ぎてゆく日々の先になにが待っているのか、誰にも分からない。いつか、カーティスが逆上して、魔力を解放するときがやって来るかもしれなかった。そのとき、エリザはどうするべきなのか。

彼女はシュスとディアンへ顔を向けるとにこりと笑う。

「空いた時間ができるなら、王城を見て回りたいわ。まだ細かく案内してもらっていないの。カーティス様はこのごろ執務室へ籠もられることが多いでしょう？　お邪魔はできないし、一人で回ってもいいわよね。扉のところの衛兵はついてくると思うし」

「私が案内させていただきます。衛兵を連れ歩くよりは、私がお傍にいた方が、カーティス様のご意志であると察せられますから邪魔も入りません。ご連絡をいただければすぐにお伺いします」

「ディアンはカーティス様のお手伝いがあるでしょう？」

「政務についてはモメント公爵閣下がつきっきりで教えておられます。もちろん手助けもされていますよ。他のことは私がやります。エリザ様の護衛は、役目の範疇（はんちゅう）ですね」

エリザはシュスへと視線を移す。

「シュスも行く？　私と一緒にここへ来たから、まだ二か月しか過ぎていないし、侍女の仕事で使うところ以外は行っていないでしょう？」

めずらしく嬉しそうな笑みを浮かべたシュスは、その顔を伏せることで隠して誘いを断る。

「ありがとうございます。ですが私には護衛役はできませんし、侍女の仕事に利用する場所はすでに何度も行っております。他の場所も……、夜中に侍女仲間と一緒に城内を探索したので、かなり分かっています。あの、お誘いできなくてすみません」

最後は申し訳ない心情も顕な小さな声だった。

いつも冷静に仕事をこなしてゆくシュスの珍しい所作を前にして、エリザは慌ててしまう。

「いいのよ。だって私は、夜は部屋の外へ出られないもの」

言った途端、カーティスがエリザの部屋へ来ているからという理由まで説明していることに気が付く。エリザは羞恥で俯いた。シュスの目元が優しく眇められる。

賢くも女性同士の会話に口を挟まなかったディアンは、眩しそうに二人を見つめていた。


その日の夜。

会食が終わるや否や、エリザとカーティスが腕を組んで退室してゆけば、出席していた貴族のご婦人や紳士たちは手を振らんばかりに見送ってくれた。国王陛下の望みの威力は絶大だ。

彼女を居室へ送ってから、カーティスは執務室へ戻っていった。仕事が残っているそうだ。

『あとで行く』

端的に言われて頷く。

エリザのリビング兼寝室にはシュスを初めとした侍女が数人待機している。部屋の明かりを落としたり、ナイトガウンを椅子の背に掛けたりするのと同じように、軽く入浴したエリザもカーティスを迎え入れる準備をされた。丁寧に梳かれた髪は自然に流され、肌には香油が塗られる。

——こうやって世話をされるのにも慣れてしまうのかしら。自立はどうしたのよ。流されないよう自分を保つのも、この環境ではひどく難しいと悟る。けれど自覚すれば少しは己を失わずに済むはずだ。

——会食や晩餐が抜けるだけでもかなり休めるわね。昼間の午餐やお茶会が抜ける日は、やっぱり城内を見て回りたい。掃除をしていると少しは頭の中が整理できる。人に見られるのが拙いなら、やっぱり屋根裏部屋よ。

エリザはソファに埋もれて座り、固く心に言い聞かせる。自分ながら、実にいい趣味を持っていると満悦した気分に浸った。

——これもカーティス様が主張してくださったお蔭ね。

宰相からエリザ付き筆頭侍女のシュスに伝えられたところによれば、《減らす方向での予定の調整》は明日のお茶会が済んでからということだ。

ふっふっふ……と、つい笑いが込み上がる。今夜彼が来たらお礼を言おうと思っていたのに、やはり相当疲れていたのかエリザはソファで眠ってしまった。

とろとろと溶けてゆく夢を見ている。自分がクリームになったかのよう蕩けてゆく甘い夢だ。

クリームを舌で掬いあげながら舐めているのは——銀色の髪をさらりと流し、琥珀色の眼を閉じてうっとりしながらエリザを味わうカーティスだった。

「あ……」

すぅっと目を開けてゆくと、自分がどういう状態なのかおぼろげながら察する。

ソファの座面に横たわっていた。頭の下は手すり部分とクッションだ。

エリザの部屋のソファは布張りで、手すりのところもたっぷり中綿が詰められている幅広仕様になっている。そこにブルネットの髪が散らばって広がっていた。

肩紐が緩んだ感じで浮き上がり、クリーム色をした薄くて柔らかな絹のナイトドレスの裾が首近くまでたくし上げられていた。二つの白い乳房はすっかり外へ出て空気に晒されている。

両腕が、一方は背凭れの方に寄せられ、一方は、首まで上げきらなかったナイトドレスの豊かな布と一緒に、手の甲がつく感じで力なく床に垂れていた。

視線を上げてゆくと、まず目に入ったのは自分の太腿だ。右の足先がソファの背もたれに掛かっている。もう一方の脚は、座面から下へ落とされていた。大きく開いた脚の間に、銀色の髪がある。

——服を、着ているのね。……あ、私だけ、こんなに乱れた格好……。

恥ずかしい。カーティスは、執務室から直接エリザの部屋へ来たようだ。彼の部屋で着替える間もなく、廊下側から入って、ソファで眠っていたエリザを見付けたのだろう。

上着はなくても白いドレスシャツは着用したままだった。内股に布の感触があるから、きっとズボンも穿いている。

——……アツイ……。

躰全体に熱が籠もっている。ぺちゃりと水音がした。意識した途端、蕩けていた己の肉体が鋭い愉悦を寄越してくる。秘肉を弄られ、込み上げてくる快感に焼かれて、エリザは深く喘ぐ。

「ふ……っ、ぁ……あぁ……」

足先はひくりと痙攣した。薄く開けている自分の目にも、足の指が堪らない感覚を持て余して動いているのが見える。擦りあって、もっと激しい刺激が欲しいと主張していた。

銀髪に覆われた頭が動く。顔を上げたカーティスが、ほとんど涙目になっているエリザを脚の間から見てくる。そして笑った。

麗質に彩られている整った顔が意地悪気に笑うと、今度は男の野性味が溢れた感じになる。

咆哮さえあげそうな彼に、舐められて食われてゆく感覚がエリザをどうしようもなく追いつめる。

なんといっても、それをひたすら快感として捉えてしまう自分に呆れた。

「目が覚めてしまった？　眠っている間に、すべていただいてしまうつもりだったのに」

「カーティス、さま……」

名前を呟くのが精いっぱいだ。彼の手は両方ともエリザの秘所に当てられていて、一方の手の指が陰唇を大きく広げ、一方が親指で女芯をくりくりと愛でながら他の指を挿入させて蠢かしていた。胎内を広げ、嬲（なぶ）り、そして出入りをする。

「んっ、んっ……んぁ……」

腰が少し浮いた。彼女の肉体はいずれ来るであろう強烈な刺激を早くほしいと強請（ねだ）っている。

カーティスが、ソファで眠っていたエリザにできる限りそっと手を伸ばしたのは、こうした夜の営みが彼女を疲れさせている可能性を考えたからだろう。けれど、彼はやめない。それについては、きっとシュスの言が正しい。

『エリザ様のお立場を強固にするためには、毎晩カーティス様がいらっしゃることを皆が知ることとなるのです。申し訳ありませんが、私も侍女仲間に熱いお二人の夜ということで話しています』

いつもの無表情で話してくれたシュスは、少しばかり目元を柔らかくして言い添えた。

『どちらにしろ、カーティス様をお止めすることはできないと思いますが』

エリザもまた、彼を止める気はなかった。できるなら二人で会話をするだけの夜もほしいが、婚儀が済むまでは、姉夫婦に心配を掛けないためにもこのままでいようと思う。

ただ、彼女が気に病むのはそういうことではなく、変わってゆく自分自身についてだ。

眠っている間に施された愛撫（あいぶ）に対して、戸惑うこともなく、拒否する姿勢も見せずに応えてしまっている。秘部は水音がするほど濡れていた。

蕩けてゆく肉体は彼女の意識下から離れて喘ぎ続ける。そして、カーティスの漲りを、隘路を拓（ひら）いた最奥で受け止めたいと欲する。いつの間にこのような肉体になってしまったのだろう。

指が潜れば大きく肩で息をして、襞（ひだ）がそれに絡まる。出てゆくときにはきゅうと締め付けて逃さないよう頑張っている。腰が浮いたり沈んだりするのは、それだけ身悶（みもだ）えていることの証明だ。

特に、陰核を嬲る手に煽られる。快感が大きく迫ってきて、呼吸をするのも苦しいくらいに喘ぐ。

カーティスは指で弄り、舌で舐っていた。そして、エリザの反応を見ている。

「好い？　感じているよね。すごく、濡れてる」

「んっ、んっ、いあや、あぁ……」

「ここも尖（とが）っているね……、硬いよ。噛んであげようか？」

下半身から伸び上がり、胸元まできた彼の唇がすかさず乳首を含んだ。針で刺したような刺激が走って、エリザは声を大きくする。

「ひぁっ、あぁっ……」

「本当はこちらも噛みたい」

指が陰核を激しく甚振（いたぶ）った。

「きゃぁ、あ、あぁ……っ」

顔を見られたくなくて両手で隠すと、カーティスは喉の奥で笑った。乳房の右から左へと移って尖っているという小塔を唇で挟むと、豆を転がすようにして舌で捏ねる。

「あん、あんっ、あ――……ひく……っん」

割れ目に潜っている彼の手が奥へ入って暴れていた。陰核が細かく扱かれて快感が苦しいほどになると、エリザは一気に伸び上がって果ててしまった。

カーティスの視線を感じるので、あまりに淫靡に染まっているところは見られたくないのに、びくんびくんとのたうつ肉体を隅々まで目で確かめられている。

――どうして、……こんなふうに……。

自分が信じられない。しかしカーティスには、エリザの乱れ方が大きくなるのはとても嬉しいようなのだ。彼女の反応が激しければ激しいほど煽られると言ったのは、昨日の夜だったか。

「これだけ濡れていれば、眠ったままでも挿れられると思ったんだけど……、さすがに無理だったか。感じやすいね、エリザ。達くまでの時間が、今日は短い」

彼の声が弾んでいる気がした。カーティスの動きに翻弄されるばかりのエリザには到達するまでの時間など分からないが、彼女の最初の声を聞いてからずっと掻き抱いてきた彼は、細かな変化をすぐに察知する。

――私の躰が変わってきているのも……分かるよね。なにも知らなかったときとは、ずいぶん違ってしまったこと……。

淫らに喘ぐことに慣れてゆく自分が、どうしようもなく恥ずかしかった。

彼は、座面に一方の膝を突き、一方はソファから下して身体のバランスを取っていた。

エリザの女陰に口づけるために片膝をくっきり曲げていたのが、身を起こして膝を立てれば上半身が立つ。女陰を左右に開く片手はそのままで、もう一方の手でズボンの前を開けると少し下げて己の雄に手を添えた。

胸元から離れていったカーティスを見上げるエリザは、屹立(きつりつ)した男の竿(さお)を視界に入れてしまった。まともに見られない。彼女は頬を赤らめて目をぎゅっと閉じる。

「挿(い)れるよ」

カーティスは、手を添えていた己の男根を、エリザの濡れた二枚貝の割れ目に押し当てる。ズボンの布や、ドレスシャツが内股を滑ってゆく感触がした。

力を入れた指で肉割れをぐっと開かれ、楔(くさび)が穿(うが)たれる。

「あ……っん……ん――……ッ」

目元を隠していた両手はふらふらと彷徨(さまよ)い落ち、顎が上がって背を反らした。

カーティスの両手が揺れる腰を掴(つか)み、内股をいっぱいに開くころには、かなりのところ胎内に呑み込んでいた。雄はすぐに彼女を貪り始める。深く突き、浅くまで引き、そしてまた突かれる。

「あん、あ、あああ、……っ……速いぃ……」

なにと比べて言っているのか自分でも分からない。追い上げられてゆく感覚の上昇が速いのは確かだ。彼は焦ったようにして、内部の好い処を的確に責める。

臀部(でんぶ)に当たるズボンの感触は、カーティスが衣服をまだ纏っているのを如実に示している。日常の延長を感じさせ、その中で乱れて快感を追う自分がとても淫らに思えてしまう。

――恥ずかしい……っ。

羞恥もまた快楽を押し上げる。つい先ほど達したばかりなのに、躰はますます上気した。

「エ、リザ……肌が甘いね。エリザ、もっと声を上げてくれ、もっと乱れて」

「いやぁ……あん……見ないで、カーティス、さま、……ひぁん」

内部のどこかを強く擦られると、快楽が一気に膨張する。陰核を指で弄られるのと同時に最奥を突かれると、彼の動きに合わせて無意識に肉棒を締め付けていた。

「悦い、な、すごくいい……。感じる？　エリザ。あなたも……好いのか？」

「あんっ、そこは、あぁぁ……」

カーティスの力強い男の劣情に抱かれて、快感に溺れ、やがて頭の中が真っ白になってゆく。震えるほどの一瞬がやってきて、エリザは高い声を上げて極みへと上り詰める。

「アァ――……ッ……あ……」

たまらない愉悦に捕まえられて闇雲に頭を振ると、両目に滲んだ喜悦の涙が飛び散っていった。

内部で爆ぜてゆく男の精を、まさに呑んでゆくような己の肉体は、いったいどうなってしまったのだろう。びくびくと震え、背を反らして達し、硬直して、やがて弛緩する肉体は、激しい息遣いが冷めやらぬ状態でも甘い吐息を吐く。己の躰はずいぶん満足していた。

自身の欲望を解き放ったカーティスは、上半身をエリザの上にゆっくり倒してきた。エリザが薄く開いた眼で見た限りでは満ち足りた表情をしていたと思う。

口づけられる。彼女は投げ出していた両手の居場所をやっと見つけて、彼の首に回した。

くちゅくちゅと舌を搦め、鼻で息をするのもすっかり覚えた。キスは好きだ。抱き着くのも安心できるから彼が傍にいれば何度でもしたい。

ただ、躰を繋げると、カーティスの激しい情愛で蕩けてしまう肉体が正常とは思われなくて不安が募る。快感に狂う自分の姿を彼の目に晒していてもいいのかと、ふと自らに問うてしまう。

「カーティス様……あの……」

「なに？」

彼が腰を動かすと、まだ繋がっていることに気が付いた。内股を伝わってとろりと零れ出るのは、男の精液とそれに混ざった彼女の愛液だ。ソファはずいぶん汚れてしまったに違いない。

萎えた雄がずるりと抜け出てゆく感触に、身体が震えてすっと冷えた。拓かれた空洞が寂しい。

彼がエリザのナイトドレスを完全に脱がせて、脚の間を垂れた汚れをふき取ってくれた。代わりに、ベッド近くに用意してあったガウンを彼女の上に被せてくれる。

カーティス自身も、シャツもズボンも皆脱いで、そのあたりにバサバサと放った。

エリザがソファから起き上がろうとすれば、彼に肩を押さえられてまた仰向けになる。息は収まりきらず、躰にはまだ力が入らないのでエリザは彼の意のままに動いた。

「起きなくていい。今度はベッドへいこう。もっと抱きたいんだ」

なにも着ていないカーティスは、エリザの方を見てまるで子供のように言い放つ。綺麗に筋肉がついた身体は、細身ではあるが彫像のようなバランスの良さがあり、男性体としてとても美しい。

ただ下半身へは視線が向けられない。エリザは俯いて、言おうと思っていた礼を口にする。

「『病弱』と言って予定の調整をしてくれたのよね。ありがとう、カーティス様」

ソファで横たわりながらでは格好が悪いが、眠っている彼女に手を出したのだから少々のことは許してほしい。

カーティスは嬉しそうに笑って、両膝を曲げているエリザの隣に座る。手を伸ばして彼女の頬を撫でてくれた。優しい雰囲気に、今度は心が蕩かされてゆくようだ。

エリザは目を閉じて、かねてから思っていたことを口に出す。

「あのね。明日のお茶会以降は少しばかりでも予定が空くのでしょう？　できたら、ゆっくりあなたと話す時間がほしい」

一緒に散歩に行くのもいい。二人だけでお茶を飲んでおしゃべりもしたい。そういう時間が少しもないから、もっとたくさん彼を知りたいという気持ちは満たされていないのだ。

カーティスは窓の方を向いて少し考えてから答える。

「実は僕もあなたに話がある。それで明日の会議はモメント公爵に一任して休むことにしたんだ。だから早めに起きれば、お茶会までの間、二人だけの時間を持てるよ」

「話……なに？　いまから聞くというのはどうかしら」

「夜は貴重なんだ。いいかい。会議がない朝を迎えられると思うと浮かれてしまって、寸分の時間も惜しいから、別棟にある執務室からこちらの王太子宮へ来るのに走ってきたんだ。廊下ですれ違った連中は皆、目を丸くして見ていたよ」

エリザはくすくすと笑った。服を着用していたからそうではないかと思った。

彼女が学んでいる博士たちは魔術のことも教えてくれる。空間跳躍は、普通の魔術師には使えないらしい。Ａクラス以上の魔術師でも魔石と呪文を駆使してやっとのことだという。しかし、カーティスなら一瞬のうちに執務室からここへ来ることは可能だ。

それをしなかったのは、国王が、王城と王太子宮の守り以外でカーティスが魔術を使うのを禁止しているからだ。国王は常に彼の暴走を恐れている。だから走ってきた。これが嬉しくないなら嘘だ。

あれこれと思索しているうちに、身体の上に掛けていた薄いベージュのガウンごと抱き上げられた。

エリザは、いきなりソファから浮き上がったので驚く。

カーティスの胸のところで彼の顔を見上げれば、黄金の瞳と目が合ってしまった。激しい情動を秘める男の眼は、魔術に関係なく恐ろしいくらいだ。

「愛している。エリザ」

放たれる言葉は、少年ではなく大人のカーティスの声と口調でエリザを包む。ティスは友達、カーティスは恋しい人であり、いずれ夫となる人だ。その違いがしっかり分かる自分に安心する。

抱き上げて歩くカーティスの胸に、エリザはすっかり身を預けた。


ソファからベッドに移動する。そしてまた、たっぷりの愛撫を受けてゆく。

彼女は身悶えて情欲に染まりながら何度も嬌声を放つが、終わる気配も見せずに、カーティスは執拗にエリザを責め立てた。

「もっと啼いて、エリザ――」

「いや、あ、ソコはもう……っ」

淫芽を嬲られ、その根を唇で挟んで揺らされると、たちまちのうちに上り詰めてしまう。ベッドへ運ばれて何度目になることか。下半身からすっかり力が抜け、両腕は、リネンの上でたらりと放置されていた。

カーティスは楽しそうだ。笑いながらエリザを追いつめてゆき、ぐったりと躰を投げ出した彼女と繋がって、次は肉壺を責めてゆく。

「ひあぁ……っ……」

内部の刺激で上り詰めることを覚えてしまった肉体は、エリザの思うままにはならない。快楽さえもカーティスの手の内にある。

秘処から溢れる蜜と精で汚れた肉体をうつ伏せにされる。頭の中がぼんやりしているエリザは、彼の力でやすやすと体勢を変えられた。枕の上で横向きになって辛うじて呼吸を確保する。

背中を上にして、臀部の両側をカーティスの手で挟まれ腰を上げさせられると、リネンに突いた状態で膝が立った。尻が浮いて後ろへ突き出した格好だ。

息遣いが早い中で腕は身体の両側へ落ちていた。膝が開かされて、その間にいるカーティスが、エリザの双丘を両手で掴んで拡げたところで、ようやく自分がどういうふうになっているかを悟る。

「え……？　あ、……カーティスさま……？」

ぎょっとした。カーティスが拭ってくれたとはいえ、太腿まで垂れたもので下肢は汚れている。

突きだしたそこを彼が眺めているうえ、手で開いた尻の間に指を入れたから、膣(ちつ)の奥に放流された精液やら自らの蜜やらがとろとろと外へ出てきた。

「いや……いや、それ、やめて……っ、見ないで、……汚れてる」

「僕がこうした。中に溜まったものを掻きだして、それからまた……」

それからまたあなたを愛するよ……と聞こえた気がした。

彼女は手を顔の横へ持ってくると、力を入れて起き上がろうとした。せめて這いつくばった状態から身を起こしたかったが、ぐったりしている躰には力が入らない。すでに臀部はカーティスの手の中にあり、女陰は彼の視界の中で愛撫されていた。

掻きだす作業と愛撫とどれほどの違いがあるだろうか。足の間を縫って後ろから前に回された彼の手先が、淫芽を弄ると同時に、かなり敏感になっている熟れた隘路を指で撫でられ、身悶えが止まらない。

「あぁ、……あんあ……――っ……」

「そんなに、腰を振らないでくれ。すぐに犯したくなる」

「だって、……ああ……っ」

振っている自覚はない。刺激が強いので逃げたくなるだけ――のはずが、もっとほしいという願望があるために揺れている。けれど、カーティスは手での愛撫を続けるのみだ。それはまるで焦らしているかのようだった。

彼は一方の手で割れ目を擦りながら前へ当てている。恥骨の形を確かめて、陰毛を掴んで引っ張る。長い指が女陰の浅瀬を泳ぎながら、陰核を擦り続ける。巧妙な動きだ。最後まで上り詰めないよう移動を繰り返すことで調整していた。

もう一方は、《掻きだし》という名の臀部への淫戯だ。

喘いで声を上げ背中を震わせて焦らしに耐える身には、敏感なところへ突き刺さる指は快楽というよりは、針のような刺激となっている。

「あ、……ふっ、あ……んっ、あ、あ、……もう、いやぁ……」

「ほしい？」

ぶんぶんと頷いた。カーティスが喉の奥で笑う様子に、もっと焦らされるかもしれないと感じて意識が焼かれそうだ。

指が引き抜かれ、尻がカーティスの両手で掴まれる。媚肉を開いて育ちきった雄が挿入されてきた。指など問題にならない太さの熱い陽根は、すでに濡れていた下の口を思うがままに犯した。

彼女の熟れた膣肉は喜び勇んで滑る肉塊を咀嚼する。

「エリザ……っ、そんなに締めるな……っ、ひどくしてしまう」

カーティスの呻くような声にも煽られる。

エリザの肉体による苦しいくらいの締め付けは、彼を喜ばせ、征服欲を掻き立てていた。

「ぁあ……き、っつい……カーティスさまぁ……。もっと、ゆっくり……」

「……世界を、征服？　はは……僕が征服したいのは、あなただけだ――……エリザ……っ」

いっそ静かな声だった。囁いて呟く声までも刺激になる。エリザは貫かれる衝撃で肘を起こして頭を振った。ブルネットが大きく流れて宙を舞う。

奥に入る。そして擦られる。ずるりと擦ったしこりへの刺激で、快感がすさまじく大きく膨らんだ。

エリザの口から嬌声が迸り、両眼を見開いて快感に耐えたところで涙が滴る。

哀しいから泣くのではない。愉悦の極限を垣間見て勝手に迸るのだ。

「は……ぁあ……いや、いや、……なにか、出る……っ」

「出せ――。見たい。出せ……」

「いやぁあ……っ」

腰を振ってカーティスの雄を外したいが、同時に強請る動きを繰り返し、内部の好い処へ雄を誘った。ごつごつと内壁の一点を擦られ子宮口までも突かれると、頭が真っ白になって意識が浮遊し始める。それと並行して、下肢からなにかを放出したい欲求も高まってくる。

カーティスが背中にキスをした。彼の手は、自力で蠢く彼女の尻から離れて乳房へと寄せられる。尖りきって敏感な先端をきゅうと摘んで引っ張り、次には乳房全体を大きな掌で包んだ。下側から掬い上げて揉む。陰核にも伸ばされて、摘んで扱いた。

必死で押さえていたのに、もうもたない。溜まっていた悦楽が爆ぜてゆく。

「きゃ、あ……——ぁ……」

かすれた声を上げて、彼女は達する。同時に下肢から水のようなものが噴き出した。

放尿にも似たその感覚が愉悦を押し上げて目の前がちかちかする。身体全体を痙攣させながら、エリザは白い海に捕まる。激しく息を継ぎながら放心した。

胎内もまた、締め付けと緩めを交互に繰り返し、カーティスの男を絞る。

「素敵だ、……エリザ……。あなたを放せない……こんなふうに、されては、……」

耳元で息を吹き込まれながら囁かれる。意味は掴めない。こんなふうと言われても、カーティスをどうしたわけでもないのに、と彼方に飛んでいった意識が呟いた。

がくりと力が抜ける。カーティスはエリザを腕で囲んで、濡れたリネンの上には倒れさせなかった。

「ここは、汚れたから……向こうで眠ろう……」

向こう？　……なにも考えられない。

抱き上げられる。カーティスは、エリザが羽織っていたガウンを手で引っかけて一緒に持った。そしてゆっくり歩いて内扉を開くと、彼自身の寝室へ行く。今夜はまだ未使用のベッドに、ゆっくり下

ろされる。

カーティスが横に滑り込んだ。片手で上掛けを引っ張ってエリザと一緒に包まる。

「無理をさせた。ごめん。もう眠ろうか。おやすみ、エリザ」

「おやすみ、なさい」

それだけ返すのが精いっぱいだった。エリザは薄目を開けていたが、彼におやすみと言った途端、瞼が下りて瞬く間に寝入った。


翌朝、なぜか太陽が出たばかりの時間に起きた。熟睡したので意識もすっきりしている。

――ここは、カーティス様の寝室ね。

隣には裸体の彼が眠っていた。エリザも、なにも身に着けていない。

向き合う体勢で横臥して、端麗なカーティスの顔を見つめる。腰がだるいと感じると同時に、昨夜のあれこれを思い出して、ざぁ……と血の気を下げた。

――ソファで……それからベッドでも。……ものすごく汚したわ。

彼女の足の間の汚れをふき取ったナイトドレスも、繋がって果てたときに着ていたカーティスの衣服も、ソファのところに放置していた。しかも、彼女のベッドへ移ってからどうなった?

――ベッド……すごいことになっているわ、きっと。リネンが水浸しに、……水じゃない。

身体中から汗が噴き出したような気がする。

朝のベッド掃除をするのはシュスだから、今朝もそうなるはずだ。

――ご、ごめんなさい……。

後始末を他の人にさせるのは忍びなくて、シュスにリネンを剥いだり整えたりするのは自分でやりたいと言ったことがある。彼女はきっぱりと首を横に振った。

『私の仕事を取らないでください。万が一にもエリザ様があと始末などされましたら、私が筆頭侍女から外されてしまいます。悪くすると王城から追い出されてしまうでしょう』

『でも、あんな跡を人に見られるのは、恥ずかしいわ』

『あなた様の《恥ずかしい》という言い分で解雇されてはたまりません。侍女や下働きの世話を受けるのも、エリザ様のお仕事だと思ってください』

ものすごくきつく言われて、深く頭を下げられた。

シュスに言われた内容は十分理解できたので、それ以来、同じことを口にしたことはない。

――理屈は分かっても、恥ずかしいことに変わりはないんだって……。

悶々と悩みながらカーティスの顔を見ている。他に意識を向けようとすれば、睫毛が長いとか、鼻筋が綺麗とか、彫りが深いとか。彼が安らかに眠っていることにほっとした。

――話ってなにかな。そろそろ起きないと、話す時間がなくなってしまう。

起きれば入浴、そのあとにドレスの着付け、お茶会……と、今日の予定もなかなか詰まっている。

エリザは、身体の節々がぎしぎしと音を立てそうな上半身を起き上がらせる。床に落ちているガウンを取って、胸が出ている状態を隠そうと手早く羽織った。

ベージュのナイトガウンは、首回りこそ広く開いているが、丸く膨らんだ小さな袖があるのでとても可愛らしい。リボンを前で幾つも結ぶ形式だったので、下着やナイトドレスがなくても裸の肌を晒さなくて済む。

ベッドから下りる前に横で寝ているカーティスを軽く揺さぶった。

「起きて、カーティス様。お話があるのでしょう？　時間がなくなってしまいます」

ぱっと両目が開いたので、驚いたエリザはベッドの上で座り込んだまま背を反らした。琥珀色の眼がゆっくり彼女を映す。

「これほど近くで、しかも揺さぶられるまで目が覚めなかったのは、エリザだからか……」

ぼそぼそと呟いたカーティスは、彼を茫洋と眺めているエリザを抱き寄せて軽いキスをする。

「おはよう、エリザ。よく眠れた？　僕は熟睡したよ。あなたと同衾して以来、眠りが不足したことはないな。あなたのお蔭だ。エリザが傍にいてくれると安心する」

「安心？　私一人ではあなたを守れないわ。もちろん、いざという時には戦うけど」

目を丸くしたカーティスは、ブハッと吹いてリネンの上に伏してしまった。肩が震えているから、声もなく大笑いといったところか。

「なにが可笑しいのよ。私でもそこの椅子を振り上げるくらいならできるわ。それに剣を持つことだって……。そういえば、カーティス様は剣を持たないのね。あれば使えるのに」

ジェフリーはたまに剣を下げている。寝るときも傍に置いておくそうだが、カーティスにはその必要がないのかもしれない。桁外れの魔力と、それを使った破壊力抜群の魔術があるからだ。

カーティスの笑いはますます大きくなった。

「剣！　エリザが？　僕のことはいいから、いざというときはドレスの裾を抱えて走って逃げてくれ。貴婦人は走らないというけど、エリザならできるよね」

「できるけど……、じゃ、安心するっていうのはなに？」

「傍にいることが、だよ。エリザが傍にいるなら、どこでどうしているかを心配しなくて済む。傍にいてくれるなら、その寝息が子守唄代わりになるんだ」

すっと起き出したカーティスは、ベッドの脇にある椅子の背に掛けられていた黒い絹のガウンを手に取った。優雅な動きで着付ける。

「目も覚めたことだし、時間がなくなる前に話をしよう」

エリザもガウン姿でベッドから下りた。

窓の近くにテーブルと二脚の椅子があるのは彼女の部屋と同じだ。

対面の椅子にそれぞれ座ると、頃合いを計っていたのか扉が叩かれ、ディアンがお茶を持って現れた。これはいつものことだが、彼は一体眠ることがあるのかとエリザは首を傾げる。

お茶がセットされて、嬉しいことにサンドウィッチが載せられた皿も置かれた。じっと見ていたのが分かったのか、ディアンが退室するとカーティスはエリザに食べるよう勧める。

「ごめんなさい。はしたなかった？　お腹（なか）が空いているのよ。カーティス様は食べないの？」

「エリザが食べたあとで、残っていたらもらう。さっさと食べてくれないと僕が食べられないな」

彼女を優先しすぎるのは良くないと思うが、エリザがたっぷり食べない限り、カーティスは絶対に手を伸ばさない。

「じゃ、いただきます」

カーティスは満足そうに笑った。

「さて、まずあなたの話からかな。食べながらでいいから、話してくれ」

自分はなにを言ったのかと考えたエリザは、手で持ったサンドウィッチを食べ終わってから、座ったまま佇(たたず)まいを正してカーティスを正面から見る。

「私は『話す時間がほしい』って言ったの。会うときはいつも夜で、すぐにベッドへ入るでしょう？　それが嫌なわけじゃなくて、昼間にね、予定が空いて二人で過ごす時間ができるなら、何気ないただの《会話》がしたいのよ」

　にこにこと笑いながら言った。カーティスは驚いた顔をしている。こういうふうに内面が分かる表情は、他の者がいるときには出て来ない。子供っぽい面もそうだ。

「会話、か。何気ない会話というのは苦手なんだ」

「じゃ、私が話すから聞いていて。たまに相槌を打ってくれたら嬉しい。昨日こういうことがあったとか、天気のこととか、……掃除をしたとか。なんでもないことをあなたとたくさん話したい。会話が重荷なら、一緒にいるだけでもいいし、他のことをするのでもいいから」

「他のこと？　なにがしたい」

「こうやってお茶をしたり、外を散歩したり。なんでもいいの。二人でできるたわいもないことをやれたらいいな。一緒にいるだけできっと楽しい」

　まるで少女のようだと自分でも思えるから、恥ずかしい気持ちがあって目線を彷徨(さまよ)わせる。けれど、二人だけの時間がほしいのは本当だから切々と訴えた。面白おかしく話をして笑い合う時間こそが、きっと、長い月日を二人で往(ゆ)くための手助けをしてくれる。

　エリザが彼へ顔を向け直すと、真正面から凝視してくるカーティスの視線があった。じっと、穴が空くほどの勢いで見つめてくる。エリザは怖いような視線に戸惑って、急いで言い繕う。

「おかしなことを言ったかしら。ごめんなさい。カーティス様は忙しいのにね。こんな取るに足りないことをお願いしても困るだけよね。ホントに、重要性など欠片もない、たわいもない望みだった。

だから、いまのはなし。忘れてもらっていいわ」

「エリザ。謝るな。僕はあなたの願いなら何でも叶えたい。それがどれほどたわいもない……」

そこでぐっと詰まったカーティスは、言葉を切ってわずかに俯くと片手で顔を覆ってしまった。

――……泣いているみたいな？　まさかね。まさか。大体、なぜ。

カーティスの様子に驚愕したエリザは、挙動不審なほどあちらこちらを見て、立とうかどうしようか迷った。

「あの、カーティス様……？」

目を覆っていた手が下され、今度は口元を押さえた。

カーティスは、横を向いて窓の外へ視線を飛ばす。初夏の様相を呈している窓の外は、朝が早いせいか、鳥の鳴き声があちらこちらから聞こえる。今日も良い天気になりそうだ。

引き締まった硬い横顔を見せているカーティスは黙ったままだ。彼の周囲を静寂が包んでいた。

――どうしよう。……言葉なんてとてもかけられない雰囲気だわ。泣いて、ないよね。

三回ほど呼吸したころ、カーティスはエリザの方を向いてにこりと笑った。その顔が、麗しの王子様の作り笑いではなく、自然と生まれた柔らかな笑顔だったのでほっとした。と同時に見惚れる。

呆けているエリザに向かってカーティスは静かに語る。

「僕に、たわいもないことを望むのはエリザだけだ」

「……私、だけ？」

「塔にいる間に暗殺者を遣わしたのは父上だった。それなのに、兄たちがいなくなった途端、魔術を使わないという条件で僕を塔から出した。王太子にもすると言った。それだけだ。息子としての僕にはなにも求めない。近づくこともしないし、まともに言葉も掛けない。会話？　どこにもない」

「……」

「その逆がギルドだ。魔術師たちは、自分たちの地位を向上させるために、僕に世界を掌握してくれと言う。どれほどの魔力があるのか試させてほしいとも言われた。利用したいんだ」

なにも言えないエリザに向かって、彼は強い口調で続ける。

「貴族たちは、権力や財産のために僕に纏わりついて山ほどの望みを押し付けてくる。そのくせ、敵対すると分かれば、すぐに潰しにくる。父上に廃嫡を勧めることもあれば、僕に対する恐怖からギルドに大枚を払って暗殺まで企む」

「……カーティス様」

「僕はねエリザ、多くを望まれるか、消滅を願われるかのどちらかなんだ」

今度は皮肉気に笑った。

エリザは、彼のやりきれない気持ちが見えてしまってとても辛かったが、目は伏せなかった。カーティスの言葉をしっかり聞くために、なにも言わずにただひたすら見つめる。

「たわいもない望み？　取るに足りない願い？　叶えるに決まっている。エリザ、あなたと一緒に過ごす時間は、何としてでも作るよ」

胸が詰まって声が出ないので頷くことで応えた。無理はしてほしくないが、それは彼が考えることだ。無理をしてでも心を解放することを望むかどうかは本人が決めることだった。

話し過ぎたと思ったのか、わずかに頬を上気させたカーティスは、少々乱暴な手つきで残ったサンドウィッチに手を伸ばした。こういうところは昔の彼と重なる。

「それで、カーティス様のお話はなに？」

一通り食べ終わったカーティスは、丸いテーブルの空いているところに、どこから出したのか黒い茶巾袋を載せた。革製だから小銭入れにも見える。彼の拳大ほどだ。

カーティスが巻いてある紐を解いて袋の口を広げると、中には小粒で青い鉱石が数個入っていた。そのうちの一個を摘んで外に出す。

エリザは覗きこんでじっと見ていたが、顔を上げてカーティスに尋ねる。

「これ、ラピスラズリ？」

「そうだ。よく分かったね」

「魔術のことをたくさん知りたいから、教えてもらうだけじゃなくて、時間を見つけて本を読んでいるの。ラピスラズリの絵が描いてあったわ。すごく強力な魔石になる宝石なのでしょう？　希少性が高くて、めったに手に入らない鉱物なのよね。これが実物なんだ」

指で持ち上げたカーティスは、エリザの方へ翳す。彼女はまじまじと眺めた。

「この宝石は原石で、エリザが零した涙からできたものだ。泣いてなんかいないって言うなよ。ベッドで泣くだろう？　あのときの涙が、これになった」

愉悦を感じすぎて零す涙のことだ。確かに飛び散ってしまうほど流しているが、それがまさかラピスラズリになったのか？　エリザには少しも覚えのないことだ。

「私に魔術は使えない。そんなことできないわ」

「できる。エリザの中には魔力があるんだ。大きさや種類などはまだはっきり分からないが、魔石も呪文もいらないならAクラスだな。その力を意識的に使うには訓練が必要だから、いまの段階で魔術は使えない。だけど、無意識にラピスラズリを構成することはできてしまうんだ」

エリザは首を傾げる。

「無意識でそんなことができるもの？」

「Aクラスなら、なにかを強く求めれば無意識に魔力が働く。望みの具体的なイメージや、完成形の理屈が先にあるというのが条件だ。エリザはラピスラズリをほしいと思ったんじゃないか？　魔術を使いたくてこの石を望んだんだ。違うかな」

「魔術は使いたいというより、知りたいと思っていたわ。カーティス様のことを知るためには必要な知識でしょう？　聖石と言われるラピスラズリなら、私でも魔術に近づけるような気がしたのよ。だから欠片だけでも手に入れられたらな……って。それだけで、出来てしまったの？」

「僕を、知りたいのか……」

じっと彼女を見てくるカーティスのまなざしの中に、嬉々とした雰囲気がある。

そういえば姉が言っていた。

『知りたいと思うのは、それだけ相手のことを考えているということでもあるわ』

あのときは、あいまいで明快な答えが出せなかったが、いまは、はっきり言える。

――好きな人だから。

顔が上気しそうになったエリザは、慌てて高い声を出した。

「あ、あの、ラピスラズリは、すごく強力な魔石になるのでしょう？　こんなにあるなら、少しはカーティス様の役に立つかしら」

「僕は、魔石を使わなくても呪方陣を形成できるよ」

「そうか……。魔石を造る側だものね」

間抜けなことを言ってしまった。魔石を必要とするのは、Bクラス以下の魔術師だ。

「これは消滅させておく。エリザに見せるためにとっておいただけなんだ。いいかな？」

「カーティス様の判断で対処してください。消滅させた方がいいのなら、そうして」

魔術ができないエリザには使えない。

「エリザが生成するラピスラズリは硬度が高いから、非常に強力な魔石になる。魔術師たちが喉から手が出るほどほしがるだろうな。涙から石を造る魔力の道がエリザの中にできたんだ。何度も使える。いいかい、万が一にもこのことが外に漏れると、エリザは魔術師たちに狙われてしまう」

「狙われる？　そんな……、私は魔術師ではないからまともに抵抗するのは無理だわ。どうすればいいのかしら。ラピスラズリの生成だって、泣かずにいようと思っても、自然に零れてしまうのよ。だけど泣かないのが一番よね。造れないなら狙われることもない。そうでしょう？」

いまのところ涙の原因はカーティスにある。他の要因で泣いたことなど、思い出せる限りではあの原っぱでティスとお別れをしたときくらいだ。

「人に涙を浮かばせる方法なんて、山ほどあるよ」

エリザがほとんど泣いたことがないのは、そういう場面が巡ってこなかったからに過ぎない。

難しい表情で眉を顰めるエリザに向かって、カーティスは静かな微笑を向ける。

「まずは、魔力の流れを止めよう。魔力は、ある日突然なくなることもあるし、逆に死ぬまで持っている場合もある。力を使わないという自己選択もあるけど、無意識に使ってしまうときは、流れを止めるのが一番なんだ。僕には使えない手段だけどね。エリザには僕が蓋となるものを造れる」

「分かった。お願いします、カーティス様」

「迷わないんだな」

「え？　ここは迷うところなの？」

「いや、道具を渡すだけだから別に。そうか、迷う必要もないかな。外せば元通りなんだから。外せなくなることもないし、エリザの自由意志は保たれる」

ぶつぶつと呟くカーティスは、摘んでいた魔石を右手で握り込んだ。エリザは、手の中からなにが出てくるのか興味津々だ。

指の間から光が射した。すぐにそれは収まり、カーティスが手を開くと、細かな青い宝石がちりばめられた指輪が載っていた。宝石はエリザの涙が生んだラピスラズリだ。台になっているのは、カーティスが嵌めていた銀の指輪が一つなくなっているから、たぶんそれだ。

「嵌めていてくれ。これを嵌めている限り、涙が落ちてもラピスラズリにはならない。魔力の流れを止めるだけで他の作用はないから、エリザに何らかの影響を及ぼすこともない」

「分かりました」

エリザは彼の掌に載っていた指輪を摘んで、そそくさと自分の右手の薬指に嵌めた。左手の薬指にしないのは、婚儀のために空けておきたいからだ。

一連の動きを眺めたカーティスは安堵のため息を吐いた。

「本当に迷わないな。無防備すぎて心配になるよ。頼むから、他の魔術師の言いざまに惑わされないでくれ。奴らは、魔術を使わなくても人の心を操るのに長けている」

「はい」

立ち上がったカーティスがエリザのすぐ横へ来たので、彼女も立った。両手を取られて握られる。

「カーティス様？」

向き合って互いを見つめる。朝から昼へと時間が過ぎてゆくにつれ、陽射(ひざ)しが窓から入り始めていた。明るい部屋の中で、カーティスの優しいまなざしに包まれていると、この世界に怖いものなどなにもないのではないかと思える。

しかしひとつだけ、エリザの中にはどうしようもない不安がある。

カーティスの腕の中で痴態を晒し、声を上げて啼く自分がとても恥ずかしいのだ。ほんの二か月前には思ってもみなかった己の姿を彼の瞳に映している。

どうしてこれほど変わってしまったのか、このままでいいのか、誰にも相談できない。変わってゆく自分に、精神がついてゆけなくて困惑するばかりだ。

――カーティス様にも言えない。だって不愉快に思われて避けられたら困る。

彼の唇が下りてきてキスをされる。どきりと高鳴る鼓動と共に好きだという想いがこみ上げた。

心が温かくなるのと並行して、身体がふるりと疼(うず)く。エリザが困惑するほどに。

第四章　ギルドはカーティスを試したい

カーティスとテーブルを挟んで話をしたのが朝。そこから始まったエリザの一日は、予定が詰まり過ぎていた日々の最終日となり、翌日は少しばかり昼間に時間が空いた。

　エリザは早速ディアンに連絡した。カーティスの用事があると邪魔をすることになるので、『くれぐれも手が空いていたら』を強調する伝言を侍従に持たせる。

　すぐに来てくれたディアンは、エリザに深く頭を垂れて『食事は済まされましたか』と確認した。

「一人で食事をとったのは久しぶりよ。カーティス様もご一緒できたらよかったのにね」

「御前会議がありますから。そのあとは大臣たちや、高位の貴族との個人的な面談に時間を取られます。結局、公式の予定を減らされても、その分政務が増えては同じことですね」

　彼女はくすくすと笑う。

「私は休む時間をもらえるから助かるけど、カーティス様の《病弱》はどうなったのかしら。御前会議もいままでと同じなの？」

「えー……、お歴々は諸事情をご存知ですから、遠慮もないですね。それに、国王陛下の代理であるカーティス様がおられないと、《御前会議》ではなくなります。どのような決議が出されても確定にはなりませんので、どうしても出てほしいのですよ」

権謀術数や陰謀のあれこれにまったく触れてこなかったエリザにとって、入り組んで蠢く王城内部の人間関係は理解し難いものがある。

いずれは、細かく見通せるようになりたいものだが、いまのところ、名前と身分、役職、友好関係などの知識に、実際の顔がやっと結べる程度だ。

「呼び出してごめんなさい。ディアンにはお楽しみの覗き見時間だったのでしょうに」

会議を常に覗いているディアンは、あはは……と適当に笑う。隣にいるシュスがディアンをぎろりと睨むのが面白くて、エリザも笑った。

シュスは、態度が軽すぎるとディアンにときどき注意をしているらしい。

「では、行きましょうか。シュス、行ってくるわね。お茶の時間までには戻るわ」

「行ってらっしゃいませ」

シュスに見送られて部屋を出る。今日の昼間のドレスは、来客もなければ出席する集まりもないので、初夏を連想させる若草色の地に濃淡の緑で蔦(つた)と葉が刺繍されているものだ。フリルなどは桜色で、花のイメージが添えられている感じになっていた。

先導してくれるディアンは廊下の端の方を歩く。エリザは気にしないが、彼女の横や正面を歩くと、見掛けた者に身分の違いを指摘されて怒られるそうだ。

まずは、王城の本棟に向かった。図書室に入って本の多さに感嘆の声を上げたり、温室が組み込まれたサロンを眺めたりした。代々の国王の肖像画が飾られている部屋は壮観だった。

「広いわね。それに、さすがにどこもかしこも綺麗……、残念」

「え？　なにか言われましたか？」

「何でもないわ。なんでもっ」

あははは……と、こういう時は作り笑いに余念がない。

――それにしても、広い……。

足を止めたエリザはうしろを振り返った。延々と伸びる廊下の先になにがあったのか、すぐには思い出せない。歩みを止めて振り返るディアンに、エリザは小さく笑い掛けた。

「この広さでは、地図をもらっていても迷いそうだわ」

「迷うだけではありません。誘拐に殺人と、隠し部屋などへ引っ張り込まれたら、乱暴されたあげく行方不明者になってしまいます。王城の暗部ではメニューも多いですよ」

「……怖いわね。王城の警備をする魔術師たちの目を逃れられれば、空間跳躍も可能だものね」

一瞬で遠くまで運ばれてしまうから、追うのは難しい。

「ですから、お掃除の趣味はしばらく謹んでください」

あ……っと口を開いてから、ディアンを睨んでしまった。シュスに聞いたのだろうか。エリザはたまに暖炉を磨いているから、それを察知しているのかもしれない。

ディアンは屈託もなく笑ってから、付け加える。

「エリザ様の場合、力まかせの危険に対して注意をしてくださいというだけです。カーティス様がついていらっしゃるので、魔術に関しては気になさることはありません」

「でも、国王陛下が魔術を禁止されているでしょう?」

「守護においては、王太子宮を覆う結界は許されていますし、王城全体も、あの方の魔力で薄い膜のような呪方陣が覆っています。だから、王城内で魔術を使えばカーティス様にはすぐに分かりますし、エリザ様には特に、自動的に防御が働いて使用不可になりますから大丈夫ですよ」

『特に』という言葉に反応しそうになったが、別のことが引っ掛かった。

「この広大な王城全体を覆うの？　カーティス様の魔力といっても限りはあるでしょう」

「それくらいは指先一つでできてしまうでしょう。カーティス様のもっとも恐るべき力は、いたるところに浮遊している魔力を、常に引き寄せて体内に溜められることです。無意識の領域でされていますので、気力を使う必要もない」

「無意識で働く力、なのね」

思わずカーティスがくれた右手の指輪を左手で包む。

「存在するだけで魔力が貯まります。あの方ご自身が自然生成の魔石のようなものですよ。膨れるばかりの巨大な魔力の塊と言ってもいいでしょう」

「……」

なにも言えなくなってしまった。世界を掌握できるほどの魔力と言われても、断面を垣間見たくらいだ。実際の大きさがどれほどなのか想像もつかなかった。しかし、王城を包むという生活の場で適用されていると知れば、その恐ろしさが身に迫ってくる。

――だけど、怖いのはカーティス様ではないわ。あまりにも大きな力が怖いのよね。それを我慢によって制御できるカーティス様って、すごい。

並大抵の精神力では持たない。彼女の前に立ったあの背中が思い出されると共に、彼女だけに見せる甘えや、子供のような言い分が脳裏を過ぎり、微笑みを誘った。けれどすぐにそれは消える。

――すごいだけじゃ、済まない。本人の負担は誰にも理解できないもの。私にも……。

泣いたように見えた横顔を思い出したが、ふるっと頭を振って気分を変える。

「行きましょう。次はどこへ案内してくれるの？」

「奥です」

ディアンの先導でかなり奥まったところまで来ると、唐突に広い場所に出た。周囲を建物に囲まれた円形の中庭だ。ぐるりと囲んだ建物の庭に面した部分は、外廊下と同じ造りの柱だけしかない回廊になっている。

中庭の床部分は、赤みがかったレンガがぐるぐると幾つもの円を描いて敷き詰められていた。周囲の建物の階数分が吹き抜けになっていて、天井に嵌め込まれたステンドグラスが、中天にある太陽光を色とりどりの光に替えてレンガの床まで届けている。

真ん中に巨木が一本生えていた。落葉高木のケヤキだろう。季節がら、瑞々（みずみず）しい葉をたくさんつけていて、幹が太く年輪を感じさせた。どの階からも眺められる高さがある。

近くへ寄ると、建物側に向いたベンチが幹をぐるりと周りながら五個も置かれている。

「素敵なところね。秋になると外へ出なくても落ち葉が楽しめるわ」

「天井の窓は一部が開けられますので、雪でも降ればここで眺めることができます」

ほぅ……とため息が出た。ここからさらに奥へ行けば、王妃殿下の王妃宮と、王のお子達の安寧宮がある。この中庭は国王一家のための場所なのだ。

カーティスの母親が亡くなって以来、王妃の座には誰もついていないので王妃宮は閉じてあるそうだが、安寧宮も、十五歳までの子供たち専用なので、やはり誰もいない。

王子が十五歳以上になれば妻帯することを考えられて独立の居室が与えられる。王女は、婚約者が決められる前提で結婚準備のための居室へ移動する。

――カーティス様はギルド特製の塔に閉じ込められていたから、ここで遊んだことはないわね。

複雑な気持ちを味わいながら見回していたら、ふいに黒い影が視界を横切った。はっとして顔をそちらへ向けると、なにもない。

エリザは、もの問いたげにうしろに立っているディアンへと振り返った。

「影のような人がいたわ。マント姿だったから、もしかしたら魔術師？　ディアンは見えた？」

「王妃宮の並びには国王陛下の主宮がありますから、ここから先は護衛のために魔術師たちが徘徊しています。普通の者には見えませんが、私は魔術が使えますから見えますよ。エリザ様が一瞬でも目に留められたのは、あなた様の中に魔力があるからでしょう」

「カーティス様から聞いたの？」

「魔力をお持ちだとは聞きましたが、魔術の学びも訓練もないから使えないと。それだけです」

ほっとした。涙からラピスラズリを無意識で構成していると知られるのは誰であっても困る。魔術師はもちろん、どういうときに涙を流すのかと訊かれる事態だけは避けたい。

「エリザ様、お疲れでしょう。どうぞお座りください。お飲み物でも持ってきます」

目の前のベンチに腰を掛けると、エリザの前に立ったディアンが深く腰を屈めてお辞儀をした。

「どうしたの？」

「エリザ様。部屋を出られるときに、私に気を使ってくださいましたね。覗き見ができなくて……と、おっしゃったときです。ありがとうございました」

「気を使ったというほどではないのよ。案内をお願いするから気になっただけだわ」

「私のことをよく見ておられるから、そういうことにも気が付かれる」

その通りだが、エリザが王城に住まう人々のことをよく知らないので、目に入ったことは何でも気を付けるようにしているだけだ。礼を言われるほどのこともない……と口にする前に、ディアンは頭を下げたままで続けた。

「われら獣人は長く虐げられてきました。カーティス様が私を傍に置いてくださるので、獣人も人の中で普通に生活ができるという証明になっています。ですが、エリザ様が獣人など近寄らせるなとカーティス様に言われれば、すぐに放逐されていたでしょう」

「……まさか」

「本当のことです。獣人はずいぶん数が少なくなっていて、隠れ里で息を潜めて暮らしています。私はクォーターなので一族とは認められていませんが、それでも皆には安らかに暮らしてほしい」

同族と認めてもらえなくても、皆の幸せを願うディアンの気持ちが真摯に迫ってくる。

「エリザ様が獣人はいらない、見たくないと言われたら、カーティス様は我々を滅ぼしてしまわれるかもしれない」

「……そんなこと」

絶対にないとは言えなかった。カーティスの判断の基準に善悪が見当たらないからだ。

ではそこになにがあるかといえば、エリザがいる。『愛している』と常に言われている通りに、カーティスはエリザを愛おしみ大切にしていた。エリザ自身も彼が好きだ。

彼が望むのは、エリザと互いに想いあい、ずっと一緒にいることだと思う。判断基準は、常にそれができるかどうかだ。愛情——恐ろしいほどの。

――なにを考えているの。そんな奢った考えをしてはいけないでしょうに。カーティス様はいずれ王太子殿下になるのよ。いつかは国王陛下になられる。そうよ。国や民のために政務もしていらっしゃるじゃないの。……でも、それも私のためだったりしたら。

ふっと得体のしれない不安が彼女を襲った。

ディアンは頭を起こすと、遊んでいるようないつもの笑みとは違う顔つきで、彼女に微笑みかけた。座っているエリザのうしろに聳える大樹が、周囲に放っている自然の気とよく似た優しくて温かな雰囲気が漂う。

「あなた様が、世界がほしいと言われるような方でなくて本当に良かった。私はカーティス様に忠誠を捧げる者ですが、あなた様を守るためにも命を掛けましょう」

そう締め括った。

エリザはじっと彼を見る。声が震えるのはどうしようもないが、応える。

「では、もしも私が愚か者になったら、あなたが命を賭してでも私を排除してください」

ディアンは目を見張ると、よろりと一歩二歩下がる。そうして両足を揃えてまた頭を下げた。しばしそのままでいた彼は、顔を上げ、打って変わった楽しげな様子で『了解しました』と返してきた。あまりにも緊張したので、エリザはぐったりしてしまった。

けれどそういった様子を見せるとディアンが困ると思うので、一生懸命にこやかに『ここは気持ちのいい場所ね』などと語っていた。すると、すぐ近くから声を掛けられる。

「エリザ様」

どきんっとしてそちらを見れば、キラーク宰相が立っていた。いつの間にという感じだ。

ディアンを見上げれば、彼は気が付いていたのか驚きの表情はない。なぜ彼女の注意を促してくれなかったのかと考えたが、理由はすぐに分かった。

キラーク宰相はディアンに目も向けず、冷たい態度で命令したのだ。

「エリザ様とお話をするので、しばらく離れていろ」

ディアンはなにも言わず頭を下げてその場から放れた。柱だけの内向きの廊下へ入り、壁際まで下がる。こちらからは彼の姿は見えないが、ディアンからはエリザを視界の中に捕らえられるというぎりぎりの位置だ。

――キラーク宰相は、獣人を嫌う人なのね。宰相が近寄ってくることをディアンが私に言うと、なにか手ひどい態度を取られたかもしれない。そうすると私は絶対にディアンを庇うから問題になると考えた。そうでしょう?

確認するだけの暇はない。エリザが礼を執るために立ち上がると、キラークはディアンへの態度と打って変わった丁寧さで頭を下げ、彼女の手を取ってその甲に唇をつけた。

肩より下になるキラークの黒い直毛がゆらりと流れて顔を隠す。ゾクリとするような視線が髪の間から彼女に向けられていた。なにかをされたわけでもないのに、怖さだけが空気の中に満ちる。

「エリザ様には、公式の場以外でお会いしたいと思っておりました。お時間がよろしければ、少し話し相手になっていただけませんか?」

キラークの姿は公式の場でもほとんど見掛けないし、挨拶をする間もないほどの短時間でいなくなるから、エリザと話す機会はもとよりなかった。最も多く会話をしたのが、王城へ入城した初対面のときだ。

身体を起こしたキラークは、片手でベンチを指している。いまのいままで座っていたのだから、用事があると言って避けるのも気まずい。しかも、宰相はたぶん彼女の予定を知っている。

エリザは、下手な言い逃れはせず、再度そこに腰を掛けた。

──カーティス様から宰相についてなにか聞いていたかしら。魔術師ギルドに契約を取り付けたとか、有能だとか、それくらいよね。人となりはなにもなかったわ。特別な噂もない。

幼いカーティスを閉じ込めるよう進言した人だから、エリザにはかなりの要注意人物だ。

カーティスのすさまじい魔力について詳しく知っている者であり、ギルドとの太いパイプを利用して魔術師に特別な塔を造らせた者。

「キラーク様。私になにか特別なお話でもございましたか？」

「あなた様がお元気でお暮らしかどうかを確かめたいだけです。カーティス様と常にご一緒ですからね。もしも何かしらの問題が出ていましたら、どうぞお話しください。お尋ねになりたいことがあれば、大抵のことはお答えできるでしょう」

この人になら、幼いころのカーティスの状態について聞けるかもしれない。唐突にそれが閃いたのは、いまいる場所が、王家のための中庭だったからだ。

「カーティス様は幼いころ、お部屋に閉じ込められていたと聞きましたが、そうなのですか？」

ふむ……と唸ったような息を吐いたキラークは、子供のころのカーティスについて話し始める。

「エリザ様ならご存知だと思いますが、カーティス様の魔力は生まれたときから並大抵の大きさではありませんでした。赤ん坊のときはお腹が空いたと泣かれるだけで、ガラスが割れ、テーブルが割れ、大理石の暖炉まで割れたほどです。呪方陣がなくても、それだけのことができてしまわれた」

「赤ん坊は魔術など使えないのではありませんか？　魔術の存在自体を知らないのですから」

「そうです。ですから、ご自身の力の制御もなく無意識で振り回された。破壊する方向で」

無意識という単語に心が騒ぐ。

「王城には魔術師たちがいたのでしょう？　赤ん坊相手なら、抑えられると思いますが」

「そうですね。赤ん坊なら。ですがお育ちになる間にどんどん強力になってゆかれる。母君だけが、カーティス様をあやして魔力を納めることが可能でした。ですが、王妃殿下の心労は溜まり、極限に達してしまわれた。それが原因かどうかは医師たちも言及を避けましたが……」

無意識に働く魔力は、魔術を習得しないエリザでも涙から聖石を生み出してしまう。カーティスは彼女をAクラスだと言ったが、彼はそれ以上だ。カーティスならどれほどの事態になってしまったのか、想像するに余りある。

エリザは膝の上に置いた手をもう一方の手で握り締める。力を入れ過ぎたのか手が震えた。

そういう彼女を横目で見ながら、キラークは続ける。

「五歳で母君を亡くされたときには、もはや魔術師だけでは抑えられないほどの力を持っておられた。それで、魔術師が数人がかりで、あの方が過ごされる居室空間に強力な結界をもうけて、閉じ込めることになったのです。国王陛下の苦渋の決断でした」

カーティス自身が自然生成の聖石のようなものだとディアンに聞いたばかりだ。大きくなってゆく間に、彼の中に蓄積されてゆく魔力はどんどん巨大になっていったに違いない。

「それで、どうなったのです」

「九歳のときに、頻繁に部屋から外へ抜け出されているのが分かりましたので、ギルドが総力を挙げて一つの塔を造り、今度はそこへ閉じ込められることになったのです」

　エリザと一緒に遊んだ少年の姿が頭の中に浮かんでくる。あのとき使っていた魔術は、王都の部屋からあの田舎まで空間跳躍をしただけ――だったはずだ。

　ところが、キラークはまるで否定するかのように首をわずかに振る。

「あの方が己の魔力を制御できるのに八年掛かりました。制御力が子供のころと比べて格段に違うのは、年月をかけて鍛えられた精神力の賜物でしょう。ただ、問題なのは、意識下での制御よりも無意識の魔力なのです」

　エリザは右手の指に嵌まる指輪を意識する。

「あの、無意識に働く魔力には、ボタンとかカフスとかそういった物に流れを止める蓋のような設定をして身に付けておくという方法もありますよね。……本で、読んだ覚えがあります」

「あの方の魔力を制御できるような物など、誰が造れるでしょうか。誰にもできません。力の大きさに負けてすぐに砕けてしまうでしょうね。ですから、カーティス様はなにかを望むとか、怒りなどの感情とか、できる限り捨て去った。その結果、無意識での力の暴走もなくなりました」

「捨て去った？　望むことを？」

　彼が善悪で物事を判断しないのは、理屈では己の感情や欲求を抑えきれないからなのかと、エリザはようやく理解した。カーティスは、己を制御するためになにかを望むということをやめたのだ。

「カーティス様は、望むものを極端に減らして、いまはエリザ様と一緒にいることだけを心に留めておられる」

　はっとして顔を上げ、キラークを見る。

普通に生きるために、あるいは王子殿下としての当たり前の立場をもぎ取るために、エリザと再会したいという気持ちの他はすべて捨てたのだ。そして、それはいまも続いている。

キラークは、重々しく告げる。

「いまもっとも私が懸念するのは、あなた様のことなのです」

「私の……こと？」

「はい。あなた様は存在するだけで、カーティス様の望みを一手に引き受け、あのすさまじい魔力が無意識に動くのを抑えておられる」

「……」

カーティスは、『なにかを強く求めれば無意識に魔力が働く。望みの具体的なイメージや、完成形の理屈が先にあるというのが条件だ』と言っていた。求める気持ちを捨てればなにも起こらない。では、エリザを求めるカーティスの無意識の力は？　抑えられていたのか？

無言になったエリザを眺めながら、キラークは重ねて言う。

「王妃殿下のことがあるので、私はエリザ様のことが気がかりなのです。ご自分のお気持ちや身体に異変などはありませんか？　違和感とかは？」

エリザはキラークの皺深い面を凝視した。

――気持ちや、身体に、異変？

どきどきと鼓動が足を速める。

「それは、どういうことを言っておられるのでしょう」

「たとえば、魔術の中には《ほれ薬》というものがございます。しかしあれは、長時間は効きません。

効力を上げようとすればそれだけ魔力を練り込まねばなりませんが、そうすると副作用も出てしまう。身体と精神の異変です」

「……そんなことは、ありません」

「そうですか？　よくお考えください。カーティス様が自覚しないまま無意識にやってしまったことでも、あなた様になにかあれば、あの方はご自分を責めて魔力を暴走させてしまうかもしれない」

キラークを見ながら、エリザはカーティスとの会話を思い起こしてゆく。

「カーティス様は、『エリザに魔術は使えない』とおっしゃっていました」

「意識下であれば十分な我慢と制御をなされるでしょう。あなた様のお心がほしいと思われ、褥を共にしたいと望まれたとき、制御できているはずの力が無意識に働いてしまうと私は考えています。ですから、あなた様のことが心配で……」

途中から、キラークの声が遠のいた気がした。それは魔術というより、エリザが己の内省へと一気に傾いたからだ。

——気持ちや身体の変化……は、起きている。

肉体の変化は、エリザの羞恥を振り切って止める間もなく上り詰めてしまうところから始まった。初めのころはその感覚に堕ちてゆくのを戸惑うばかりだったのに、いまでは、突かれて擦られる内部の快楽で易々と高みへ昇ってしまう。

最初の夜から思えば、たった二か月しか過ぎていないというのに。

それほどカーティスは丁寧にエリザを抱いてきたし、彼女の反応を細かく眺めてその肉体が持つ独自の速度に彼自身が合わせてきた。そして徐々にエリザの反応に引き摺られて無我夢中になってしまうので、このところは彼の方が焦っている——という状態になっているが、彼女には分からない。

エリザは自分自身の変わりように驚き、現状を奇妙で変だと悩んでいる。あげくに、変化した己の姿に怖れまで抱いていた。

不安が増大しているところへキラークの指摘がきたというわけだ。

——カーティス様の魔術が生み出したということ？　あの方の欲求に応じさせるために、無意識に働いた力で私の身体を変えてしまった？

彼はエリザに魔術は使えないと言ったが、それは制御可能な意識下でのことだ。無意識の領域内では本人も気が付かない。

では、肉体ではなく、カーティスを好きだと言えるエリザの気持ちはどうなのだ。万が一にもその気持ちがカーティスの魔術によって生まれたとするなら、彼女の本当の心はどこにある？

——こんなふうに考えてしまうのは誰かの魔術が働いているからじゃないのかしら。キラーク様？

……いいえ、ディアンが言っていたじゃないの。王城内で魔術が働けば、カーティス様の薄い膜が感知するって。

カーティスが感知すれば、どこからでも来てくれると信じている。これは好きとか、閨を共にしているからではなく、大切にされているという気持ちからだが、果たしてこの信頼も無作為の魔術で生まれたのではないかと考えてしまう。

己を疑い始めると、なんらかの証明がない限りすべてに疑惑が及んでいった。

——王城内はカーティス様の手の内。それならご自身の無意識の魔術は感知できない。

カーティスが自覚できない無意識の下でなら、どんなことでも起こりうるのではないか？

――私の気持ちは、本当に自分のもの？

息苦しくなって、思わず胸元を右手で押さえる。

遠ざかっていたキラークの声がエリザの耳に届いた。

「今までに、なにか奇妙なことはありませんでしたか？　不思議な出来事などは」

声に引かれて顔を上げ、放心した体でキラークを眺める。

「不思議な出来事……」

エリザの記憶の中から、遠い日の情景が引き寄せられてくる。

別れの日、それぞれの掌に名前を書いた。ペンを持ったわけではないので掌には何も残らないはずが、一瞬黒い線が浮き上がってすぐに消えた。

エリザの顔から血の気がざぁっと引いた。あれは確かに魔術だった。ティスに分からなかったということは、無意識に働いたのだ。我慢も制御もまだできなかったころのティスが、絶対にエリザと再会すると言明して、互いの名前を描いた。

――あのときから、すべてがカーティス様の望みに沿って動いたということ？

鼓動が速い。暑いわけではないのに額に汗の粒が浮かぶ。

キラークが心配そうに彼女を覗き込んだ。

「王子殿下は史上最強の魔術師なのです。その力を使えば、人を操るのもきっと容易いでしょう。ですが、心の動きを強制され続けると必ず反動が来る。精神に変調をきたすのです。人心操術は長くかけられない魔術なのですよ」

「変調……」

「あなた様は大丈夫ですか？　エリザ様。以前の自分と違うところがあるのでは？」

――……ある。

ぼんやりキラークの方を見上げたとき、彼の後方では、黒マントの魔術師たちがディアンによって煉瓦の床に叩きつけられていた。激しい打音がする。その音でエリザは我に返った。

「ディアン……」

改めてそちらを見た段階で魔術師たちの姿は見えなくなったが、ディアンが睨んでいる方へ逃れたか、または転がっているかのどちらかだと推察する。

ベンチからキラークが立ち上がり、ディアンに対して声を荒らげた。

「狼藉者として処分されたいか。王子殿下の従士というだけで罰を免れられると思うな」

エリザも立ち上がり、真っ青な顔をしながらもキラークに訴える。

「キラーク様。ディアンは私の護衛をせよとカーティス様に言われて傍にいる者です。私の様子がおかしくなったので近寄ろうとしただけです。いまのは私の――、呼ぶまで控えているよう言わなかった私の落ち度です！」

「分かりました、エリザ様。あなた様のお心にご負担を掛けるのは本意ではありません。ここは引くことに致しましょう」

さすがのキラークも、いまにも倒れそうなエリザに対して重ねて追及することはなかった。

エリザは、裳裾の端を摘んで軽く腰を屈める。

「ご配慮ありがとうございます。お話はこれで終わりですね。貴重な時間を過ごさせていただきましたこと、お礼申し上げます。それではこれで失礼いたします」

「私の方こそ、話し相手になってくださいまして、まことにありがとうございました」

エリザはディアンに顔を向けて、いつもは使わない命令口調をあえて選んで言い渡す。

「部屋へ戻ります。ディアン、あとについてちょうだい」

「かしこまりました」

ディアンは、あからさまなキラークの蔑視の視線には反応を返さず、動き出したエリザのうしろについた。中庭へ入ったところから出て、長い廊下をなにも言わずにずんずんと歩く。

脳裏ではキラークの声が大きくなったり小さくなったりしながら響いていた。

『心を操られ続けると、変調をきたすのです。あなた様は大丈夫ですか？』

カーティスを好きだと思う気持ちが、変調の末のものとは思いたくない。かといって造られたものかもしれないというのは、どうしたら否定できるだろうか。

——無意識に働いた魔力で気持ちと身体が変わった？　カーティス様が否定されても、本人の自覚がないだけかもしれない……。

歩調を緩めず無言で歩いていると、後ろからディアンが声を掛けてくる。

「エリザ様、次に廊下が交差するところは、右です。右に曲がってください」

「えっ、そう。そうなの」

歩みを止めて振り返れば、ディアンの後方には誰もいないようだ。エリザは緊張で片肘張っていた身体から力を抜いた。重しのような疲労が襲い掛かってくる。

「ディアン、先導してちょうだい。私一人ではやっぱり迷うから」

「はい。あの、宰相とどういったお話をされていたのですか？　私は耳がとても良いのですが、あの中庭は、昔から中心に生える木を媒体にして音の遮断魔術が施されているのです。国王陛下のご指示でそのままになっていて、中庭から廊下へ出るだけで中の音は聞こえなくなってしまいます」

「でも、見ていることはできるから、キラーク様に離れろと言われても黙って引いたのね。……難しい話だったわ。表情に出たから心配させてしまったのでしょう？　私、修行が足りないわね」

エリザを追い越し、先の方へ行って振り返ったディアンは彼女の最後の言葉に驚いた顔をした。そして、ぺこりと頭を下げる。

「足りないのは私の方です。庇っていただきました。心より感謝いたします」

「いいのよ。あなたはカーティス様の従士だもの。あそこでキラーク宰相にあなたを渡して、私だけ戻るなんてこと絶対にできなかった。……話した内容は、……カーティス様に聞くわ。そうでないと、一歩も進めない」

足の下には《自分自身》がないかもしれないと思うと、恐ろしくてたまらない。

「分かりました。では、行きましょう」

廊下を行く間にすれ違う侍従や下働きの者、メイドたちが頭を下げる。閉じられていた王妃宮周囲は人がほとんどいなかったが、カーティスとエリザが居室としている王太子宮に近づくにつれ、廊下を歩く者も多くなってくる。

彼女は相手に合わせた対応をしながらも、頭の中はキラークとの会話でいっぱいだ。

エリザがいまなによりほしいのは、カーティスを好きだと思う気持ちが己のものだという確証だった。造られたものではないという証が一つでもあればと願う。

やがて自分の部屋へ戻る。中ではシュスが掃除をしながら待っていた。

「お帰りなさいませ。あの、エリザ様、ずいぶんお顔の色が……、ご気分でも悪いのですか？」

ソファに座ると、すぐにシュスが白湯の用意をしてくれる。

額に指を当てて顔を俯かせたエリザは、心配そうな彼女に答える。

「ええ、少しね、疲れたかしら。シュス、掃除はもう終わりにして。休みたいの。あ、ディアン。カーティス様は夕方になればお時間が空くかしら」

エリザの部屋から退出しようとしていたディアンへ振り返って尋ねる。

「はい。そのころになれば、お隣のカーティス様の部屋へお戻りになるはずですから、すぐにこちらへ来られるようお伝えしておきましょう」

「いいえ。私が行きます。夕方、執務室へ行くから。それでお会いできるわね？」

「はい。執務室でお待ちになるようお伝えしておきます。エリザ様、大丈夫ですか？」

「大丈夫。私が行きます。どうしても確かめたいことがあるの」

真剣な眼をしていたと思う。追いつめられた顔をしていたかもしれない。カーティスに訊いても、本人の自覚がないなら答えられない。それでもいいから否定してほしい。

ディアンもまた真剣な面持ちで頷く。そうして彼が退出すると、今度はシュスがもの問いたげにソファの近くに立った。

彼女の場合、気になることがあってもこちらから話すまで待ってくれる。ただ、今日はエリザの顔色があまりにも悪かったようだ。躊躇いながらも尋ねてきた。

「エリザ様、ご医師の手配をいたしますか？　おやすみになるなら、ドレスを脱がれた方がゆっくりできると思いますが」

「ドレスはこのままでいいわ。あとでカーティス様の執務室へ行くから。気分が悪いのも確かだから、一人にしておいてくれる?」

「……かしこまりました」

なにか言いたそうだったが、シュスは深くお辞儀をして部屋から出て行った。

エリザはソファに座って息を整えようと深く呼吸した。まだ興奮していて、落ち着いて考えられない。第一、王城はカーティスによって薄い守りの膜が張られているというし、王太子宮はそれが強固になっていると聞いたばかりだった。つまり、どこにいてもカーティスの手の内ということだ。

どれほど過ぎただろうか。ノックの音がして、エリザははっと顔を上げる。ドキドキと鼓動が早打ちを始める。

——カーティス様? いいえ。廊下への大扉から来られたときは、従士のディアンがノックをするもの。叩き方が違う。

エリザの部屋へカーティスが一人で来るときは、寝室の内扉を使う。彼は特徴的で遊んでいるようなノックをする。

「誰?」

「私よ、エリザ」

「お姉様っ」

ばばっと立ち上がって、扉のところまで走る。裾が翻り、髪が乱れるのも構わず、夢中で扉を開けた。すぐそこに、相変わらずの美貌を纏った姉のオリヴィアがそそとして立っていた。

顔をくしゃりと崩して泣いたような笑顔を浮かべたエリザは、思わず華奢(きゃしゃ)なオリヴィアに抱きついてしまった。

「まぁ、子供みたいよ、エリザ」

オリヴィアよりも多少背が高いエリザが抱き着くと、当然腕は首回りに巻くことになる。姉は、エリザの上腕をポンポンと軽く叩いて宥（なだ）める仕草をした。

ぱっと離れたエリザは、照れた感じで姉に挨拶をする。

「いきなりごめんなさい、お姉様。なんだか懐かしくて」

「昨日のお茶会で会わなかったかしら？」

くすくすと笑うオリヴィアを見て、エリザはほうっと息を吐く。昔からオリヴィアはエリザを守る存在だった。姉でもあり、母親代わりでもある。

「そうでした。ですが、社交界でお会いするときはどうしても周囲に人がいて、こんなことはできないんですもの。たまにはよろしいではありませんか。お会いしたかった、お姉様、私……」

「『困ったことがあって』……でしょう？　さぁ、詳しく聞かせて」

十二歳のとき王都へ来た。あのころはなにも分からなくて、困った顔で泣きそうになりながらオリヴィアに訊きにいった。なにかしてほしいというより、教えてほしくて。

家庭教師の言うことがまず分からなかったから、もっとずっと初歩のことをオリヴィアに聞いていた。姉は何でも知っていた。

オリヴィアも初めて王都屋敷で暮らすことになったから、姉の立場での疑問も山ほど覆いかぶさって来たに違いない。オリヴィアには尋ねる人もいなかったから、きっと一人ですごく勉強をしたのだ。

「顔色が悪いわね。ちゃんと食べている？　食べ過ぎも良くないけれどね」

少女のころと同じ言葉であやされながら、二人並んでソファに腰を掛ける。すぐにシュスがお茶を運んでくれた。どうやら、エリザの様子が変だとシュスがオリヴィアに伝えてくれたようだ。

シュスはエリザに少しだけ目くばせをしてから部屋を出て行った。目くばせは、姉に伝えたことを謝罪する感じだったから、エリザは笑みで返した。

誰もいなくなると、オリヴィアは早速訊いてくる。

「エリザ。なにかあったの？」

「……詳しくはお話しできません。でもお顔を見られてすごく嬉しい。お傍にいてくださるだけで、何だか安心します」

「もうすぐ婚儀だからかもしれないわね。あと一か月だもの。不安になるのも無理はないわ。この頃はそういう状態をマリッジブルーとか言うのだそうよ」

それも加味されているかもしれないが、エリザの悩みはもっと根深い。婚儀に突入するのは、カーティスを好きだという気持ちがどこから来ているのか、はっきりさせてからでないと難しい。操られて結婚など、あり得ないではないか。

オリヴィアは黙ってしまったエリザを横から覗き込み、一つの提案をしてくる。

「実は、少し前からカーティス様にお願いしていたの。一度、モメントの屋敷に戻ってはどうかしら。いいえ、戻るというより、実家なのだから息抜きがてら遊びに来るということね。いまなら、婚儀のための準備の一環ということにできるわ」

「……カーティス様は、なんと？」

「断られてしまったわ。でも、何度もお願いしているの。今日から時間の空きを作ってもらえるそうだけど、昨日までは予定が詰められすぎていて、さすがのエリザも体力が底を突きそうだったでしょう？　そこを強調したのよ。でも王城から外へ出るのがそもそも反対だと言われたわ」

「王城から、外へ出てはいけないと——」

エリザの身体がぎくりと強張る。

——心を操るのに、城の外までは手を伸ばせないということかしら。手の内からは出さない……ってこと？　……あぁ、だめだわ。一度疑問を持つと、すべてがそういう方向へ行ってしまう。相手はカーティス様なのに。

悲しくなる。結局、彼女はカーティスを、というより己自身を信用できなくなっていた。

歯を食いしばるようなエリザを眺めるオリヴィアは、さらに言う。

「エリザの実家帰りをもう一度頼んでみましょう。そうね、三日ほどというのはどう？　それ以上時間を取るのは難しいと思うのよ。それくらいなら、許可も出しやすいでしょう」

たった三日でも王城の外でゆっくり考えるというのは、ものすごく良い案だと思った。

モメント家の王都屋敷は王城からさほど遠いわけでもない。動揺している気持ちを落ち着かせるためにも、彼から一度離れてみるというのは、いっそ必要なことかもしれなかった。

真正面からオリヴィアを見つめたエリザは、きっぱりと告げる。

「お姉様。ありがとうございます。とても、ありがたい提案です。是非、お邪魔させてください。三日ですね。私からもカーティス様に話してみます」

「……相変わらず、決めるのが速いわね。では明日になったら殿下にお尋ねしましょうか」

「いまからカーティス様の執務室へ行きますので、そこでお願いすることにします」

「はい。カーティス様にはお尋ねしたいこともありますし、ちょうど夕方になっていますし、いまから行きます」

「いまから？」

オリヴィアはまじまじとエリザを眺めて、呆れた様子になる。

「エリザらしいわね。自由で、軽やかで、あっという間に動き出して。王都へ来てからあなたらしさが薄くなったと思っていたけれど、カーティス様の傍に来たら元のあなたに戻ったわ」

「そうですね。私もそう思います。お姉様、せっかく来ていただいたのにゆっくりできなくて申しわけありません」

エリザはそそくさと立ち上がり、そう言えば昼間用の軽いドレスだったと思いつつ、着替える間も惜しいのでそのまま動きだす。

そういう彼女を見上げたオリヴィアは、とうとうぷっと吹いてしまった。

「忙しいこと。あなたのお願いならカーティス様も承諾されるわ。お許しが出たら、今夜出発しましょう。実家に三日ほど戻るだけだから荷物も少ないし。すぐに用意できるわよ」

「はいっ」

エリザはオリヴィアに一礼してから早足で大扉まで行き、自分で開く。外にはいつ呼ばれても対応できるようシュスが待っていた。一緒にいるのはオリヴィアの侍女だ。

「カーティス様の執務室へ行きます。シュスは、あとのことをお姉様に聞いて準備をお願い」

「かしこまりました」

扉の両側にはエリザの護衛兵が二人いる。そのうちの一人に、エリザがいまから訪問する旨を執務室にいるはずのカーティスへ伝えるよう指示した。衛兵は、すぐ近くの控えの間にいる侍従に伝える。するると少年の侍従が廊下を走って行った。

エリザは衛兵のひとりと一緒に本棟へ向かうことになる。もう一人はここで、誰も部屋の中に入室しないよう見張る役につくことを指示する。

一連の動きを眺めていたオリヴィアがぽつりと呟く。

「王子殿下の正妃らしくなってきたこと」

横に立っていたシュスがちらりとオリヴィアを見た。エリザの耳には微かに届く程度の声だ。

「お姉様行ってまいります。結果はすぐにお知らせしますね」

「ええ、良いお返事がいただけるといいわね」

「はい」

裳裾を積まんでわずかに腰を屈めたあと、エリザは早い歩調でその場を去っていった。

それを見送ったオリヴィアは、シュスになにを持っていくかを話してから、自分の用意のためにモメント公爵の居室へ向かう。


カーティスの執務室は、城の表玄関からほど近いところにある。他の貴族たちとの面談もしやすい二階の真ん中という位置から、いずれは王太子になることを考えられていると分かる。

硬いという樫（かし）の木に凝った彫りが入った両開きの扉の向こうが執務室だ。入ったこともあるが、いままでは設置されているソファのところで書類に署名をするなどといった短時間滞在だった。

扉の前には当然、護衛兵が立っている。先触れの若い侍従はそこで待っていた。

エリザに付いてきた衛兵が、戻るときも一緒に動く予定なので、その場で待ちの体勢に入る。

侍従がノックをすると中から誰何の声が上がる。カーティスの声だとすぐに分かってエリザは胸が高鳴るのを覚えた。

「エリザ様がいらっしゃいました」

「入れ」

内側から扉を開けたのはディアンだった。彼はエリザが入室するのと入れ違いに外へ出て扉を閉めたので、部屋の中はカーティスと二人だけになる。

――難しい顔をしていた、ディアン……。

いつもならふざけた感じと紙一重の笑顔で迎えてくれるディアンだ。彼の硬い表情を見て、エリザはとても不安になったが、避けては通れない道だと自分を奮い立たせる。

キラークに訊いたことを自分だけで納得してしまう前に、彼に確かめねばならない。

夕方だが、十分明るい。まずは挨拶からだ。

「カーティス様、お邪魔します」

広い部屋の中央にあるソファのセットが来客用だ。奥の方にかなり荘厳で大きな書斎机が大扉へ向いた形で設えられている。後ろは壁だが、その続きに床から天井近くまでの窓が何連も連なっていた。暖炉もあれば書棚もあり、巨匠作の大きな絵が壁に飾られている。

机の前に立ってエリザが挨拶をするのを見ていたカーティスは、軽い歩調で近づき彼女の手を取る。甲にキスだ。

手が震えた。カーティスが怖いからではない。彼の望みがエリザ一人に向いているという現状に身体が芯から震える。

それを、重圧と共に嬉しいと感じる己の気持ちが造られたものだと確信してしまったら、好きだと思う心はなくなってしまうのだろうか。自分が信じられなくて、怖い。

「会えて嬉しいよ、エリザ」

「私も。今朝、顔を合わせて話をしていたのにね」

カーティスは彼女の手を離し、一歩下がってからエリザを上から下まで眺める。

「綺麗だな、エリザは。……それで、キラークとどういう話をしたんだ？」

いきなり核心を突いてきた。琥珀色の瞳が鋭利な刃物のように真剣で、彼女を貫くがごとくに見つめてくる。

彼が一歩離れたのは、心の内側が現れるのは表情ばかりではないからだ。手の動き、肩の強張り、身体全体の微妙な揺れ、そういったものを見て、エリザがなにを考えているかを見ようとしている。

彼女の心に直接侵入せず、ごく普通に人の胸臆を探ろうとしていた。

エリザは深く息を吸い、吐き、そしてカーティスと同じに端的に問う。

「キラーク宰相は、あなたが無意識に魔力を動かして、私の心や身体を操っているかもしれないと言われました。私が、カーティス様とずっと一緒にいたいと願い、好きだと思う気持ちも、すべて魔力による無作為の操作なのではないか——と。カーティス様、そうなのですか？」

彼の強い視線を受け止め、エリザの青い瞳から焔が立ち昇るような激しさで真正面から訊く。

魔術における無意識の考え方はどうだとか、実はそれにも対処してあるとか、エリザの疑問を逸らす方法はいくらでもあると思うが、望んでいるのは否定する第一声だ。まずはそれだけだった。

あとで、二人で検討をしてもいいから、いまは――と、廊下を歩く間に考えていた。

ところが、カーティスは驚愕の表情を晒して言葉に詰まったのだ。

キラーク宰相との会話をディアンは聞いていない。だからエリザがどういう内容で蒼ざめたのか知らない。エリザはここへ来るまでに誰かに話すこともなかった。

こうしてはっきりと彼に突き付けたのは、これが最初だ。

一瞬の間。そののちに、カーティスは戸惑いながらも否定した。

「違う。僕はあなたに魔術は使えない。無意識でもそうだ。証明はできないが――」

沈黙の時間は、ほんの一瞬だった。しかし、彼女は悟ってしまう。

――カーティス様にも、分からないんだ。

愕然とする。無意識とはそういうことだった。

カーティスはその場限りのごまかしはしなかった。彼はいつも真摯に向き合ってくれる。だからこそ、わずかな沈黙で分かってしまうこともある。

彼は視線を床に落とし、首を横に振る。

「あなたの心の中を探れば、なんらかの作用があったかどうかは分かる。でも、その時点でエリザを僕の魔術に晒すことになる。僕はエリザに魔術を使えない。無意識であっても、あなたの心と身体に魔術は使わない――と僕が言っても、自覚のない領域だから証明が必要だ。そうだろう?」

やっていないことの証明がどれほど難しいか、博士の教えの中にもあったし、彼女が考えても至難の業だと思えた。

カーティスは強い視線で彼女を見つめる。

「エリザが納得できる証(あかし)を見つける。だから、そんな不安な顔をしないでくれ」

いつの間にか俯いていたエリザは、苦しそうなカーティスの声に顔を上げる。そしてにこりと笑った。王城へ来て以来、宮廷社交界など公式の場で人に見せる笑みだ。

「カーティス様、三日ほどモメント家の屋敷に戻りたいのです。婚儀まで一か月を切っているこの状態で、まことに申し訳ないのですが、考えたいことがありますので一人になって……」

「エリザっ！　僕が怖いのか？　僕を恐れて、距離を取るのか？　エリザ、あなたが！」

両者の間に開いていた一歩を一気に詰めたカーティスは、エリザの両肩を掴む。怒りというより、いまにも崩れ落ちそうな絶望の顔をしていた。

「あなたが怖いのではないの。私の一番大事な気持ちが造られたものなのかどうか、確かめられないのが怖いの。ほんの三日よ。あなたから離れてゆっくり自分の心の内側を探りたい。お願い、カーティス様」

「……エリザの願いを無碍(むげ)に扱えるわけがない。分かった。三日だ。我慢すればいいんだな。九年耐えたんだ。できるさ」

苦しげにそう言ったカーティスは、ゆっくり頭を下げてエリザの肩先に額をつける。銀髪が頬を擽った。すぐ近くに見えている彼の両肩が震えている。エリザは激しく動揺した。

いま心の中にある好きという気持ちだけに殉じて、なにも考えずに一緒にいるべきかもしれない。彼女自身が疑問を捨てれば、二人で幸福になる道を探せるのではないのか。

――だめ、それでは。

エリザは目を閉じる。キラークによれば、心を操るのが長期に亘ると『精神に変調をきたす』らしい。万が一にもそうなったら、カーティスは自分自身を許せなくなってしまうだろう。絶望したあげく、爆発するようにして力を解放したらどうなるのか。

彼と生涯を共にしたいのなら、本当のことを見つけないとだめなのだ。

「今夜、王城を出ます」

「早すぎるな。駄目だと言いたいよ。でもエリザだから、僕は負けっぱなしなんだ」

そういえば、最後の駆けっこはどうだったのだろう。婚儀が無事に終わったら、訊いてみよう。

それを目的にして、なにがあっても彼のことを考えて進むと決める。

カーティスの胸元に手を当て、わずかに押して上半身を離したエリザは、彼のまなざしを受けとめると頼んだ。

「王城はあなたの守りが包んでいるのでしょう？　お願い。城の外へ出たら、魔術で私を囲わないで。それではきっとあなたの影響を受けてしまうから。本末転倒になるわ」

「分かった。約束する。気配を探るだけにする。それくらいは許してくれ。エリザが眠れば、あなたの場所さえ分からなくなる程度だから」

「はい。行ってきます」

すうっと離れて両手で裳裾を摘み、貴婦人の最上礼をする。会話術などは未熟の域を出ていないかもしれないが、身体を動かすことは、それなりに形になっていると思いたい。

そうしてエリザはカーティスの執務室を出た。

自分の部屋に戻れば、すっかり用意を調えたオリヴィアが待っていた。モメント屋敷から一緒についてきた筆頭侍女のシュスも外出の用意をしている。エリザも手早く裾が広がらない外出用ドレスに

着替えて、軽いマントを羽織った。

　もうすぐ部屋を出るというときにディアンが来た。人払いを請われたので、姉とシュスに言う。

「お姉様、先に馬車の方へ行ってください。シュス、お姉様に衛兵のひとりを付けてね。あなたは、悪いけど外で待っていて」

　ディアンの用事はそれほど時間がかかるものではないと予想をつける。

　オリヴィアとシュスが外へ出ると即座に訊く。

「それで、なに？」

　侍従の仕事もこなすとはいえ、エリザの前で片膝を突いたディアンはまさに従士に見えた。

「あなた様の髪の一房をいただきたいのです。わずかでいいのです。理由は聞かずに、どうぞお願いいたします」

　意外な申し出に目を見張る。エリザが見ている前で、ディアンは上着の奥から短剣を取りだし、柄の方を彼女に差し出した。これで切れということだろう。

　短剣が出されたときに、本来なら声を上げて外の衛兵を呼ぶべきだと思う。しかし、ディアンの動きがゆっくりだったのと、彼はエリザに危害など加えないと信じていたので、差し出された短剣の柄を右手で握った。

　ディアンは慌てた様子でエリザに進言する。

「無理ということでしたら、声を上げて私を衛兵に渡してください。あなた様の前で短剣を取り出したのですから、いまの時点で処罰の対象です」

「ディアン。そんなことをするくらいなら、中庭のときに、キラーク宰相に渡していたわ。髪の一房ね。分かった」

しゅっと短剣を引き抜く。磨き抜かれた刃が、部屋の明かりを弾いて恐ろしいほど光ったが、刃物に対する恐怖心をなんとか抑える。

左手で後ろ髪を前へ回して肩から下がったところで一房掴み、右手の短剣でざっと切った。

「はい、これ」

ディアンは、両手でそれを受け取り、ぎゅうと握ったかと思うと、深く頭を垂れた。

「ありがとうございます」

「カーティス様をお願いね。自分がどこに立っているかを、どうしても見つめ直したいの。カーティス様のお傍にいては、影響を受けるから離れるしかない。たとえ、もうこのままで良いという結論を出すことになっても、一度は立ち止まりたいのよ」

「私には、詳細は分かりませんが、エリザ様がお考えの末に決められたなら、なにも申し上げることはありません。たとえ一房でも、差し出された短剣で一気に切ってしまわれるあなた様ですから、お止めする方法など、もとより見つかりませんし」

顔を上げたディアンは、楽しそうに笑っていた。そして重ねて確認する。

「これを私が魔術に使うとはお思いにならなかったのですか？　とても不用心ですよ」

エリザも笑ってしまう。

「考え付かなかったわ。シュスやあなたや……カーティス様以外の人が相手だったら、髪の一筋であろうと渡さないことにします。それはあなたに渡したから、ディアンのものでいいわ。好きに使ってちょうだい」

「はい。ご信頼は決して裏切りません」

ディアンを後ろに従えて部屋を出た。エリザがシュスと一緒に西の出口に向かう一方で、ディアンはカーティスの執務室へ向かった。

西の開口から出て、用意されているモメント公爵専用の馬車に乗るとき、夜空から水滴が落ちてきた。馬車の扉に手を掛けていたエリザは暗い空を見上げる。

西側は城の明かりがあまりなくて、光の少ない中で見上げた空は、どんよりと重く彼女の心を映しているかのようだ。

「エリザ？　どうしたの？」

先に乗っていたオリヴィアが声を掛けてくる。

「雨が降って来たようです、お姉様、お待たせしてすみませんでした」

「いいわよ。早く行きましょう。夜中には着くわね」

「そうですね」

馬車の中には、エリザとシュスが並んで乗り、オリヴィアは対面に座っている。

正面から出ては目立ちすぎるという理由で、王城から外へ出るのも通用門を使う。城から出れば、あとはモメント屋敷へまっすぐ向かう。

次第に激しくなる雨の様子を、エリザは馬車の窓から窺う。なにか話さなければと思いつつ、声が出ない。考えるのは、カーティスのことばかりだ。

――城から出たときになにも感じなかったけど、これで彼の守りの膜から出たことになるのね。

質問をぶつけたときの一瞬の間がエリザを捉えて離さない。カーティスも、言葉に詰まったとき、自分自身を疑ったに違いない。エリザはいま、あの沈黙を破るものを探しに行こうとしている。

「雨足が激しくなってきたわね」

オリヴィアの声だ。モメント家の屋敷はそれほど遠くないはずだが、町を横切って人目につくのは避けたいので、王城へ入るときに移動したのと同じ道順で林を抜けてゆく。

窓の外はとても暗い。馬車の中も暗いがランプがある。それが、揺れた拍子に消えてしまった。

「お待ちください。すぐに点けます」

横に座っているシュスが、エリザが聞いたこともない呪文を唱えたかと思うと、彼女の手の中に光が走ってそれがランプに入った。すると明かりが戻る。

エリザはシュスに顔を向けた。

「やっぱり、あなたは魔術師だったのね。そうじゃないかと思っていたのよ。王城ではまったくそういうことはしなかったでしょう。カーティス様の守りの膜があるから？」

「そうです。王城には、陛下の護衛のためにギルドから公式に派遣された者や、魔力を隠している者など、魔術師が割とたくさんいますが誰も使いません。カーティス様に知れて、何のために魔術を使ったかを追及されますから。理由次第で禁固もありえます」

「エリザはやっぱりシュスのこと気が付いていたのね。あなたの勘は野性的だものね」

微笑したオリヴィアがからかい口調で言えば、シュスは泣き笑いのような顔をすると手を開く。そこには崩れてゆく青い石が載っていたが、やがて砂となり煙となって消えてしまった。

「青い宝石……。それ、ラピスラズリなの？　ギルドで配布されているんだったかしら」

「これほどの魔石は、ギルドの配布では回ってきません。ベッドメイクをしているときに、この魔石を拾いました。カーティス様は、さすがにベッドの掃除はなさらないので取り零されたのです」

すかさずオリヴィアが言い放つ。

「あなたの涙から造られたものだそうね」

う……と唸ったエリザは、顔を赤くして下を向いた。オリヴィアには知られたくなかった。

姉は次第に表情を硬くしながら続ける。

「もともと希少な石なのに、エリザが造るものは特別純粋で強力な聖石になるものだそうよ。キラーク様に聞いたの。キラーク様は、あなたの悩みが何なのかも教えてくださったわ」

「え？」

驚いて顔を上げる。対面に座るオリヴィアは、マントのポケットから刺繍が入った白いハンカチを出した。

「エリザは魔術の天才に精神を食われてしまいそうなのよね。だから、絶対にあなたをあの怪物から離さなくてはいけないと言われたの。あなた自身の気持ちを落ち着かせる時間も必要だそうよ。そのために、モメント屋敷よりも最適な場所を用意してくださったのよ。そこへ行きましょう」

「怪物？　カーティス様が？　それは間違いです。あの方はきちんと制御していて……。あの、モメント家の王都屋敷へ行かないのですか？　キラーク宰相が用意した場所？」

「一時的にも離れるのを決めたのは、あなたよ」

言葉を失ったエリザは、瞬きもせずにオリヴィアを凝視する。オリヴィアはハンカチで口と鼻を覆った。シュスが呪文を唱える小さな声が横から聞こえる。

隣へぱっと顔を向けると、シュスもオリヴィアと同じに片手で持ったハンカチで口と鼻を押さえ、もう一方の手を開いてエリザへ突き付けていた。その手には、青い宝石が載っている。

「シュスっ」

「エリザ様、……申し訳ありません」

呪文を最後まで唱え終わったシュスは、謝罪の言葉と一緒にぐっと手を握り締める。

すると、光が放たれてシュスの手の周囲に青い呪方陣が浮き上がった。同時に、白い煙が指の間から漏れて広がってゆく。手はエリザの目の前に突き出されていたので、彼女は丸々その煙を吸い込んでしまった。

「ごほっ、なに、これ……」

「お眠りください。それでカーティス様の感知を振り切れるはず」

口に当てたハンカチのせいなのか、シュスはくぐもった声だった。最後の方は聞こえないほどエリザは急速に眠りに落ちてゆく。やがてぐらぐらと上半身が傾き、シュスの方へ倒れた。

カーティスは馬車が遠ざかるまで、自分の寝室の窓辺に腰を掛けて見送っていた。

彼の位置からは普通なら見えなくても、エリザの気配を感知できるので城内であればぼんやりとでも姿を追える。

それは彼が望むだけで見えてしまうということであり、無意識の所作に近い。

――無意識で魔力が働く場合、具体的ではっきりした形で望む場合に限られる。

意識的に呪方陣を描くならともかく、無意識下で魔術を実行するには、あやふやな望みでは難しい。

多方向へ力が分散して、実行まで至らないからだ。

――エリザに訊かれたとき、もしかしたらと思ったから、一瞬詰まってしまった。

彼女には魔術を使えない。無意識であってもできないはずだ。しかし、証明の手段がない。頭の中や心を打ち割って見せても、それは証明にはならない。

エリザに向かう彼の望みは、幸福になってほしいのと同時に、自分の元から離したくない、あれもこれもしてみたい、できるなら……と要望だけなら果てしなくある。彼女から渡された『好き』という言葉だけでカーティスは幸福になる。エリザが笑ってくれるだけで、泣きたくなるほど自分の存在を信じられる。

彼女にそうしてほしいと望んでいるから魔力が働いたのではないかと言われると、ふっと自分に疑問を持ってしまう。

「エリザ……。僕から離れるな……」

無意識の魔力が働くなら、この望みも叶うはずだ。しかし、だからといって、彼女の心や身体を操作していないことの証明にはならないのだった。

「王城から、出た」

守りから出たので、姿が見えなくなる。もちろん、力で姿を映すのは可能だが、『魔術で自分を囲わないでほしい』と願われている。それはしないと約束した。

見えなくなっても動けない。激しくなってゆく雨音が耳に入って騒がしいし、開けている窓から雨が入ってくるので濡れてゆく。けれど、さほど感じないので放置だ。

しばらくそうしていると、そろそろモメント邸へ着くころになって、エリザの意識が閉じた。

「眠ったのか……。疲れていたからな。悩ませてしまった」

エリザが眠ったのをカーティスはすぐに感知した。馬車の中で眠ってしまったのかもしれないし、すでにモメント家の屋敷に到着していたのかもしれない。そんな時間だった。

場所に関しては、はっきりしない。探査すれば分かるが、約束だからしないでいる。

エリザの希望は叶えたいし、彼女に魔術は使えない。そういったカーティスの状態を、かなりはっきり掴んでいた人物がいる。

その人物が、モメント屋敷へ到着した時間を計って、シュスがエリザを眠らせるという計画を立てた。すべてはカーティスに悟らせないため——とは、さすがの彼も気付けなかった。

彼はいま、我慢と制御を振り捨ててしまおうかどうしようかという迷いの中にいる。

「暴れると、エリザが怒るな」

少し笑う。我慢も制御も彼女のためのものだ。他の誰のためにもそこまではしない。

モメント公爵が夜中に城を出て屋敷に戻る予定になっている。そろそろ出たころだ。なにかあれば、公爵がシュスを通じて連絡をしてくるだろう。

ただ、ギルドから派遣されて侍女をしているあの女魔術師がエリザを裏切ったらと考えてしまう。

「ギルドか。面倒な連中だな」

いまのところ、水面下の動きはどうであれ、カーティスはギルドと敵対はしていない。

カーティスの魔力制御に手を貸したのはキラーク宰相だった。彼がギルドと深い関係にあるのは分かっていても、師に近いと思っているから追及してこなかったのだ。いままでは。

魔術師をまとめるのにギルドが必要なのは理解するが、かといって、放置できるほど微力な組織ではなくなってきた。

――ギルドは信用できない。僕を試したくて仕方がないからな。

エリザにはディアンをつけたかったが、それは本人から断られた。ディアンは、『あなたを一人にしておくことの方が危ない』と主張した。

――そうかもしれない。

右手を見れば、掌に黄金の光が籠もっていた。いまにも魔力が迸りそうになっているのが、自分の目で見ても分かる。

――三日だ。

本当に三日なのかどうか、カーティスにもエリザにも分からない心の旅路だった。

雨がまた一段と激しくなる。土砂降りとなったせいで、カーティスが窓から見る建物の形も明かりもぼんやりしている。

窓枠に膝を立てて乗り、縦枠に背中を預けて座っているから、外側の肩ばかりか全身が濡れてきたが、そこから動く気にはなれなかった。

エリザはふわりと目覚めた。強制的に眠らされたにしては悪い目覚めではない。頭の中も、たちまち明瞭になる。

がばりと起き上がると、知らない場所の知らないベッドの上で横になっていた。着ているのはドレスのままだったが、外出用の簡素なものなので、眠っていても苦しくはなかった。

微細な明かりが灯されていたので真っ暗ではない。周囲を見回すと、緩く曲線を描く壁と、かなり上方にある大きめの窓が見えた。窓の外は夜中であるのを示す真っ黒な空が覗いている。土砂降りの雨の様子も見えるが、ガラスのないくり抜いた穴なのに雨粒は室内に入ってこない。

――魔術で雨が入るのを防いでいるのかしら。外は真っ暗だけど、端の方の空が少し明るい感じがするから、夜明けが近いのかも。数時間は眠ったのね。

立派な調度品もあり暖炉もある。天井はかなり高くて、中心が上方へ向かって尖っていた。

「塔の中？」

呟いたとたん、返事がある。

「そうです。ここはかつてカーティス様が閉じ込められていた塔。魔術師ギルドが造った塔です」

暖炉の近くにソファがあり、そこで横になっていたシュスが起き上がって答えた。薄暗いので彼女がいたことに気が付かなかった。

「魔術で固められた塔？　ここが……そうなの」

エリザは再び見回す。雑多に積み上げられている本の山が幾つもあった。暖炉も壁も削られた跡があり、壁にはぼこぼこと凹んだ穴がいくつも開いている。補修をした形跡もあり、それはきっとカーティスが壊して直すを繰り返したあとだ。

そこかしこにカーティスのあの強烈な個性が遺されているようで、エリザは笑ってしまう。

――そうするとこのベッドも……。

どきりとして起き上がり、ベッド端に腰を掛けた。

二つのドアがあり、一つは簡易的なものだから、たぶんあの向こうは水周りがある。対面に位置するもう一つの扉は、一目で分かる鉄製だった。

　エリザがそちらを見ていると、シュスが説明する。

「あの扉は開きません。扉の外は螺旋階段で一番下のホールまで行けますが、この塔自体に強力な結界が敷かれていて、ホールの大扉から外へは出られないのです。万が一にもエリザ様が無理に出ようとされると危険だと言われて、オリヴィア様があの鉄の扉の外から鍵を掛けられました」

「お姉様はどこ？　屋敷へ帰られたのかしら。なにか言っていらした？」

「屋敷へ帰られました。オリヴィア様は、この塔の中はカーティス様の感知を妨げるし、影響を阻むから、エリザ様がどのような結論を出されても、それはご自分だけの考えによるものだと確信できるはずだと、そう言われていました」

　影響を受けない、つまりは無意識の魔術で変質することはない。それはエリザの望むところだったから、閉じ込められた状態でもさほど不安にはならなかった。

「それがお姉様のお考えなのね。私の身の回りの世話のために、あなたを残したのかしら。それなら三日後には外に出られる。そうでしょう？」

「……」

　シュスは返事をくれなかったが、オリヴィアは、エリザを連れ出した以上三日後には返さなくてはならない。ジェフリーの進退に直結する以上、モメント公爵の立場が悪くなるようなことをするわけがなかった。

「時間を無駄にしないためにも、カーティス様から離れようとした最初の理由に戻るわ。私は熟睡したからもう眠れない。シュスは眠っていて。顔色がとても悪いわよ」

「……ありがとうございます。それでは少し横になっておりますから、ご用がありましたらお声を掛けてください」

「ええ。そうします」

侍女としての仕事をきっちりこなすシュスが、ソファとはいえエリザの前で横になるのは、本来ならあり得ない。しかし、彼女は横になって軽そうなキルトケットで身体を包んだ。

――馬車の中で、明かりを灯すのと、私を眠らせること。二つも立て続けに魔術を使ったから、疲労がひどいんだわ……。

ベッドを譲ればよかったと思いながらも、シュスならそれはしないと結論を出す。

薄暗い中で窓から土砂降りの雨の音が聞こえてくると、世界から隔絶された感じがする。己の内省を深くするにはうってつけの場所かもしれない。

ときおり稲光が走って轟音(ごうおん)があたりを埋め尽くす。それもまた、エリザの感覚を高めた。

水の流れる音に耳を澄まして深く息を吐き、彼女は自分の記憶を細かく攫(さら)っていった。

カーティスと出会ったのは、乳母の家の近くの原っぱだ。二か月ほどは誰もいなかったのに、いきなりティスが現れた。走って遊んで日々を過ごし、最後の日は涙した。

――そうか。最後の日以外で、無意識の魔術は使われなかったわ。だって駆けっこで負けるとすごく悔しそうだったものね。

自問自答しながら考える。少年のティスは、勝負に真正面から挑んで不正な勝利を許さなかった。

最後の別れの日に互いの掌に指で名前を書いたときの不思議な事象は、ただ単に『忘れないで』という気持ちがなした技だったと思える。

キラークに言われたときは動じてしまったが、こうしてゆっくり思い出せばよく分かる。あのときのティスが、この未来を具体的に願うのは無理だ。たった九歳だったのだから。

――書いた名前がどこに残っているのか、カーティス様にはっきり確認しよう。

この場では保留だ。

エリザは王都へ移動して姉夫婦と暮らしていた。ジェフリーは一年前に、カーティスからエリザとの縁談を打診されたという。そして縁談がきて、エリザはかつて少年だったカーティスと再会した。

――ここでも魔術は働いていないわね。だって一年かけているもの。魔術で周囲の人を誤魔化していたら、もっと早く再会していた。

無意識の魔術は、かなりはっきりした形を望むことで動く。

モメント屋敷の西の庭まで跳んできたカーティスによって再会は果たされ、初めてのキスをあの場所で交わした。カーティスは、無意識どころか、目的を持って意識的に動いている。

あのとき、エリザは『いますぐなんて、いやっ』と言って逃げた。逃げられたのだから、魔術など働いていない。

――あまりに突然で、恥ずかしくて、びっくりした。

頬が熱くなってしまったので、彼女は思わず周囲を見回した。ソファでシュスが眠っているだけで、誰もいない。

――問題は、変わってしまった身体……かな。こういうふうになるものなの？　これが普通？　カーティス様はこの塔に八年いらした。いまの私になるよう望んだとしたら、カーティス様は女性のことをどうやって知ったのかしら。

無造作に積み上げてある書籍の類へ目を向ける。女性に関する知識も本からだったとすると、あの中には、恋愛本とか、もっと具体的に医学の本などもあるかもしれない。

——うぅ、片付けたい。暗いから見えにくいけど床に埃が積もっているじゃない。箒はどこかしら。

……カーティス様なら、掃除くらい魔術でやってしまえるわね。そんなの勿体ないわ。汗水流して身体を使ってこそ、綺麗になったあとの満足感や達成感が……。

本の山を片付けようとベッド端から立ち上がろうとしたが、寸前でやめる。もしも淫猥な本があったら、いろいろな意味で羞恥に埋もれそうだ。

——まずは問題解決が先。躰のこと、普通はどうなの。この際、他の人に意見を聞くのはどうかしら。シュスに……。もしかしたら病気という可能性もあるものね。これも保留にしておこう。

もっと基本的なことを直視しようとエリザは考える。

彼を好きだという気持ちがどこから来たのか。カーティスが創作したのではなくてエリザ自身から出た想いだとはっきりすれば、すべて解決できる気がする。

——私はずっと、カーティス様と少年ティスを同じ場所に並べて見ていた。それが急に、大人のカーティス様が心の中にずしんっと入ってきて、いまの彼をすごく好きになったんだわ。

思い出す。王城での謁見が終わり、その夜の舞踏会のときのこと。

エリザの目の前に《守ってくれる盾のような背中》があった。あの背にくっつきたかった。《あなたの背中、絶対に忘れない》と思ったし、実際、考えるだけで目の前に浮かぶようだ。

あのとき、大人のカーティスにときめいた。ドキドキとしながら背中を見つめていた。

——それもカーティス様の魔術によるもの？　……いいえ、違う。だって。

舞踏会から彼の部屋のベッドへ行ったのだ。最初の夜を迎えたのだ。

初めてだから、無我夢中で応え、やっとのことで大人の男を受けとめた。真夜中にふと目が覚めて、寝ぼけていたエリザは、カーティスに『好きだ』と伝えた。

翌日廊下で、寝ぼけて『好き』と言ったのを覚えているかとカーティスに尋ねられた。

彼は、エリザがその場で再び告げた『好きです』に、すべての動きを止めるほど驚いて動揺したあと、『愛している』と言ってくれた。

そして訊かれた。『他にも何か言っていた。聞きそびれてしまったんだが』――と。

廊下のときには覚えていなくてエリザには答えられなかった。いま、出会いからの出来事を順に思い出してみると、深く沈んでいた記憶が引っ張り出されてくる。

――夜中に言ったのは、『盾』だった。

彼に『舞踏会で私の《盾》になってくれたのは、あなただもの』と夜中に言った。それを聞き逃したから、カーティスは翌日エリザに尋ねたのだ。

彼にとってもっとも大事だったエリザの『好き』を覚えていて再度告白したから、その話はそこで終わった。

――私の恋は、舞踏会の夜から始まった。盾だと思ったあの背中を見たときから。

それは誰も知らない。カーティスも知らない。

「あぁ、そうだった」

思わず声に出た。エリザは宙を睨んで唸る。ベッド端で腰を掛け、両手を握りしめた。体中が震えてくるようだ。

無意識の魔術では、知らないことを動かすことはできない。カーティスには、エリザの恋の始まりを造ることはできない。知らないのだから。

「私の気持ちは、カーティス様が魔術で造ったものじゃないわ。カーティス様を好きになったこの気持ちは、私のものなんだ」

誰にも操られてなどいなかった。証明はここにある。エリザの記憶と心の中に。

エリザはゆるゆると頭を振った。

「どうしてあれほどまで、自分の気持ちを偽物だなんて疑ったのかしら。カーティス様が怖いわけじゃなかったのに、力を恐れたんだわ。キラーク宰相？　言葉だけで誘導されて揺らいでしまった？」

呟く。魔術を使わなくても人の心は揺らせると身をもって知った。

——私、なんて弱いの。

精神の基盤が弱い。これではいけないと思った。これから先たくさんの人に会う中で、キラークのような者もきっといるだろうから。

カーティスが盾になってくれるなら、矛は自分で磨こう。きちんとした貴婦人になって、知識を蓄え、王太子の、やがては国王の妻としての自分を作り上げて、矛としよう。

——その前に、カーティス様に謝らないと。もう一度お傍に置いてくださいってお願いしよう。それから、盾のことをお伝えしたい。……笑われるかもしれないけど。

カーティスの父親や兄たちが抱いた感情が、分かる気がする。圧倒的な力を持つ者を前にすると、周囲の者は、誰もが食われてしまうのではないかと恐れる。『疑心暗鬼』。それこそがカーティスと周囲の者を食らう怪物の名前だ。彼自身もそれに囚(とら)われている。

エリザが疑問をぶつけたときの一瞬の沈黙は、カーティスが己を疑った時間だ。

「戻らないと」

ふらりと立ち上がる。すると、その動きで空気が揺れ、シュスが目を開けた。彼女が身を起こしてソファに腰を掛けた体勢になったので、エリザはその前に立った。

「どうされましたか？」

「カーティス様のところへ戻らないと」

「……エリザ様はここから出られません。すぐにでも戻りたいとお思いなら、カーティス様の迎えが必要です。塔の結界はあの方しか破れない。三日後には何らかの動きが出ると思いますので、それまでお待ちになれませんか？」

「三日……あと二日ね。……連絡を取ることはできないかしら」

窓を見上げると、外は小雨程度になっていた。雲が張っているのでまだ暗いが、それでも夜明けが近いと分かるほどには明るい。

シュスはじっとエリザを見上げる。彼女はきゅっと唇を引き結んだかと思うと、決意の面持ちとなってソファから立ち上がった。エリザと向かい合う。

「どうぞお座りください。ギルドの企みをお話しいたします」

企みと言われて力が抜けたエリザは、糸の切れた人形のごとくソファにぽすんっと座る。

その膝にタオルケットを掛けてから、シュスはエリザの前で床に膝を突いて座った。これで、エリザよりも目線が下になる。

「シュス……。企みというなら、私をここへ連れてきたお姉様も加担しているということなの？」

「そうです」

わなわなと唇が震えた。最近のオリヴィアからは、憎しみに似た感情の断片を感じるときがあった。まさかと否定しながらやり過ごしてきた現実が、いま目の前に曝け出されようとしている。

シュスは告白する。

「私はギルドからモメント屋敷の内情を探るよう遣わされた魔術師です。特に、エリザ様の動向に注意を払えと言われていました。カーティス様との縁談がすでに持ち上がっていたからでしょう」

シュスは手早く上着を脱いで身体の向きを変え、右肩うしろにある焼印のような痕を見せた。

「これは……呪方陣？」

「ギルドとの契約印です。ずっと昔から魔術師は人々に排斥されてきました。生活もままならない中で、キラーク宰相がギルドを立ち上げたのです。私もそこに所属して仕事をもらっています。契約印は自分では剥せませんが、まともな生活をおくれるなら安いものだったのです」

いまの話では、キラーク宰相は魔術師ギルドを立ち上げた中心人物ということになる。

「私は人としての扱いを受けた経験がほとんどありません。ですから、いつも私を気遣い、尊重してくださるエリザ様は、私にとって仕えがいのあるご主人なのです。そんなあなた様を、このようなところへ連れてくる手助けをしてしまうなんて……っ！」

シュスは悔しそうに歯を食いしばった。上着を着直してエリザへ向き直った彼女は、タオルケットの上で握り合わせたエリザの両手にそっと自分の手を置いた。

「申し訳ありません。ここへ来ると知っていたら、エリザ様を眠らせるようなことはしなかった。眠られたから、カーティス様の感知が届かなくなったのです。その時間を利用して、王都から離れたここへ連れ込まれました。ギルドの目的のために」

「ギルドの目的は、なに？」

「コード王国ばかりでなく大陸中の魔術師を動かすために、カーティス様のお力を測って、それをすべての魔術師に見せることです。我らの王が現れたと主張したいのです」

「世界を掌握できる力を持つから？　彼の力で、魔術師たちは他の国々も制圧するのね？」

「そうです。それだけの魔力があるかどうかをはっきりさせるために、エリザ様を利用するつもりなのです」

恐ろしい話だ。

「私を利用……って。どうやって？」

シュスは困り顔になりながらも笑う。

「エリザ様はカーティス様が愛する方なのですよ。あの方が冷酷になりきれないのは、エリザ様がいらっしゃるからです。エリザ様を危機に追いやり、カーティス様の魔力を爆発させるのです」

「私は起爆剤なんだ……、では、逃げないとだめね」

「はい。私が必ずエリザ様をカーティス様のところへ……いえ、私ができるのは、カーティス様にエリザ様の居場所をお知らせすることくらいですが。やります」

ギルド特製の塔だ。カーティスを閉じ込めていたほどの結界に包まれている。

「どうやって結界を抜けるの？」

「私には契約印がありますから抜けやすいのです。この部屋の外にも結界が敷いてあって二重になっていますが、誰かが来るときには弱めるはず。そうでなくては入れません。この部屋の扉が開けられたときに、王城まで跳びます。魔石はまだありますしね」

床に座ったシュスは、侍女のお仕着せのポケットから袋を取り出すと、中身を掌に出した。三つの青い聖石だ。大小はあるが、どれも美しい光彩を放っている。

「エリザ様の涙からできた聖石です。王太子宮に張られたカーティス様の結界から魔力を得て、強力な魔石になりました。エリザ様のために役立たせるなら、拾っておいた甲斐もあります」

エリザは不安を抱えながらじっとシュスを見る。

「大丈夫なの？　ギルド特製の塔なのよ」

「お任せください。なにより、これほどの魔石が三つもありますから、問題ありません」

本当だろうか。しかし、問い詰めてもシュスは大丈夫としか言わないのは分かっていたし、エリザだけではどうしようもない以上、頼むしかない。

「もうすぐ夜が明けるわ。私を利用したい者が来るというわけね」

「そうです。キラーク宰相と姉君がいらっしゃるでしょう。オリヴィア様は、もしかしたら宰相に操られているかもしれません。心に迷いを抱く者は、魔術を使わなくても十分操れるそうです。もちろん、人心操術という技術が必要だと思いますが」

はっとしてシュスを見る。エリザもいつの間にかキラークの思い通りに動いていた。姉の心になにかがあって、それを利用されたのかもしれないが、本人に確かめるしかない。

エリザはふっと息を吐く。

「シュスはキラーク宰相のことをよく知っているのね」

「父親ですから」

ぎょっとして、まじまじと彼女を眺める。言われてみれば、頬の線や鼻の形が似ている。

「あの人は魔術師です。しかもAクラスか、それ以上の。カーティス様に対抗できる魔術師がいるとするならキラーク宰相でしょう。娘の私がCクラスでしかないことを随分残念がっていました」

「……魔力は、遺伝しないから……」

父娘の間になにがあったかは、他者には分からないことだ。かつてカーティスに渡した言葉の通り、『自分が生きてゆく先は、自分で決める』しかない。

視線をシュスに当てて、今度はエリザが彼女の手を握る。

「あのねシュス。この先は何が起こるか分からないから言っておくわね。もしもカーティス様に会うことができたら、伝えてほしいの」

「必ず伝えます。なんでしょうか」

「『あなたが聞きそびれたのは《盾》という言葉です』。それから。『その《盾》は、舞踏会で私を庇ってくださったカーティス様の《背中》なのです』と伝えて」

シュスはほぅと息を吐いた。

「最初の舞踏会のときのことですか。つまり、そのときにエリザ様の恋が始まったのですね」

「よ、よく分かるわね」

「一応、一つ年上ですから」

かぁっと上気したエリザは、満足そうな顔をしているシュスを見てしみじみ思う。

――やっぱり、どこか意地悪……。

あとは待つだけ、というところでいきなりぐらぐらと塔が揺れた。

「地震？」

ぎくりとしてソファから立つ。支えるためにシュスがエリザの手を握った。地震にしては揺れが長かったがやがて収まる。火山がほとんどない地域にしてはとても珍しい現象だった。


カーティスが王城の窓枠に座って、長時間外を眺めている間に空は次第に明るくなってきた。雨足も鈍ってきたから、今日中に止みそうだ。

彼は再び自分の掌を見た。魔力のエネルギーが限度知らずに充満している。ずぶぬれになったはずの身体は乾いていて、しかも濡れた服は蒸気を上げて水気を飛ばしつつあった。

——発熱している。

それもかなり高温だ。外へ出さないと、次は彼の周囲に炎が巻く。

——このままでは城を燃やしてしまう……。だめだ。それではエリザの帰る場所がなくなる。

モメント家の屋敷が彼女の実家になるから、そちらで留まれば王城へ帰る必要はない。しかし、それは考えない。彼を危険な生き物にしてしまいそうな思考は振り払う。

——熱い。アツイ。エリザ、僕を鎮めて。

熱で意識がぼんやりしてくる。すると無意識の領域が広がり、やがて、彼の部屋が揺れ始めた。

——彼女がいない城など要らない。

明快な意志は、いっそ子供の考えに近かった。

揺れはどんどん拡大して、王太子宮全体が揺れてくる。やがて王城のいたるところがぐらぐらと揺れ始めた。さらには大地が震える。まるで地震だ。最初は微震でも、このままでは大揺れになる。カーティスは窓枠から下りて、今度はそこに両手を突く。堪らない熱さが己を焼いてゆくようだ。鎮めなくてはいけないのに、魔力のエネルギーが内部からどんどん溢れてくる。

バキバキと裂傷音を響かせながら上下の窓枠に亀裂が入る。カーティスは後ろに下がって、無機質な表情でそれを眺めた。

亀裂は上下に広がりやがて壁が崩れ始める。

城内では、夜番の者たちが騒ぎ、眠っていた人々が跳び起きる。地鳴りのような音まで床からせり上がって来るにつけ、我先にと揺れに足を取られながらでも雨の降る外へ飛び出してゆく。

突然、獣の咆哮があたりに響き渡った。カーティスの部屋の崩れてくる壁の間から、一頭の大型獣が飛び込んできた。

ちらりと視線を投げたカーティスが、抑揚もなく大きな狼の名を呼ぶ。

「ディアン」

カーティスの全身から噴き出す魔力が室内を舞い踊り、狼の全身を多方向から攻撃した。

魔力が吹きすさぶ中では人型よりも軽い動きで攻撃を避けて走れる獣型の方がまだましだったはずが、ディアンの動きよりも早い空気の刃で体中を引き裂かれ、壁に打ち付けられた。

罅（ひび）だらけの床に横たわったディアンは、冷酷な顔をして狼を眺めるカーティスの前に、口の中に留めておいた青い魔石をころんと転がした。

すぐにそこから等身大のエリザの姿が立ち昇る。透き通った映像でも、彼女の姿には違いない。

「エリザ――」

カーティスは驚き、その衝撃で窓を含めた壁が外へ向かって吹っ飛んだ。

空から落ちた雷によって木々が何本も裂かれて倒れ、明るさが増してきた空に再び黒い暗雲が立ち込めて、王城の上空だけを覆ってしまった。

一気に魔力が暴走を始めるかと思えば、すべてはそこで唐突に止む。

凝視するカーティスの前で、エリザの映像が一人で踊っていた。

――これは、モメント屋敷の噴水のところで踊っていたエリザだ。

再会した場所。初めて彼女とキスをして、逃げられた場所だった。軽やかで美しいエリザ。再会したときの感動は死ぬまで忘れない。

そこから映像は時を跳んで謁見の間へ入るところになる。カーティスと腕を組んだエリザが見上げてきた。彼女の青い瞳の中に不安があったから、それを鎮めたくて組んでいたエリザの手をとんとんと叩いた。すると彼女はものすごく柔らかな微笑を浮かべる。

あのとき、自分は蕩けてしまいそうだと思った。いまこうして幻影を見ていても、エリザの微笑の甘さで溶け出しそうになる。

そしてまた場所が変わった。

デビューが済んでいても社交界へ出ていなかったエリザは、会食や晩餐会の席で覚束ない会話をする。それをモメント公爵夫妻が助けていた。もちろんカーティスも麗しい笑みを心掛けながら周囲に脅しを掛けるのを忘れない。

次第に落ち着いてきたエリザは、持ち前の明るさと前へ進もうとする気性を反映して、常に微笑を浮かべて話ができるようになっていった。声を上げて笑うこともある。人々が次第に彼女の周りに集まり始めた。

——貴婦人としてどんどん成長していった。まぶしいくらいだ。

それだけの努力をしていたのは知っている。

その反面、エリザの趣味は掃除なのだ。実は彼女が暖炉を磨いていたのは知っている。屋根裏部屋を城内地図で捜していた。あまりにも彼女らしくて、知ったときには笑ってしまったが、いつか誘ってくれるだろうと待っている。

滞りなく王太子の指名を受けたら、一緒に片づけをしてみたい。きっとエリザは笑って賛成してくれるだろう。

『カーティス様、もうすぐ夏ですね』

きらきらしいエリザの笑顔は、いつまでも見ていたい彼の宝玉だ。

自分の傍から少しも放したくなかった。けれど、エリザを歪めるのはもっと嫌だったから、一時的でいいから離れたいという彼女の望みを叶える以外の選択枝はなかったのだ。

——そうだ。僕の一番の望みは、エリザが自分で決めた生きる道を自分の足で歩いて往くことなんだ。そうでなければ、自然に笑うあなたが見られない。

だからこそ、エリザに魔術を使うことはできないのだった。

意識下であろうと無意識下であろうと、その場限りのカーティスの望みなどで彼女を歪めることだけは絶対にしたくない。それが一番のカーティスの望みだったではないか。

自覚がない状態で魔力を使ったのでは、と問われたとき、無意識でもそんなことをするわけがないと言いたかったのに証明する術がなくて言葉を失った。

エリザからの追及だからこそ避けきれずにまともに受け、ごまかすこともできなかった。カーティス自身が動揺して、己の内部へ問い合わせても分からなくなったあの短い沈黙の瞬間が、エリザに不安を抱かせた。取り返せないあの一瞬。

天井に入った亀裂から、ぱらぱらと破片が落ち始める。いずれ天井が崩れ落ちるだろう。

カーティスの周囲には崩れた壁が瓦礫（がれき）となって落ちている。風に乗った小雨がそそぎ込んでいたが、それにも気が付かず、彼はエリザの映像を見つめ続ける。

『好きです』

遠い日の少女から、大人の女性になった彼女の『好き』がどれほどカーティスの心を動かしたか、胸を開いて見せたいくらいだ。

映像とはいえ、彼に笑い掛けるエリザを眺めているうちに、カーティスも自然に微笑していた。

心が落ち着いてくると、ようやく、自分が彼女と再会するためにもっとも時間を費やしたのは『我慢』だったことを思い出す。

ディアンが運んできた魔石の力はそこで尽きた。透き通ったエリザの姿も消える。

カーティスは大きく息を吐き、狼姿で蹲るディアンへ視線を向けた。

「エリザの笑顔を集めたのか……。おまえの記憶じゃないな。彼女の身体の一部を魔石に閉じ込めただろう？　なにを使ったんだ。物によっては、命はないぞ」

低い声でそれだけ言ったカーティスは、しゃがんで床に転がっていた魔石を手に取る。すると魔石は砕けて、中に練り込まれていたエリザの髪の一房が現れた。しかしそれもすぐに、カーティスの手の中で霧散してゆく。

彼は目を閉じて残り火のようなエリザの存在感を胸に秘めてから、再び目を開ける。

じっとして動かないディアンに笑い掛けると、ディアンは平服状態で『くぅ』と鳴いた。

「ディアン、傷を治す。窓も壁も元通りにしよう。木々には悪いが、生き物を元に戻すのは無理だな。引き寄せてしまった空の雲は、雨を降らせ切るまでは動かせない」

カーティスが指を立てると、すぐ上に小さな呪方陣がいくつも構成され四方八方へ飛んだ。狼ディアンが伏せている床にも落ちる。床に黄金の丸い陣が浮き上がり、広がって、白い煙が出たと思ったらディアンを取り巻いた。

もくもくと膨らんだ煙が霧散すると、そこにはディアンが人型になって立っていた。

「修復もそれだけできれば十分でしょう。カーティス様、その特別製の魔石は他にありませんから、もう暴走はしないでくださいね」

人の形態になれば、言葉も放てる。彼は悪戯っぽく笑うと、ぶるぶると首を振って乱れた藍色の髪をさらに乱れさせた。

次に暴走を始めたらもはや止める術がないと言っている。カーティスは肩を竦めた。

「明日は、キラークと取引だな」

カーティスが魔力を暴走させたと父親に知られると、王太子の指名も保留される。いままでの苦労が水の泡だ。キラークには、自然現象だと言わせなくてはならない。

「残った分の傷くらいは自分で治せ」

「はぁ。でもこれってカーティス様が……、あ、いえ、やります」

Ｂクラスの中でも最上位になるトリプルＢのディアンは、上腕に巻いている革ベルトに嵌め込まれた魔石で治癒魔術を行使した。茶色の革ベルトは、狼になったときは首輪になっている。伸縮自在の便利な腕輪も、嵌め込まれた幾つもの魔石も、カーティスが造ってディアンに渡したものだ。樹木などの命は無理としても、自分が壊したものを元通りにしてゆけるカーティスは、確かに、魔術の天才であり史上最強の魔術師だ。

彼の様子を、王城に詰めているギルドの魔術師たちが陰に隠れて具(つぶさ)に見ていた。

回復したディアンは、屈伸などをして自分の状態を確かめている。それを横目で見たカーティスは、呆れて言う。

「下手をしたら殺していたぞ」

「無意識に、ですか。カーティス様がそれを望まれていたら、とっくに霧散していますよ」

笑ってこちらを見るディアンは、カーティスよりもはるかに長く生きている曲者だ。屈託なく笑って近づいてきたディアンは、修復した窓枠に再び座ったカーティスに訊いてくる。

「眠られますか？」

「無理だな。眠くない。……そうだ、ディアン。今度は僕がエリザの髪を何とかして手に入れるから、それでまたさっきの魔石を造ってくれ。僕が造ると下手な手を加えてしまいそうだから」

「それは……できますけどね。髪は、一房はほしいところですし、ばれますって。すごく怒られますよ。過去のお姿とはいえ、覗きではありませんか」

う……と言葉を失くしたカーティスは、怒った顔で窓の外へ視線を移した。雨の向こうにエリザの姿が見えないかと目を凝らす。

――目を覚ましたら、また気配を感知できる。

いまはまだ、それを待つだけだ。


夜が明けたとはいえ、空には小雨を降らせる薄雲が覆っている。晴天時の明るさには到底及ばない。

ベッドで眠るのはもう無理だったので、エリザはソファに座って緩やかな曲線を描いた肘掛に頭を載せて目を閉じていた。夜明けから朝になるまでの短い間をそれでやり過ごす。

シュスには、せめてソファの空いているところに座るよう言ったが、首を横に振って断られた。

「床で結構です」

彼女は床に座り、ソファの座面に凭(もた)れかかるだけだった。あれこれと自分の正体に関する告白をしても、シュスはシュスだ。

――いつもの通り……でもないかな。すごく早口だもの。緊張しているのかも。

もうすぐ誰かやって来る。そのときをチャンスとみて、シュスは動くつもりでいる。

「ねぇ、シュス。やっぱり無理をすることになるんじゃないの？　他の方法を……」

「来ました。一階のホールにある外扉が開かれています」

エリザには分からないが、塔の厳重な結界に動きがあったのを察知したようだ。

むくりと身体を起こすシュスに合わせて、エリザも身を起こして部屋の扉を見つめた。

シュスが呪文を唱え始める。すぐに握れるよう指を曲げた状態で掌に載せているのは、濃い青色をした三つの聖石だ。

ガチャガチャと扉の錠を外す音がした。そして扉が開いてゆく。エリザはソファから立ち上がった。

「行きます……っ」

シュスが魔石を持った手を握ると、指の間から青い光が迸る。そして、彼女が床に突いている膝を中心に呪方陣が広がり、白く発光すると同時にシュスの姿が消えた。同時に窓のところがバチバチと青く放電する。

振り返ったエリザはその有様に驚いて叫ぶ。

「シュス……っ」

呪文の詠唱が長かったこと、呪方陣が大きかったこと、そして、窓のところで青い放電が起きたこと。それらすべてが、空間跳躍をするのにシュスが力の限りをもって展開した魔術だったことをエリザに分からせた。

窓の放電はすぐに収まったが、エリザは見上げたままで硬直している。

魔術の知識が足りない。シュスがどういう覚悟でこの動きを選んだのか、理解していなかった。

――大丈夫だって、言っていたけど。結界が放電するような危険の中を抜けたの？　王城へちゃんと着けたの？　シュス……っ。

行き着いたのかどうか、エリザに確かめる術はない。

――止めるべきだった！

蒼ざめて唇を噛む。

扉を開いて入ってきた者が、淡々と口にする。

「バカな娘だ。いかにギルドの契約印があろうと、あの程度の力量では、無理に抜ければ大層な怪我を負っただろうに。所詮、ＣＣクラスでしかないのだからな」

肩より下ほどの長さを持つ黒色の直毛は、よく見ればシュスと同じだ。親子だと言われると、なるほど似ている。ゆったりしたローブのような服に細身を隠しているのは王城での出で立ち通りだが、ローブは魔術師のマントを思わせる漆黒だった。

エリザはキラークを鋭く睨む。

「あなたにとっては娘ではありませんか、キラーク宰相！」

「私に課せられた使命の下では、娘への情愛など不要です。余分と言ってもいい。最後にいい仕事をしてくれそうですから、それだけは褒めてやりましょう」

「最後の仕事？」

「カーティス様をここへ導くという仕事です。あなた様を城へ戻すためにはカーティス様のお力が必要ですから、娘にとっては最終手段だったわけです。エリザ様のためにカーティス様がどれほどの力を解放してくださるか、楽しみです」

「見て、確かめて、利用するってことね」

「あのお力は、魔術師たちのために使われるべきです。それが、大陸を制覇できる魔力を持ちえた者の正当なる生き方というもの」

エリザは、身体の両側に下げた両手を握り、わなわなと震わせた。怒りが体中を席巻（せっけん）している。

「あの方の生き方は、あの方が決められます！　利用する権利など誰にもないわ！」

はっはっは……と身体を揺らすほど笑ったキラークは、酷薄さが滲み出た黒い瞳でエリザを睨みつける。

「カーティス様は、エリザ様のために魔力を暴走させますよ。見ものですね」

反論しようとしたが、キラークのうしろから入ってきた者を見て、エリザは口を閉じる。

黒いマントを纏った数人の魔術師たちだ。彼らの目が、エリザを上から下まで舐めるように見てくるのでぞっとした。ソファの横に立っていたが、座面に沿って二歩三歩と下がる。

エリザに向かってキラークがゆっくり頭を下げた。

「あなた様もギルドには大切な客人です。カーティス様を動かすためばかりでなく、そのお身の中には磨かれる前の魔力がある。ずっと私の手の内にいてください」

「エリザは三日過ぎたら帰す約束でしょう！」

魔術師たちのさらにうしろからオリヴィアが現れた。ブロンドを美しく流し、ドレスの布と同じ布で形作られたバラの花が裾に数個あしらわれた細身のドレスを纏う姿は、自分の姉ながら本当に綺麗だった。ただ、少々眠りが足りない感じで目元が揺らいでいる。

「お姉様っ」

驚いた声でエリザが呼びかけると、オリヴィアは顔を背けた。ここまできては、もはや姉の顔をしている意味もないということか。けれど、オリヴィアはエリザを守ってきた姉だ。

いまがどうであろうと過去は変わらない。過去からいまが続いている以上、すべてが変わったとは思わない。姉を信じている。

オリヴィアはキラークに詰め寄った。

「カーティス様が魔力に取りつかれてしまった姿を国王陛下に見せれば、王太子の地位から外されると言われたでしょう？　それで婚儀はなくなると。エリザはモメントの家で引き取って、時期を見て田舎の貴族に嫁がせます。良い案だと賛成してくださったではありませんか」

オリヴィアの言葉を耳に入れて、エリザはすぐさま反応した。

「お姉様、私はカーティス様の妻になりたいと思っています。たとえ王太子になられなくても、あの方の傍から離れません」

「……怪物には嫁がせられないわ。あなたは私の大切な妹ですもの」

冷たい声音で言い放たれた。オリヴィアへ視線を流したキラークは、声もなく笑っている。その様子を視界に捉えたエリザは、眼を大きく見開いて身体を強張らせた。

——操られている？

オリヴィアは公爵夫人として、あるいはモメント家の女主人として、王城と王都屋敷を忙しく行ったり来たりしている。そのどこかで魔術を使われることがあったかもしれない。

けれど魔術的な作用では、カーティスと会話をするだけでオリヴィアの異変が悟られる。だからやはりここは、エリザと同じく心の隙を突かれたと考えるべきだ。

脳内では冷静に思考できても、カーティスのことが出てくると叫ばずにはいられない。

「カーティス様は怪物ではありませんっ。国中の人がそう言っても、私だけは違うと主張します。私はあの方の妻となって生涯を共にする者なのですから！」

「エリザ……。大人になったものね」

肩を震わせてキラークが笑う。

「そう。だからこそエリザ様はカーティス様を動かせるのです」

やがてそれは哄笑に変わった。


一睡もしなかったカーティスだが、朝の会議があるので仕方なくといった体で着替えをしていた。ディアンが傍に付いて手伝う。そこへばんっと扉を開け、ジェフリーが飛び込んできた。

「カーティス様っ！」

扉の外に立っていた衛兵が止めようとしていたが、彼らを引きずりながら部屋へ入ってくる。

カーティスは、暗殺を懸念して緊張するディアンに大丈夫だと片手を軽く上げてから、ジェフリーに向き合った。

「モメント公爵。誰何なしの強硬入室など、国の重鎮であるあなたでなければ槍で突かれていますよ。王都屋敷に戻る予定はどうしました。まさかと思いますが、まだ仕事をしていたとか？　……なら、妻を一人にしすぎていると忠告します」

衛兵を下がらせ、呆れた物言いをすれば、ジェフリーはそれらにまったく意識を向けずカーティスに迫ってきた。

「屋敷に戻りましたが、オリヴィアもエリザもいないのです。オリヴィアは夜に一度戻ってきたようですが明け方また出て行ったとか。私が屋敷に到着したときには、どちらもいませんでした」

「……んだと」

一気に激高した顔つきになったカーティスは、なにも言わずにすぐさまモメント屋敷へ行こうとした。それをディアンが止める。

「他の場所かもしれません。どこにも気配がないのではありませんか？」

ぐっと奥歯を噛みしめるカーティスと、歩き回るジェフリー、そしてディアンが城から衛兵を出して捜索の見当を始めたとき、部屋の中央でバリバリと放電現象が起こる。

カーティスがその放電の中心に腕を伸ばすと肘から先がふっと消え、肘を曲げることで掴んだもの
を引っ張る。再び腕が現れたときは誰かの手を引いていた。

彼が更なる力でぐいっと引けばシュスが現れ、床に転がる。

すぐ隣に膝を突いたカーティスが、彼女の肩を掴んで顔を上に向けさせた。

「シュス！　どうした。エリザは？」

黒い髪は乱れて散らばり、蒼ざめた顔には、額や頬に傷がある。目は閉じられていた。

ディアンとジェフリーも走り寄って、床に投げ出されたようなシュスの横で膝を落とす。ディアンが彼女の様子を確かめれば、侍女の服はところどころ破れ、そこから切り裂かれた傷が覗いていた。

かなり大量の出血をしている。

「虫の息です。このままでは死にます」

シュスの頬に手の甲を当てて体温を確かめていたディアンが、対面にいるカーティスに告げる。シュスの息遣いは、最初は止まっていたかと思われたが、すぐにごほごほと咳いた。

カーティスが彼女の胸のところに手を当てると金色の呪方陣が浮き上がって治癒魔術が始まるが、シュスは一向に良くならない。

「僕が張った王城の守りを破って入ってきた。守り自体は感知が目的だから大した防御はない。この

怪我は他で負ったものだな。どこから跳んできたんだ？」

独り言を口にしたが、それはディアンやジェフリーも聞いている。

「だめだ。治癒魔術をなにかが邪魔している」

「これは私が以前味わった状態に似ています。治癒ができない原因は、恐らくこれでしょう」

ディアンがシュスの上半身を横にしながら抱き起こし、肩のところの服を破った。すでに数か所切り裂かれているので、厚手の服にも拘らず簡単に肩が出る。

そこには、蒸気を発する赤い呪方陣が刻まれていた。カーティスはディアンの背中に同じ型式のものを見たことがある。その正体を小さく口にした。

「ギルドの支配印……じゃないな。契約印だ」

「契約印ですか。ですが、どう見てもシュスを焼いています」

ジェフリーが痛ましげに眉を顰め、感じるままを口にした。ディアンが横にいるジェフリーへ顔を向けて説明する。

「ギルドのこの印は《契約》とは名ばかりで、実質は《支配印》です。シュスはギルドから遣わされた魔術師で間諜まがいのことをしていました。エリザ様にはしっかり仕えていましたので、カーティス様はそのまま泳がせて様子を見ておられたのです」

ジェフリーは正面にいるカーティスへ目をやる。カーティスは、黙って頷くことでディアンの説明を肯定した。

カーティスにとってシュスは、いざという時にはエリザを守ると予想していた者だ。エリザが女性である以上、カーティスが常に傍に付いていることはできない。いっそ彼女を首に掛けておきたいくらいだが無理なのだ。

ギルドに所属し監視を目的としていても、侍女という位置はエリザを守るにはうってつけだった。守れと命じたわけではない。けれど態度、言動、そして王城内での動きから、エリザを大切に思っているのは間違いなかった。

エリザを守りたいと願う者は、彼女の行方を知る者として来た。ここで息絶えてもらっては困る。カーティスはディアンに命じた。

「うつ伏せに寝かせろ。印を剥がすぞ」

「はいっ」

カーティスはひどい状態になっているシュスの肩に手を当てる。契約印の上に黄金の呪方陣が形成された。

「ぐっ……――う、う」

刻まれたものを剥がすのだから、かなりの痛みがある。

呻いてガクガクと震えるシュスの背中をディアンは押さえつけた。普通の貴族であれば遠巻きにして見ているだけだが、ジェフリーもその有能さを発揮して彼女が動かないよう両足を押さえる。

支配印を剥がすのは、すでにディアンのときにやっていたので、要領も分かっている。大した時間も掛けずに、カーティスはシュスの肩にあった契約印を剥がして消した。

ディアンへ顔を向けてカーティスは指示する。

「傷まで治すと、シュスの体力が底をつく。まずは休ませてから治癒魔術だ」

「分かりました」

カーティスは背中を丸めて、早い息を零しているシュスの近くに顔を寄せ、追求する。

「エリザは？　どこだ」

痛ましい状態のシュスに話せと強要するのは酷だった。しかしカーティスにも余裕はない。

心配げにその場の状態を測っているディアンもカーティスの焦りは理解できるので、シュスの肩に残る痕から痛みを取り除くための魔術を繰り出すばかりだ。

妻の居場所を知りたいジェフリーは、この際なにもできないから黙って見ている。

うっすらと目を開けたシュスは、掠れた声で言う。

「魔術師の……塔、です」

「分かった。休めよ」

そう言って立ち上がろうとしたカーティスの袖口を、シュスの力ない指が掴む。裏切りを許さない仕掛けが込められたギルドの契約印が消えたので、シュスの意識もはっきりしてきたようだ。両眼に力が籠もり始めている。

まだなにかあるのかとカーティスが身を屈めると、今度は、明瞭な声音で言葉を綴る。

「……エリザ様から、伝言があります」

「なんだ」

「『あなた様が聞きそびれたのは《盾》という言葉です』と。――……それから。『その《盾》は、舞踏会で、私を庇ってくださったカーティス様の《背中》です』……だそうです」

カーティスは目を見張り、シュスを凝視する。シュスは万が一自分の命が尽きたら伝えられないと考えて口にしていた。だから必死だ。

「エリザ様の恋は、そこから始まったと……。カーティス様。あなた様が聞きそびれたのは、いつのことか、お分かりになりますか？」

初めての夜のことだった。好きだと言ってくれたエリザの言葉に酔いしれて、最初の一言を聞き逃したのだ。翌日に尋ねたが、その時点では彼女も覚えていなかった。それを、思い出したのか。

カーティスはゆっくり頷く。口角が上がって、彼は音もなく笑った。

「分かる。分かるぞ。そうか」

「あなた様の背を《盾》だと思われたこと。エリザ様の恋の始まりを、ご存知なかったのですね」

すぐにでも閉じてしまいそうな目をさらに細めてシュスは微笑んだ。小さな声でカーティスに頼む。

「知るわけがない。彼女の心の中で起こったことだ」

「エリザ様の悩みは、その一言で、きっと解消します。どうぞ、いまのこと、エリザ様にお伝えください」

「分かった」

そうしてカーティスは立ち上がり、ディアンが止める間もなく小さな竜巻のような風と共に消えた。


ディアンは対面にいたから手を伸ばしたが、カーティスが跳んでゆくのに間に合わなかった。

どのみち止めるとその分遅くなる。この際、彼の激情に任せるのが最良だとディアンは考え直す。

魔力が爆発しようとするときには、きっとエリザが止める。映像ではなく本物を前にすれば、理性も少しは働くと期待したい。

そこまで考えたディアンは、まずは指示通りシュスをベッドに寝かせた。カーティスのベッドだったが、エリザの居場所を知らせに来たのだから、文句は出ないと踏んでいる。

「あの塔から無理やり跳んだのか……」

塔のある場所は王都の端だ。しかし問題は距離ではなく、あの塔が魔術師たちの厳重な結界で包まれているということだ。

ディアンが塔の中のカーティスのところへ行けたのは、最初は魔術師の手はずで、のちにはカーティスの力で穴を開けたことによる。カーティスは、塔から出るときにその穴は閉じてきた。

カーティスには簡単にできたことでも、ＣＣクラスのシュスには、契約印があっても命がけでなければ抜けられない。実際、塔の結界を抜けたときの衝撃で体中に傷を負い、裏切り者となった段階でギルドの印によって焼き尽くされるところだった。

カーティスが動いたことで安心したのか、眠り始めたシュスの顔は安らかだ。

――強いな。

感心したまなざしでシュスに上掛けを被せたディアンは、踵を返して部屋の中央で大型の狼へ姿を変える。魔術師の塔へ行くなら、魔力に対して耐性の高い獣姿の方が動きやすい。革の首輪に埋め込まれた幾つもの魔石が、彼の役に立ってくれる。

そうして、いざ空間跳躍をしようとしたとき、ベッドのシュスの様子を見てから傍へ走ってきたジェフリーが、ディアンの首輪に手を掛けた。

「私も連れていけ、ディアン」

『最大級の魔術が飛び交うかもしれないんですよ。普通の人では危険だ』

狼の口では言葉が話せないので心話を使う。

頭の中に直接話しかけるのと一緒だが、相手が強力な場合、自分の思考が丸見えになる危険があるのでめったに使わない。魔石の無駄使いにもなる。しかし、ジェフリー相手なら連れていけない理由は伝えなくてはならなかった。

　ところが、ディアンの答えはジェフリーを納得させられなかった。

「連れて行ってくれ。妻と義妹(いもうと)がいるところへ」

　引かないという決意に溢れた目は、ディアンにため息を吐かせる。こういう時の人間は、本当に引くことを知らない。

『なにかあっても、私の責任にしないでくださいよ』

「了解した」

ため息の二連発になった。

狼は右の前足で床をトントンと叩く。すると狼ディアンと首輪を掴んだジェフリーを中心にして床に白い呪方陣が広がり、煙のようなエネルギーの渦が漂う。さすがにカーティスと違って一瞬で空間跳躍をすることはできない。

　それでも呪文を唱える必要がないから十分短時間で魔術を実行できる。

　ディアンは、首輪を掴んで放さないジェフリーと一緒に、魔術師の塔へ跳んだ。

第五章　エリザが笑うとカーティスが幸せになる

カーティスを『怪物ではない』と言い切ったエリザの真っ直ぐな視線を受けて、オリヴィアは立ち尽くす。小さな妹は、ずっと守ってきた姉に立ち向かえるほど成長していた。

オリヴィアの脳裏に、カーティスと二人だけで話したときのことが蘇る。

それは、カーティスとエリザの縁談の話を聞いた日から三日ほどのちのことだ。


エリザが王城へ移動する四日前。オリヴィアは思いつめた顔をして、カーティスとの面談を申し出た。ジェフリーは相変わらず仕事が忙しいので相談もできずに、王城で会食を予定された日に、彼女一人でカーティスの執務室へ赴く。

塔から出たあと、カーティスに与えられてゆく権利や財産はかなりのもので、彼の存在感は王城内でも、また貴族中心の社交界でも増すばかりだった。

政務にも顔を出し始め、カーティス専用の執務室も用意された。王太子になれば、そのまま客を迎えられるほど整えられた広い執務用空間だ。国王の印璽さえ預かっているという。

そういう人物の妻になるのが、妹のエリザだった。

両側に衛兵が立つ大扉を前にして、オリヴィアはこくりと喉を鳴らした。しかし、ここまで来た以上、もう止まれない。

「カーティス様、お邪魔をして申し訳ありません」

自分の美貌を自覚しているオリヴィアは、最大限の美しさを強調してカーティスの前に立った。ドレスも選びに選んだもので、青と白が入り混じった最上級品だ。

執務机の向こうで書類を眺めていたカーティスは、オリヴィアの優雅な挨拶を眺めても表情一つ変えない。彼は、机を回って彼女の前へ来ると、手の甲にキスを落とした。

「僕に用があるそうですね。どうぞそちらにお座りください」

貴婦人に対する最上礼をしただけで、すぐにオリヴィアの手は放され、部屋の中央に設置されているソファのところへ誘導される。

二つの三人掛けソファが対面に置かれていて、一方にオリヴィアが座り、ローテーブルを挟んだもう一方にカーティスが座ると、獣人という噂のある従士がすぐにお茶を用意した。

人払いをお願いすれば、カーティスは簡単に応じて、執務室は二人だけになる。

オリヴィアは、そのとき初めてしみじみとカーティスを観察した。《麗しの殿下》という字(あざな)に相応しい姿と態度だ。

公の場に出て来ない第三王子は、魔力が強すぎるという理由で塔に閉じ込められていて、そのまま朽ち果てると思っていた。ところが二人の兄が出奔して、いきなり王太子候補にのし上がった。

どう考えても、二人の兄王子が消えたのはカーティスの仕業だ。大臣たちの間では暗黙の了解に近いとジェフリーが言っていた。

大臣職に就けるだけの賢さがある者は、魔術の天才から危害を加えられることを恐れて滅多なことは口にしない。滅多なことを言った者はいつの間にか消えている。――とこれもジェフリーから伝えられた情報だ。

黙って彼を眺めているオリヴィアに笑顔を向けて、カーティスは先を促す。

「どういったご用件でしょうか。あなたは僕の義理の姉になられる方だから、なにかご要望があればできるだけ叶えたいと思います」

「妹とのご縁談のことです。あと数日でエリザは王城に入る予定になっておりますね」

「急なことになってしまいましたが、モメント公爵とは一年も前から縁談の話はしていますよ。数日とはいえ、僕はエリザが傍に来てくれるのが待ち遠しくてたまらない」

彼のまなざしが遠くへ飛ばされた。もしかしたらエリザの姿を追っていたのかもしれない。

臓腑がきりきりと痛む。降ってわいたような王家との縁談を聞いた日から、彼女はどうしようもない痛みを抱えている。

痛みの名は、自由になんでも選んでゆける妹への嫉妬だ。

「私はあの子の母親代わりでした。ですからあえて申し上げたいのです」

目を伏せ、しおらしく悩むふうを装った。眉を寄せて、本当ならこんなことは言いたくないといった雰囲気を醸し出す。こういうことは慣れている。

二十歳も年上の夫をもった若い公爵夫人に対する社交界の虐めは、言葉に尽くせないほどひどいものだった。気が付いたジェフリーが王城で暴れるまでそれは続いた。

ジェフリーが、財産を殖やし地位を上げたいと強く望んで仕事中毒になってしまったのは、この時のことがきっかけだったと思う。力を付けて妻を守ろうと考えた。しかしそのために、彼女との時間は急激に減り、『愛している』と言われることもなくなった。

カーティスがエリザのことを語るときのまなざしの中に、愛情が見える。王子殿下にこれほど求められる妹が妬ましくて、羨ましい。

オリヴィアは小さくため息を零し、自分の要望を言葉にする。

「エリザの貴婦人教育は私なりに一生懸命やってきましたが、やはり母親にはなれませんでした。申し訳ありませんが、とても王子殿下の妻になれるとは思えないのです。ましてや、王太子妃、その先で王妃になるなど、あの子には恐らく無理でしょう」

「……そうですか。王妃教育は王城へ来てからでも十分間に合います。それに、そんなことはどうでもいいのです。エリザが傍で笑ってくれるだけで、僕は幸福になれるから」

愛情が見える。

オリヴィアは微笑と一緒に続ける。

「いままでもかなりの良縁が持ち上がりましたが、高位の貴族家の女主人になるのは難しいと断られてきたのです。それを王家だなんて、とても無理です。幼いころに出会われたから、印象が強いだけのことではありませんか？　一緒にいればすぐに不釣り合いに気付かれますでしょう」

カーティスはオリヴィアをじっと見る。そして笑い出した。作った笑いだ。

「どうしてそうなるかな。ちょっとそれは考えられない。モメント夫人、ぼくが生涯を共にする相手はエリザしかいません。他の人などあり得ない。なぜかといえば、僕にとって女性は二種類しかいないからですよ」

「二種類？　年上か年下か、ですか？　美醜？　それとも家柄でしょうか」

「そういうのは情報として人を区別するときに考えるだけで、なにかしてほしいとか、ましてや傍にいてほしい相手の基準にはなりません。僕にとって女性は、エリザとそれ以外という二種類しかないのです」

ぽかんとしてしまった。オリヴィアは自分をひどく否定された気持ちになって、さらに言い募ってしまう。

「そんな、それはカーティス様だけのお考えでしょう？　こんな窮屈なところにあの子を置くなんて、可哀想ではありませんか。どんな目に遭わされるか分かったものではないのに」

「確かに僕のわがままなのは自覚しています。でも、彼女を他の者に渡すなんて考えられない。エリザの縁談が壊れてきた陰に、僕がいたとは思われませんでしたか？」

オリヴィアは非常に混乱したが、カーティスは妙に納得した顔になる。

「窮屈なところ……か。モメント公爵が後ろ盾になっているのを意識した縁談がたくさん来ていましたね。そのうちの一つでもエリザが受けたら、確かに彼女の明るさや自由はなくなってしまう。だから、断られるよう画策していたのですか、あなたは」

「え……」

「可哀想、か。そうか。なんだ。結局、妹が大事なんじゃないか」

「……」

なにも言えなくなった。エリザは田舎の男爵程度の家に嫁ぐのがいいと思っている。せいぜい伯爵までだと。

王城に出て、社交界で田舎者と揶揄（やゆ）されて笑われるような目に合わせたくなかった。自分が受けた虐めがエリザを襲ったらどうしようと思っていた。

オリヴィアが妹を大事にしていると言われた。そういう気持ちがあるのも確かだが、それだけではない。人は変わってゆく生き物だ。可愛いと思い守るだけで最後まで行けたら良かったのに。

いつの間にか頭を垂れて床を眺めていたオリヴィアは、やがて顔を上げる。

「ずいぶん余計なことを言いに来てしまいました。どうぞお許しください」

「構いませんよ。エリザの中に姉を大切に思う気持ちがある限り、僕が王太子になっても、国王になっても、モメント公爵夫妻の重用は揺るぎません。モメント公爵の足を引っ張ろうとする輩は叩き潰します。いままで通りに」

いままでもそうしてきたのかと思うと背筋が凍る。

塔から出ることが許されてから、あるいは出る前から、ジェフリーはカーティスと一緒に動いてきたと思うが、場合によっては叩き潰される側になっていたということだ。ようは、エリザの気持ち次第なのだった。

オリヴィアは、貴婦人の見本となるような挨拶をして、カーティスの執務室を退出した。

長い廊下を歩く。後ろには、オリヴィア付きの侍女が付いている。

この後は、美貌の公爵夫人として会食に出てから、エリザの準備もあるので夜中になっても屋敷に戻ることになる。

ジェフリーは王城に留まって、エリザの国王へのお目通りをつつがなく終了できるよう下拵えに奔走するだろう。いつも通りに。

やがては二人の婚儀のために、そして王太子の指名のために、さらには即位を確実なものにするために、その人生を消化してゆく。

最終的に宰相にまで上り詰めればジェフリーは満足できるが、いつも家のことを一人で踏ん張らねばならないオリヴィアは？　寂しいという一言も漏らさずに、公爵夫人として毅然と過ごしてゆくのが当たり前なのか？

それに引き替えエリザは、いつか王妃になる。しかも夫の愛情まで携えて。

心の中で唇を噛んだ。血を分けた最後の家族。大事に決まっている。守ってきた。けれどそれだけでは終われない。妬ましくて、羨ましくて、そう思う自分が嫌で、辛い。

「モメント公爵夫人」

廊下の先で彼女を待つ者がいる。陰のようにして立っていた。宰相だ。

「キラーク様。カーティス様にご用ですか？」

年齢はいったい幾つだったろうか。キラークは、深い森の中に人知れず立っている年老いた樹木のような雰囲気を醸し出してオリヴィアにお辞儀をした。

「あなた様とお話がしたいと思いまして、ここで待っておりました。いかがですか？　少々お時間を取っていただきたいのですが」

抑揚のない声がオリヴィアを包む。ささくれ立った気持ちを、こういう落ち着きのある人物と話すことで鎮めるのもいいかもしれない。オリヴィアは、にこりと笑ってキラークに応じた。

「ご一緒します」

「では、中庭へまいりましょう」

王家のための中庭と言われる場所へ誘われる。はるかな頭上にステンドガラスが嵌め込まれ、中央には一本の巨大なケヤキが植えられている中庭は、静かで落ち着いた場所だった。

あのとき。

キラークと話をしたとき、すでに持っていた妹への嫉妬の感情を大いに掻き立てられ、さほど長い時間ではなかったのにぼんやりした覚えがある。あれはなんだっただろうか。

——私は、どうしてエリザをこれほど妬むのかしら。

理由はいろいろある。しかし、カーティスが指摘した通り、大切な妹には違いなかった。

それが基軸にあり、周囲にあれこれくっついた。そんな悪感情は、そぎ落としてしまいたいと願う自分がいるのだから、時間さえかければ、あるいはなにかのきっかけさえあれば、できないことではなかったのに。

なぜ、これほど。

叫ぶような懇願の声が耳に入って、オリヴィアは我に返る。

「お願いします、キラーク様！」

塔に入った十数人の魔術師たちがざわめいていた。


エリザは自分を眺める魔術師たちの視線が異様なほど爛々としてきたのを感じて、ますます後ずさるが、これ以上は下がれない。うしろは壁際のベッドになる。

「キラーク様、エリザ様の涙がラピスラズリに構成されるかどうか、試したいのです。どのみち、どこかで実験することになりますから、いまやってもいいのではありませんか?」

ぎくりとした。この情報はシュスから漏れたのだろうか。彼女の肩の契約印が、ギルドの命令に対して否という選択を許さなかったのかもしれない。

——でもシュスは、危険を冒してカーティス様に知らせに行った。これまではともかく、これから先は疑う気にはなれない。

心の弱さを反省したばかりだ。状況や他者の言葉で大事な人を疑うことはしない。《疑心暗鬼》という怪物の名を忘れてはならなかった。

エリザの涙とラピスラズリのことを知らなかった魔術師もいたが、少なくともこの場にいる者には知られたことになる。魔術師ギルドの横繋がりでどんどん広まってゆくのは間違いない。

希少なラピスラズリが得られると理解した他の魔術師たちも、すぐさまその証明を求めてキラークに詰め寄った。

しかもエリザが構成するのは、硬度が高く、高濃度の魔力を貯めることのできる最強の聖石らしい。己の魔力の向上を、日々願って磨く魔術師たちにそこまで知られると非常に危険だが、キラークは詳細な内情暴露はしなかった。

彼はさほど興味がなさそうに答える。

「涙など、どうやって流させるのだね。少量では話にならない」

「拷問はどうですか。まずはむち打ちでしょうか。貴族のご令嬢なら背中に一振りするだけで泣き喚くでしょうから」

一人の若い魔術師が一歩前に出て高い声を出した。声の調子から女性だと予想すれば、興奮したせいかフードを後ろに撥ねて素顔を曝け出した。漆黒の長い髪が背中に下りる。

シュスもそうだが、女魔術師は数が少なくても存在する。男に負けたくないという気持ちがあるので、魔力に対する欲求はとても大きい。

女魔術師の言葉に興奮して、おぉ……っと声を上げた魔術師の中には、ただの歓声ではなく、エリザに対して同情的な視線を送る者もいた。

考え方は様々であり、主義主張も人によって異なる。それでも魔術師であれば、得難い聖石を得られるという魅力的な事態には抗し難いようだった。

彼らのうしろの方でオリヴィアが呟く。

「むち打ち――エリザに――……」

エリザは黒い集団のうしろの方で顔色を悪くしている姉を見つめた。オリヴィアが前に出てキラークの横に並ぶと宰相は皺深い顔に笑みを浮かべる。

「おや、この期に及んで姉の顔をするおつもりですか」

「いいえ。今更です。よろしいですか、皆さん。その子は我慢強いのです。こういう状態で泣かせようなどと、身を二つに裂いても涙など見せないでしょう。まっすぐで素直で頑固な妹には、強引な手段よりも、搦め手のほうが効果的なのですよ」

声高に話す彼女に視線が集まる。キラークが面白そうにオリヴィアに尋ねた。

「ふむ。オリヴィア様、あなたがそれをされると？」

「えぇ。簡単ですわ」

薄く笑って投げやりに言葉を発する。こういう姉を見たことがなかったエリザは声も出ない。

近づいてくるオリヴィアを前にして、どうしても後ろへ下がりたくなってしまう。下がろうとして、脚にベッドの端が当たって動きを止める。もう後はない。

綺麗に紅が塗られたオリヴィアの唇が開く。

「ねぇ、エリザ。あなたはずっと自由に暮らしてきたわ。そのあげくに、王子の正妃になり、未来の王妃になるのね。私はね、社交界の花だと言われていたの。カーティス様が追いやられた長兄王子にも言い寄られていたのよ。そのとき私はすでに結婚していたから、お断りするしかなかった」

そうしてオリヴィアは、自分は領地と領民のため、さらには妹のために二十歳年上の夫に嫁いで人生を終わらせたようなものなのに、おまえは自由に過ごして、あげくに王子に嫁ぐことになった。妬ましくて憎いくらいだ——と語った。

言葉は刃にもなる。エリザは呼吸も難しいほどの衝撃を受けながら、オリヴィアの言い分を聞きていた。姉に甘えていた自分だからこそ、聞かなくてはならない。

オリヴィアはエリザの縁談をことごとく潰してきたとも語った。

後見人であるモメント公爵の元へきていたエリザの縁談は、男性の人柄も良く、家柄となれば公爵を賜るモメント家と張るほどの地位も財産もある家がほとんどだった。良縁ばかりだ。

だから、『私は潰したのよ』とオリヴィアは言う。

「あなたに良家の女主人など勤まらないと思っていたのよ」

それなのに、第三王子との縁談が持ち上がって、結局王城へ入った。

「私の悔しさが分かる？　この美貌があれば王妃にだってなれたのに、私にはその自由がなかった。この美貌しか持っていないというのにそれを活かせないなんて。自由と明るい未来に包まれたあなたに、たった一人残った家族を妬んでしまう私の気持ちが分かるはずがない」

激しく言い募る声は次第に小さくなり、囁きになる。

「あなたは涙で貴重な聖石まで生成する。私がいま持っている若さも美貌もいずれ失われるというのにね。私には、なにも残らないのに、おまえは」

「お姉様、もう言わないで……」

ぼろぼろと涙が流れた。辛いからというよりは、オリヴィアが泣きそうだから、替わりに泣いてしまうのに近い。

姉の言葉はエリザを切り裂きながら、同時にオリヴィア自身をも裂いていた。どうしてこうなったか、エリザには薄っすらとでも分かることがある。

両親が急逝したのに少女だったエリザが原っぱで駆けまわれたのはなぜだ。

クレメンタイン男爵の財産がかすめ取られても、貴族の令嬢としてなに不自由なく暮らせたのはなぜだ。城を閉めることになっても、王都へ来て姉の夫というしっかりした後見人を得て、良縁ばかりが持ち込まれたのはなぜだ。

――お姉様が、守ってくださったから。

姉の邪魔をしてはならないといつも自分に言い聞かせて、守られるままになった。姉の弱さや悩みを聞こうなどと、一度たりと考えたことはない。邪魔になってはいけないと、ただそれだけで九年を過ごしてしまった。

「私はおまえなど少しも大事じゃないっ。おまえなんかどうなったって……」

慟哭（どうこく）のような叫びは、小さな声でなされた。

けれど、いまのこの状況の中でも分かることがある。

鞭でうたれるところだったのだ。エリザを泣かせることでオリヴィアがそれを止めている。

――大事に思ってくださっていた。ずっと、そしていまも。

姉を信じている。オリヴィアの中にエリザを大事にしようという心はあると。

長い間に、その周りに様々な気持ちがこびりついた。そこをキラークに突かれたのだ。心に迷いを抱く者は、魔術を使わなくても十分操れるとシュスに聞いた。自分でも体験した。

妬みもあれば、羨望や憎しみに近い感情があったとしても、一番の基軸は変わっていない――と、信じる。

そうだ。ここで信じないでどうする。オリヴィアが妹を守ろうとした気持ちを、何年にも渡る苦労を、ここでエリザが捨ててどうするのだ。信じることで、姉の生き方を肯定したい。

くっと顎を引き、背を伸ばす。エリザはオリヴィアを穴が空くかと思われるほどの強いまなざしで見つめると、口を開く。

「お姉様、私は」

その先は、女魔術師の怒りの声で遮られた。

「あれほど泣いてもラピスラズリになりませんっ。キラーク様、どういうことでしょうか」

「決まっている。カーティス様のお力で、エリザ様の魔力の流れが止められているのだよ。あぁ、あの手の指輪か」

その場にいた者すべてが、エリザの右手の薬指を見た。カーティスから貰った指輪が嵌めてある。

「では、あれを外せば良いのではありませんか？」

どうしても聖石がほしいと叫ぶ女魔術師の目が、エリザの指輪に吸い付いて放れない。端の方にいた者がオリヴィアを押しのけようとして腕を伸ばしてきた。

――お姉様……。やっぱり……。

立ち位置がはっきり示している。エリザの真ん前にオリヴィアがいる。ソファとローテーブルの間に立っているエリザに近寄ろうとすればオリヴィアを避けなくてはならない。

そして。結局、誰もそれ以上の行動を起こせなかった。

キラークが窓の方へ目をやったかと思うと、嬉々として言う。

「来られたか」

エリザは、はっとしてそちらを見る。他の者も顔を上げて高いところにある窓を見上げる中、どんっと響き渡る爆音と共に窓のところに大きな穴が空いた。

不思議なことに、瓦礫も粉じんも一瞬にして外へ飛び出たので、エリザに降りかかることはない。まるで、外からひっぱったような動きだ。強力で二重になっている結界のある特別製の塔に、一瞬でこれだけのことができるのは。

「カーティス様っ」

塔全体が一度ぐらりと揺れたかと思うと、床まで削られた窓の穴を中心に青い光が広がってくる。その穴を通って下の方からすぅっと直立姿勢で浮き上がってきたのは、銀髪を靡かせるカーティスだった。

エリザがゆっくりそちらへ顔を向けると、彼女をまじまじと見たカーティスの表情がすぐさま怒りに染まる。彼は咆哮のような声を上げげた。

「エリザを泣かせたな」

唸るような声には、誰にでも分かる怒りがまざまざと載っている。

カーティスを恐れる魔術師たちは後ずさった。そのうちの一人が言い訳を始める。

「な、泣かせたのは、姉のオリヴィアです。私共はなにも――」

エリザにはカーティスが青い光の球体に包まれたのが見えるだけだったが、後ろへ逃げようとする魔術師たちは、彼がどれほどの魔力を解放しようとしているのか、分かったらしい。

カーティスは怒りの表情をしてオリヴィアへ目を向ける。オリヴィアはカーティスの視線に晒されて、両膝をすとんっと床の上に落として俯いた。

弾かれたようにしてエリザは動き、カーティスの傍に駆け寄って本当のところを伝える。

「あの者たちは、私に涙を流させるために鞭で打つと言ったの。お姉様はそれを避けるために、あのようなことを言われたんだわ！」

カーティスの胸にぶつかりたいくらいだったが、あと一歩のところで止まる。床も壁も最初の衝撃で崩れている。浮いている透き通った青い光は球体となって彼を取り巻き、空洞の中心にカーティスが浮いていたので、それ以上近づけなかった。

エリザの言葉を聞いたカーティスは激高した。

「鞭で、打つだと――っ！」

塔の屋根部分が外へ向かって飛んだと思ったら粉々になる。彼の怒りが激震となって膨れ上がり、恐ろしいほどの魔力が解放される――というところで、キラークが対抗し始めた。

キラークによって宙に浮いた大小たくさんの瓦礫が、カーティスに向かって飛んでゆく。それを避けながらカーティスが雨を降らせる空へ浮き上がってゆくと、黒いローブを靡かせるキラークがそれを追った。

「逃げろ！　エリザ」

カーティスはエリザからキラークを離すために空中高くへと昇ってゆく。

魔力エネルギーをぶつけ合う空中戦は、カーティスが優勢に見えた。塔の階段を下りようと考えたエリザは、振り返って床に蹲るオリヴィアに近寄る。

「お姉様。さぁ、行きましょう」

オリヴィアがふらりと立ち上がる。エリザは顔を上げたオリヴィアを見てぎょっとして立ち止まった。姉の青い瞳は、意志も感情も何も窺えない空虚な作り物のようだった。まるで人形の瞳だ。

「お姉様？」

よろよろとエリザに近づくオリヴィアの手には短剣が握られていた。


空中で劣勢に追いやられたキラークはカーティスに言う。

「人を操るには、かなりの細かな作業が必要です。あなた様にはまだ難しいでしょうな。惚れ薬を考えるようでは」

「だからどうした。操り人形にしたい者などいないから構わない」

「難しいのです。ですが、闇を抱えた者の心には手を突っ込める。そこを弄れば、好きに操れるのですよ。闇が深ければ深いほど支配下に置きやすい。王城の外でなら魔術も使えますから、あなたに気付かれない程度に下拵え（したごしら）をしておいて、ここぞというときに作動させるのです」

キラークの視線が下を向く。カーティスも不穏なものを感じてエリザを探して視線を下げた。視界の中に入ったのは、オリヴィアが短剣を持ってエリザに向かってゆくところだった。

「エリザっ！」

「あなた様の力はすさまじい。しかし、まだだ。さぁ、もっと見せてください」

眼下の動きに気を取られるカーティスには、キラークの言葉など耳に入らない。それが彼の隙となり、キラークからエネルギーの塊をぶつけられた。

さすがに無防備で受けては、常体が保てず揺らいでしまう。エリザの元へ行きたいのに足止めをされた。なにより、カーティスがキラークの攻撃を受けなければ、塔は破壊され、短剣どころではなくエリザを傷つける。

オリヴィアの持つ短剣がエリザの真正面に迫ったところで、彼女たちの周囲が漆黒の丸い結界で覆われてしまった。不透明な結界はカーティスの視界からエリザを隠したのだ。

「エ、リザ……――っ」

激情に合せてカーティスの力が爆発的に膨れ上がってゆく。

青いエネルギーが黄金色に変容するのに合わせて、彼の瞳も冴えた金色になった。周囲から引き寄せられる魔力によって、遠くから地鳴りが聞こえる。台地がバランスを乱し始めた。

カーティスを取り巻く黄金の球体の中で、どんどん魔力が高まってゆく。

キラークの哄笑が辺りに響き渡った。

「素晴らしい。その力。もはや魔術の域を超えている」

キラークのうしろにあるのは王都、そして王城だ。このままではエネルギーの余波で、カーティスの視界に入ったものはすべて吹っ飛んでしまう。

　この場で残るのは、エリザがいる塔だけだろう。


　エリザは、両手で握った短剣の刃を向けてオリヴィアが近寄ってくるのを唖然として見ていた。思考は真っ白だ。逃げるということさえ頭に浮かばない。

　キラークの結界が発動して、エリザからもカーティスが見えなくなった。

　短剣の柄を指先が白くなるほど強く握ったオリヴィアは、最初は覚束ない足取りだったものが小走りになってエリザに向かってくる。姉の顔にはどんな表情も浮かんでない。

　切っ先がエリザに届くかと思われたとき、二人の間に走り込んだ者がいる。短剣はその者の腹に刺さった。

　短剣どころか、突っ込んできたオリヴィアの身まで抱き留めた者の顔を見た瞬間、オリヴィアの目の中に光が戻る。彼女は、時間を掛けて話術と魔術で塗り固められていたキラークの支配を振り切った。大きく口を開いて、オリヴィア、そしてエリザも叫ぶ。

「ジェフ！」

「お義兄様っ」

　硬直した二人の間で、ぐらりと傾いたジェフリーはゆっくり床に倒れてゆく。

　横倒れになったジェフリーの両側で、エリザとオリヴィアは膝を突く。ジェフリーを上に向けると、腹に短剣が刺さっている。オリヴィアはさらなる悲鳴を上げてそれを抜こうとした。

『抜いてはいけません。そのままで』

エリザのすぐ後ろに狼姿のディアンがいて、心話で伝えてきた。前足がよろりと動いて疲労を感じさせる。たぶん塔の結界を抜けてきた加減だ。カーティスが穴を開けていたからそこを通ったのかもしれないが、ジェフリーと一緒だったから、かなりの魔力を使ったのだろう。

近くに現れた加減で、ディアンたちも黒の結界の内部に捕らわれた。そしてジェフリーがエリザとオリヴィアの間に入った。

「ディアン、どうしよう。お義兄様の息が浅い――」

「ジェフ、ジェフ、目を開けて」

オリヴィアが縋り付いて呼び続ける。

狼姿のディアンが咆哮した。首輪にいくつも嵌まっていた魔石がことごとく砕ける。内部からの魔力で黒の結界はガラスが割れるようにして粉々に散っていった。

上空を見上げたエリザがカーティスを目で捜せば、見たこともないほどの大きさで膨れ上がった黄金の球体の中心にいた。しかも、彼の周囲に同じような魔力の塊がいくつも浮いている。

恐ろしい力。いまにも暴発しそうに見える。

エリザは立ち上がって叫んだ。

「カーティス様……っ！」

戦闘中のカーティスの耳には、とぎれとぎれでしか彼女の声は聞こえない。

「……ティス……っ」

彼は最大級の魔力をキラークにぶつけて爆発させようとしていた。

それでこの一帯が吹き飛んでも構わない。すぐにキラークを粉砕してエリザのところに行かないと彼女が傷つけられる——と、そのとき、耳がエリザの声を捕らえた。

ぎくんっと硬直する。永遠を垣間見るこの一瞬に、彼を呼ぶ声を聞く。

『ティス！』

頭のうしろに赤いリボンを付けた少女の幻影が、軽やかに走ってくる。カーティスの目の前を横切った少女は、笑いながら振り返って彼を見た。

『ほら、あそこまで走るのよ』

闇に堕ちそうな自分を引き上げたあの声、あの姿。いまは美しく成長してカーティスの腕の中にいてくれる。大人になった彼女も、彼を好きだと言ってくれた。

『——はじめ！』

走る。ドレスの裾を両手で持ち上げまっしぐらに走る。追いかけるのも楽しかったが、先にゴールに着いて彼女が悔しがるのを見るのも悪くなかった。勝とうが負けようが、ブルネットを靡かせる少女は彼を突き放さない。人が遠巻きにする彼と毎日一緒に遊んでくれた。

『カーティス様が好き』

少女は、いまや美しく成長してカーティスの腕の中にいる。大人になったエリザは、カーティスに捕まえられなければもっと自由にどこへでも行けただろうに。策を弄してでも手に入れたかった。

そんな彼に、子供のころとは違ういまのあなたが好きと言って、笑って応えてくれる。

——エリザ。あなただけを欲する。あなただけを愛している。僕の傍にいてくれ。

しかし、魔力を爆発させて破壊する姿を目の当たりにしたら、さすがにカーティスから離れたくなるかもしれない。

――逃げられそう？　逃がしはしない。彼女のために我慢と忍耐とコントロールを学んだ。その精度をもっと上げる。だから、傍にいてくれ、エリザ。

舞踏会で彼女を庇った時の彼の背中を見て、エリザの恋が始まったと聞いた。

――僕に直接言ってくれ、あなたの声で。

意識がエリザへ向いた途端、心が静まり始める。ようやくエリザの声がまともに耳に入った。

「カーティス様！　お義兄様が！　来て」

視線をわずかに下へ向けて、エリザの無事を確かめる。

放たれる寸前だった魔力は、キラークに向かって集中した。

「ま、待て。カーティス様、あなたは、我ら魔術師の王となる方なのです。私は、あなたを導く者」

「煩い」

逃がさなかった。統合されたカーティスの魔力は一つの球体となり、一息もかけずにキラークにぶつかる。と同時に中に取り込んだ。そして手で掴めるほど小さくする。

キラークの牢獄となった金色の宝玉を自分の手に移動させたカーティスは、球体に告げる。

「人を簡単に操れると過信したおまえに相応しい牢獄だな。この状態で王城の地下へ閉じ込める」

ポンと投げれば、球体は王城の地下牢へと空間を跳んで、その場から消えた。

ジェフリーを覗き込むエリザの横に降り立ったカーティスは、彼女と同じく膝を突いて、すぐさま義兄になる予定の男の腹に手を当てる。金色の呪方陣を構成して腹の上に置くと、もう一方の手で短剣を引き抜いた。

普通なら、血が噴き出てすぐに限界まで失血してしまうが、呪方陣が傷を押さえているのでそうはならなかった。カーティスは短剣をぽいと放る。腹の上の手は呪方陣の維持のためにそのままだ。

彼は、すぐ後ろにきた大型の狼へと視線を流した。

「なぜ、連れてきた。魔術がぶつかる場所では危険すぎるぞ」

「どうしても連れて行けと言われました。妻と義妹がそこにいるからと――」

「お義兄様……」

エリザにはジェフリーの気持ちが痛いほど伝わったが、気が動転しているオリヴィアには届かない。

オリヴィアは腰を落として、彼に縋り付いている。

「どうして。あなたがエリザの盾になるなんて……！」

「エリザの、盾？　……違う。それはカーティス様の役だ。私は、あなたのための盾だよ。……妹が大切なんだろう？」

「わ、私は、私は――。あなたなら分かっていたでしょう？　王妃になりたいと思ったこと。エリザを妬んで、どうしようもなくて」

「でも、大切なんだ。……妹を守るために、……私と結婚したんじゃないか」

オリヴィアの目からぼろぼろと涙がこぼれる。エリザも泣けて泣けて、言葉もない。

ジェフリーがごほっと息を継げば、口から大量の血が溢れた。

「話すな。治癒魔術の最中だ」

眉を寄せたカーティスが呪文を唱え始める。普段は必要としない呪文の詠唱が、いまのジェフリーがいかに危険な状態であるのかを示していた。

　カーティスの手から金色の光が放たれて、呪方陣がより強固に動く。しかし、命が消えようとする運命には抗い得ない。カーティスは歯を食いしばり悔しそうに唸る。

「くそぅ……っ」

「カーティス様……」

　キラークとの戦闘をこなしたあとだった。カーティスの額に汗が浮かんでいる。エリザは思わず自分の側になる彼の腕に身を寄せた。

　無我夢中のオリヴィアは、薄く目を開けているジェフリーに向かって告解を続ける。

「ごめんなさい、こんなことになったのはすべて私が悪いのです。エリザが、あんなにも愛されているのが、羨ましくて」

「そうか……。私がいけないのだな。君に伝えそこなっている。……人生最大の不徳の致すところだ。オリヴィア。愛しているよ。……カーティス様の気持ちにも、――負けないつもりだ」

　また口から血があふれ出て、ジェフリーは苦しげに咳いた。

「お義兄様、話さないで」

「内臓が壊死を始めた。こればかりは――そうだ。臓器の替わりになるものを入れれば、なんとか」

　カーティスの言葉にそこにいる全員が彼を見る。

「ラピスラズリだ。エリザ指輪を外せ」

「はいっ」

　頭が回らなくて意味が掴めない。けれど、カーティスがジェフリーのためにそれを望んでいるのは疑いようがなかった。

指輪を外す。カーティスは腹の上に置いた手とは別の手でエリザの頬を包む。

「あなたがここで泣いていたのは、姉にひどいことを言われたからか？」

オリヴィアが泣き濡れた顔をふっとあげる。エリザは目を丸くしてから、すぐに応える。

「……。お姉様の言われたことがたとえ本心でも、それがすべてではないと思っています」

言葉に詰まる。情感が高まり、涙が溢れた。溢れて流して、そしてエリザは激しく言う。

「私は、お姉様の言葉に従うばかりだった。私がもっとしっかりしていれば、お姉様の悩みを聞くこともできたかもしれないのに、守られるばかりで……っ！」

ぼろぼろと涙がこぼれる。ジェフリーが危ない。エリザを庇ってくれたのは、姉の夫だ。

「お姉様の心には、私を大切に思ってくださる気持ちがあると信じています。私がお姉様を大事に思うのと同じです。余分なものがくっついたのは私が未熟すぎたから……っ。だから、泣くことになった。それだけなの」

掠れた声で締め括った。カーティスはエリザの頬から手を放す。彼の掌には、ラピスラズリが数個載っていた。

それを見たエリザは『あ……』と薄く口を開ける。カーティスはエリザに笑い掛けて、『言えて良かったな』と呟いた。

エリザがゆっくりオリヴィアの方を見ると、じっとこちらを見ている姉と目が合う。無言で見つめ合った。

ディアンが人型になってジェフリーの頭の上方に膝を突き、背を曲げて、頭部を押さえる。

カーティスがラピスラズリを握り込むと、指の間から青い光が放たれる。手を開けば、そこには一つの丸い群青色の魔石が載っている。彼は、それをジェフリーの腹の上で展開している呪方陣の中心に置いてから、ぐっと押さえた。

「が、ぐ……っ、ぐぅ」

呪文が唱えられて、魔石が光りながら入ってゆく。

「ジェフっ、しっかりして」

相当な痛みがあるのか、激しく呻いて痙攣している。さらには暴れる。それをオリヴィアとエリザが縋り付いて押さえ、頭の方はディアンが床に打ち付けないよう両側から掴んだ。

頭を打ち付けてしまったら、腹どころではなくなるからだ。

魔石がすべて体内に収まり、目を閉じたジェフリーは動きを止める。

「『魔石よ、この者を生かす肉となれ――』」

大きな光がジェフリーを包む。

呪文の最後の一節を詠唱し終えたカーティスが腹の上から手を離すと、他の者も押さえつけるのをやめて、目を閉じているジェフリーを凝視した。

ジェフリーの顔色が土色に変色している。エリザは隣にいるカーティスに小声で確かめた。

「大丈夫、ですよね」

「本人の生きようとする気力しだいかな」

疲れた表情のカーティスをエリザは心配そうに見やる。かなりの魔力を消費しているはずだ。

「カーティス様は……大丈夫ですか?」

「僕のことを心配してくれるのか」

エリザに向かって微笑し、頷いてから、カーティスはジェフリーの上に被さり顔を近づけた。そしてかなりの大声で伝える。

「オリヴィアの身体の中から、心音が二つ聞こえるぞ。まだ小さな音だ。モメント公爵、いずれ生まれる子を、あなたは守らなくていいのか！」

エリザは目を見張る。自分の身体とはいえまだ気が付いていなかったオリヴィアも同様にして驚愕した。上半身を起こして、お腹のあたりに手を当てる。

「子供がいる……？　ジェフと私の子が、ここに」

カーティスの言葉が効いたのか、埋め込まれた聖石をみるみる自分のものにしていったジェフリーは、激しく息を継ぎ始める。その息が、少しばかりでもゆっくりになったところで、彼はうっすらと目を開けた。

エリザは、カーティスの肩に自分の頭を寄せる。

「お義兄様は、もう大丈夫なのね？　あなたも？」

「なんとか」

「ありがとう、カーティス様」

カーティスはエリザの肩を抱いて、その額にキスをした。

「あなたの感謝の言葉は、何よりの褒美だな」

嬉しそうに笑った。

ジェフリーが呼吸する様子を、オリヴィアも大量の涙とともに見ている。彼女はすうっとジェフリーの胸元に頬を載せた。するとジェフリーの手が上がり、妻の頭に載せてわずかな動きで撫でた。

彼は腹の痛みに耐えて、オリヴィアに話し掛ける。

「いいかいオリヴィア。……君の愛情も嫉妬もすべて私が受け取るんだよ。短剣でさえ、君が持つなら私のものだ。やがて生まれる子供も、跡継ぎだからではなくてあなたの子だからこそ愛しいと思える。私のすべてが君のものであるのと同じで、君のすべては私のものなんだ。愛しているよ」

「ジェフ……」

オリヴィアは声を上げて泣き始める。その背中にジェフリーの手がそっと置かれた。

エリザの涙をカーティスが舌で掬いあげたところで、ディアンが皆を促す。

「あの、そろそろ、ここの騒ぎを王都の者たちが気付いたようです。キラークとの空中戦はカーティス様が目くらましを掛けられていましたよね。私が引き継いでこの辺りを覆っていましたが、もうもちません。破壊された塔は人の目に見えてしまっています。もうすぐ王城から軍が来ますよ」

邪魔をしたと言わんばかりの目でディアンを睨んだカーティスの胸元を、エリザはトントンと叩いて注意を引く。

「王城のお義兄様の寝室へみんなを連れていける？」

「簡単だ。じゃ行くか」

カーティスは指先を立ててくるくると回すと、そこから金色の呪方陣が生まれる。それはあっという間に広がったかと思うと、全員がその場から消え去った。

誰もいなくなった塔は崩れて瓦礫となり、やがて砂塵となる。

カーティスは、正当な形で正面から出ることが目的だったため塔を壊すことをしなかったが、もはや保持する必要はない。

　利用されるよりもなくした方がいいという判断で、立ち去るときに破壊の魔術を仕掛けた。


　塔から消えた次の瞬間には、全員がジェフリーの寝室に立っていた。空間跳躍とは、実に大した魔術だとエリザはいつも感心する。

　ジェフリーは、ディアンがベッドに寝かせた。

　失血の多さと、急激な回復魔術を施されたジェフリーは、誰の目にも明らかなほど衰弱している。

　それでも、規則正しい呼吸を繰り返しながら眠りに落ちてゆくのが分かるので、誰もがほっと胸を撫で下ろした。

　エリザはシュスのことが気になっていたので、ディアンが出入り口近くへ移動して指示待ちの体勢に入ったのを見て取ると、近寄って尋ねる。

「私の居場所をカーティス様に知らせたのはシュスなのでしょう？　怪我をしていなかった？　どうしているかしら」

「カーティス様が契約印を剥がしましたので自由になりましたが、回復のために横になっています。怪我はしていましたが、自分で回復魔術をかけられますから大丈夫ですよ」

「休んでいるのね。よかった。でも、ギルドがなにか言ってこないかしら。組織は残っているのでしょう？」

　ギルドの成り立ちを考えれば、魔術師のための組織は必要だ。管理を誰がするかという問題さえ解決すれば、シュスも追われることはなくなると期待しながら訊く。

「ギルドはいま混乱の中にありますから、シュスになにかをする暇などないでしょう。その間に回復できます。たとえ追手が遣わされても、王城から出なければ、連中はカーティス様を恐れて手は出しません。それに……、えー、私もいますから大丈夫です」

照れたような顔をするディアンを見て、エリザは目を瞬いた。シュスにはディアンの言う『私もいますから』について、是非とも詳細を聞きたいものだ。

次にエリザは、ベッドのすぐ横にある椅子に座って動かないオリヴィアへ声を掛ける。

「お義兄様はこのままお眠りになるでしょうから、お姉様、少しお休みになってください」

「このままでいます」

「でも、お腹の赤ちゃんが……」

「大丈夫よ、きっと。あの騒ぎの中でも平気だったみたいだもの」

言葉とは裏腹に、オリヴィアは振り返ってエリザとそのうしろへ目を向ける。すると、エリザの影のように立っていたカーティスは、口角を少し上げて大丈夫だと頷いた。

――お姉様は、お母様になるのね……。

眠っているジェフリーへ視線を戻して強いまなざしで見つめる姉の横顔は、かつて見ていたそれに戻っている。ピンと背中を伸ばし、貴婦人の鏡よろしく座っていた。

母親になると分かった瞬間から、姉は迷いを振り落としていた。つきものが落ちた感じだ。

――甥かな。姪かも。カーティス様に訊けば分かるでしょうけど、やっぱり聞かないでおこう。

誕生がいまから楽しみでならない。

オリヴィアは落ち着いた声でエリザに言う。

「強い子よ。私はこの子を見習わないといけないわね。しばらくこのままジェフに付いています。眠くなれば自分のベッドへ行くから心配しないで。ほら、隣の部屋が私の寝室ですもの。それよりも、エリザ。埃塗れよ。お風呂に入ってもう眠りなさいね」

柔らかな口調と、優しい物言い。その奥に見え隠れする強さが、かつて領地と領民、そして妹を守るために、結婚して新たな世界へ乗り込むことを決めた姉の姿を浮かび上がらせる。

エリザは思わず涙を浮かべそうになったが、言われた内容には驚いた。

「お風呂？　こんなときにのんびり湯に浸かってなんていられません」

「たしなみよ。常に清潔で、身だしなみを整えるよう、いつも言っていたでしょう？」

言葉に詰まったところで、ちょうどよくシュスが現れた。

「湯殿の用意はできております」

驚いたエリザが振り返ると、扉のところに侍女のお仕着せを身に着けたシュスが、黒髪を頭のうしろで丸く纏めて網をかぶせたいつもの姿で立っていた。

「シュス！　休んでいないといけないのでしょう？」

「なにかしていないと落ち着きません。身体の方は八割がた回復しました。ディアンが枕元に魔石を残してくれたので、治癒魔術を使えたのです。お気になさらないでください」

「ディアンが……、そう」

魔術師にとって魔石は非常に貴重なものだ。ディアンにはカーティスが造って渡していると聞いていたが、自分の持ち分をシュスに分けたのか。先ほどの照れ具合といい、なかなかに興味深い。

うしろから腕を取られ、驚いて振り返る。

「カーティス様？」

「風呂へ行こう。雨で分からないがそろそろ陽が落ちる。王城での集まりは今夜も明日も中止にするから、ゆっくり休める」

カーティスにも休みは必要だと思う。エリザが頷くと、一瞬で別の部屋へ連れて行かれた。

キラークがいるときは、魔術を使えば国王に注進されてしまうので自重していたカーティスだが、いまや簡単なことでは躊躇（ちゅうちょ）なく使ってしまう。

「ここは、どこ？」

「僕の湯殿の前室だよ。ここで服を脱いで、あそこのドアから入る」

「私の方のお風呂じゃないの？」

「一緒に入るなら広い方がいいじゃないか」

王太子妃のお風呂場を使っているエリザは、こちらの湯殿に入ったことはない。

「一緒に……？」

呆然と突っ立っている間にカーティスは自分のぼろぼろの服を脱ぎだしてしまった。廊下を歩いてやって来たシュスが内扉から現れ、手際よくエリザの汚れたドレスを脱がしてゆく。

「あ、あのね、シュス。一緒に入るってカーティス様が。だから、あのっ」

「のちほどお迎えに参ります」

投げ返されたのは、シュスらしい簡素な返事だ。彼女はエリザを下着姿にしてから、ドアを開いて出て行った。あたふたとしているエリザに裸体を晒したカーティスがゆっくり近づいてくる。

目線を当てられなくて余所を向いていると、彼はエリザの下着を瞬く間に取り除いた。

赤くなった顔を隠したくて俯くと、抱き上げられて、ぽちゃんと湯音が響く湯殿へ運ばれる。

中は、四角の湯船が中心にあり、太い柱が何本も立った造りだった。芸術性の高い大理石の湯殿には、ライオンの頭をかたどった彫像があり、その口からお湯がそそがれる仕掛けだ。

これも魔術のなせる業なのか、常に注がれているならいつでも入れる。

とにかく広くて、五、六人はゆったりできそうだ。二人が脚を伸ばして入っても十分な余裕があった。湯の温度は少し温めで、疲れた身にはちょうどいい感じだ。

——温かい……。

カーティスの腕に抱かれた状態で湯に浸かったエリザは、すぐに瞼が落ちてくるに任せた。

睡眠は切れ切れでも取っていたので眠くなかったはずなのに、状況の激しい変転でさすがに疲れたようだ。目を閉じるとふわりと浮き上がった感じがして、すっと意識が落ちた。

ただ、完全に眠ってしまうことはなく、数分もすれば目を開ける。

——まだお風呂の中にいる？

チャポーンと湯音が響いた。湯船の端の方で、エリザはカーティスが足を伸ばして座った大腿部の上に向き合う形で載せられていた。耳元には彼の胸部があったので、規則正しく打っている鼓動が聞こえている。

今更慌てて離れる意味もない。エリザはこの際だからとカーティスの上で寛いだ。温かな湯がゆらゆらと揺れて眠りを誘うので、再び目を閉じる。

「エリザ、眠ってしまった？」

「……起きているわ。お風呂の中で眠ると溺れてしまうそうよ」

エリザが、額をぐりぐりとカーティスの肩先に押し付けると、彼女の髪はますます縺(もつ)れて湯に浸かる。眠っていないという意思表示のつもりだった。

カーティスは自分の肩に乗ったエリザの頭に手をやってするりと撫で、その手を後頭部へ軽く滑らせて、押さえた感じにしてから話し始める。

「言っておきたいことがある」

「なに？」

「僕は、自分の魔力が暴走するのを止める手段を講じなければならない。いつもはコントロールできていても、エリザが危ないと思った途端、精神に隙ができた。そうすると、僕の制御を振り切って魔力が爆発する。今回それがとてもよく分かった」

反論できない。実際に塔ではそういう事態になった。

「僕は自分に条件制御を掛けようと思う。《エリザが僕に『ティス』と呼びかけたら、どんなときでも魔力の流れを止める。それができないときは、僕は僕自身を砕く》という条件だ」

エリザは、チャポンと湯が跳ねるのも構わずに頭にあった彼の手を外し、顔を上げる。カーティスの胸元を離れて顔を見れば、整った相貌は平然としていた。

「カーティス様……。私が、あなたの条件を動かす鍵になるの？」

「そう。僕が破壊者にならないための最後のストッパーがエリザだ」

琥珀色の瞳が冴えた色合いで彼女を見つめている。油断すれば斬られてしまいそうなほど真剣で、エリザへの真摯な想いを余すところなく映していた。

彼女は、静かで落ち着いているカーティスを凝視して固まるばかりだ。

カーティスの銀髪は湯滴で濡れ、額に貼り付いている。頬から垂れた湯の雫が一滴、ひどくゆっくり顎から落ちていった。胸のところに落ちた湯滴は、そこで砕けて小さく散る。こういうふうになるつもりなのかと、エリザは詰めていた息を長々と吐いた。

「……もしも、カーティス様がとんでもない危機の中にいるときに呼んでしまったら、命にかかわるかもしれないわ。私の判断一つに任せてしまうってどれほど危険なことなのか、あなたには分かっているのでしょう？　私が誰かに操られることもあるかもしれないのに」

現に、キラークに誘導されて心を惑わせた。宰相は魔術を使ったわけではなく、ただの会話でもっとも弱いところを掘り出しただけなのに、自分はそれを矛にしてカーティスを突いた。

彼の一瞬の沈黙ですっかり足元を崩した彼女に、それだけの責が負えるとはとても思えない。

「どんな場合でも、あなたのためになる判断ができるっていう自信がないわ」

カーティスは笑った。

「エリザでなければ使えない手だ。僕が暴走するときは、あなたが危ないときだと言ったろう？　エリザが『ティス』と呼んでも魔術を使い続けるなら、僕は砕ける。でもあなたも危ない状況だから、それは諸共に滅んでしまうということなんだ」

あ、と思った。諸共に滅ぶという選択を、カーティス自身も選ぶことができる。

眼を大きくしたエリザがどういう思考を辿ったか、彼は正確に察したようだ。

「砕ける前にあなたを抱き込むよ。一緒に逝ける。結局、僕の考えることなんて、あなたの幸せを祈って身を引くなんていう選択枝だけはないんだ。エリザには、悪いけど」

いつも自信満々なカーティスだが、エリザの前では子供のような顔も見せれば、そういう態度も取る。甘えたことも言う。いまは、目線を下げて苦しい顔をしていた。

世界を握れる男が、どれほどの事態を想定しているのかエリザには想像もつかない。

堪らなくなったエリザは、カーティスの胸に身を寄せ、首に腕を回して口づける。

決断はその場でした。唇をすっと浮かせて狭間で言う。

「諸共に逝くなら文句はないわ。一人で消えるなんて、それだけは許さないから」

カーティスの腕が彼女の背中に回って強い力で抱きしめられた。エリザの唇に彼のそれがぶつかって再び重ね合う。深く交わり舌を絡め、そして少しだけ浮いて角度を変える。再び唇が合わさるときには、口づけだけで意識がもうろうとしてくるほど深い弄りとなった。

「は……っ、あ、……」

むき出しの下肢が疼くのを感じる。湯の温かさが体温に近くて、体中を撫でられているようだ。

「ん……んぅ……」

腰を揺らすのが止められない。カーティスの大腿部に自分の女陰をこすり付けて動く。

彼の手がエリザの乳房を包んで揺らした。指が先端をきついほど摘んでくりくりと捏ねると、どうしようもない快感が体中を走る。痛いくらいの感覚は、湯のせいで体温が上がっているからだと思いたい。胸は湯の中にあるから、その分膨らんでいるようでとても恥ずかしい。

「あー……ん……」

声を上げれば、湯殿らしい響きもある。それも羞恥を誘った。

カーティスの唇はうなじに落ちてくる。すでに服を脱いだ状態だから、彼の唇を妨げるものはなにもなかった。ただ濡れた肌を供するばかりだ。

「あ、あぁ……、あ、うそ……」

エリザの臀部がひくりと動いてわずかばかり硬直する。カーティスの男根が屹立していた。それを躰の前になる恥骨でいきなり感じてしまう。

「は、はっ、あ、……」

「エリザ……、握って……」

艶めかしい声で強請られると、羞恥さえ追いやって手が動いた。尻を少し後ろに下げ、自分の手を湯の中に入れて彼の雄を両手で握る。どくんっと血脈を膨らませた様子が、瞼の裏に過ぎる。

いままでにも、たまに視界に入っていた漲りは、彼女の膣を押し広げて胎内に入るのが無理そうなほど太く、自力で頭を擡げ、凶器の名に相応しい勢いがあった。

いま手で握るものは、まずは硬い。そしてそこだけが特別な生き物のようだ。

「扱いて。上下に、ゆっくり……」

カーティスの要望なら聞き届けたい。恥ずかしさを上回る気持ちで、エリザはギュッと目を瞑ってゆっくり動かす。すると、男根はますますいきり立った。

彼の手が、揉んでいた乳房から放れて下がり、向き合っているエリザの陰毛を探る。

「湯の中で泳いでいるみたいだ」

「え……?」

カーティスの顎が彼女の肩を押さえ、下肢では陰部を開いて指が潜ってくる。そこで初めて、泳いでいたのは、彼女の下生えだと気が付いた。かぁぁ……と頬が熱くなる。

彼の太腿を跨いで座るエリザの顔の位置は、下になるカーティスと同じくらいの高さだ。カーティスは、エリザの赤い頬を舌で舐めながら笑う。

「可愛いよ、エリザ……食べてしまいたいな、ぜんぶ」

その気持ちが乗った彼の両手の指が女陰を開く。湯がそこを満たすので、ふるっと身震いをした。

「んっ、湯が……入っちゃう……」

カーティスはエリザの訴えには構わず、指を深く差し入れながら、陰核を嬲り始める。快感が襲ってくると、湯のことなどどうでもよくなってしまう。

エリザは臀部を振りながら内股でカーティスの大腿部を挟んで擦った。彼女の手の動きも快感と一緒になって激しくなる。どちらの額にも汗が浮かび、二人とも息遣いが早くなっていった。

快楽に溺れそうなので気を逸らせたくて頭を振れば、髪の加減でカーティスの顔に湯が掛かる。両目が伏せられたのを見たエリザは、つい顔を寄せて彼の瞼の上を舐めた。すると止まらなくなって、カーティスの上唇や下唇を噛んで自分からキスを強請る。

口づけは、下肢の交わりに似ている。くちゅくちゅと音を立てながら繋がるのだ。

「このまま、挿れるから」

「ゆ、湯が……あんっ……」

「僕ので、塞ぐ」

短くそう言ったカーティスは、彼女の陰部から手を離し、尻を両手で下から支えてエリザを浮かせる。彼の雄を握っていたエリザの手は離れた。湯の加減で身体はやすやすと浮き上がり、カーティスの手によって勃起した男の象徴を隘路で含むような形で下されてゆく。

指で解されていても蜜路は狭い。男の傘をずぶりと含むのが最初で、全部はすぐに入らない。下から穿つ杭に身体が慄いて彼女が膝を立てるのも、すぐに含みきれない理由だった。

「あ、……カーティスさま、……こわい……あぁ」

脚を広げて貫かれることには慣れていた。けれどこうして、立てていた膝を次第に曲げて、座る格好で下から突き刺さる熱情を受けとめるのは初めてだ。

迷う素振りを見せるエリザに焦れたのか、カーティスは彼女の腰を両横から掴むと、力任せに下げた。怒張が蜜路を広げて一気に挿入されてくる。

「きゃ、あ、あぁ……っ……」

衝撃でびくびくと身体が震えた。背中を反らせてしまいそうになる。後ろに倒れれば湯の中だったが、カーティスの腕がただちに回されて彼女を支えた。

深みへ捻じ込まれた長大なる竿は、エリザの内部をぐりぐりと刺激しながらも、動き自体は鈍い。

「エリザ、浮いたり下がったりして、……自分の好い処で僕を呑み込んで」

「え、え……、そんな、こと……」

「これだけでは物足りないはずだ。浮力で浮きやすい。さぁ、エリザ……やって」

堪らない熱で意識が焼かれている。膣の中の雄は、どくどくと息衝いて彼女に動くよう急かしていた。カーティスの籠もったような声が、エリザをさらに熱くする。

「は……あぁ、……」

膝を使って少し浮き上がり、腰を捻って下げる。

「こ、これで……いい？　あ……ん」

返事を訊くまでもなく、自分の内側を彼の雄で探って快楽を追求する。自発的な動きがどんどん激しくなってゆくが、彼女自身は気が付かない。

「エリザ……、なんて淫らなんだ……。あなたは、僕をいつも驚かせるな――」

カーティスの指が再び陰核を弄る。花芽はすっかり膨らみ、彼の指を喜んだ。

「繋がっているんだ……ここで。分かるか……？」

エリザが上下に揺れるときに口を開けている女陰を彼の手がもっと広げる。湯が入るような気がして震えてしまうが、それよりも快楽を追う方が大事だったようだ。呆れてしまう自分の嬌態に、エリザはやはり前と同じで己に対する怖れを抱いた。

変わってゆく自分。カーティスはこういうエリザを見て呆れてしまわないだろうか。

「あぁあ、ア――……ッ……ひ、っくぅ」

彼女の下の口を確かめながらカーティスの指が彷徨う。彼の男を食っているその口を優しげに撫で、肉割れの端にある隠微なる豆をきつく扱く。堪らない。低めの湯温が、高温のように感じるのは自分の肌が熱を上げているからだ。

固まりになってせり上がってくる愉悦に身を浸して、快感に溺れてゆく。

「カーティス、さ、まぁ、あ、イ、く――……っ……」

長く尾を引く高い声が湯殿に響いた。彼女の耳にも入るので、ぼんやりしながらも、とても恥ずかしい。といってこうした交わりがなくなってしまうのは、きっとつらい。

びくんっと伸び上がって硬直したエリザの内壁が、激しく痙攣して楔を締め付けた。

「エリザ……っ、ぅ――……好きだ、愛している……っ」

内部で達してゆく男の劣情を感じ取りながら、エリザの脳裏に湯を汚してしまったという考えが過

ぎった。けれどどうしようもなくて、目の前が白くなるのに合わせて背を反らし、後ろへ倒れてゆく。

身体に力が入らない。脱力していた彼女は、ふわんっと顔を上に向け、その動きで濡れたブルネットが大きく宙を横切りながら彼女の頭を追って背中側の湯に潜る——というところで、カーティスの腕が彼女を抱えた。

次の瞬間には、エリザのベッドの上だ。萎えた雄が抜けて出て、二人の湯滴と一緒にベッドが存分に濡れる。

はぁはぁと息遣いも荒く、並んで横になっていると、カーティスがごそごそと上掛けを掛け直してくれた。身体も髪も濡れたままでは上掛けも濡れてしまうと思えば、急激に暖かくなって肌も上掛けも乾いてゆく。

——あぁ……魔術って、便利。……だからといって、カーティス様も休みは必要だよね……。

熱で浮かされた意識では、思考も纏まらない。

息が収まってくると、カーティスは上掛け中で、横になった状態で彼女の肩を抱いてきた。カーティスの顔をそっと覗き込むと、彼の琥珀色の眼がこちらを見ていたので視線が絡む。

エリザの目じりには、興奮のあまりあふれ出てきた涙が溜まっていたが、彼が造ってくれた指輪を湯の中でも嵌めているのでラピスラズリはできない。

カーティスは彼女に顔を寄せて、目じりの雫を舐めとった。

「どうした？　なにか言いたそうだ」

「……私が、私でなくなってゆくのが、とても怖いの。キラーク宰相にそこを突かれたわ。私がそうなるようあなたが無意識に魔術を掛けているのではないかって。それがあなたの望みだからって。好きだと思うのとは別にしても、やっぱりこんなに乱れるのはおかしいよね」

　風呂の中で自分からキスを仕掛けたのは好きな気持ちが急激に込み上げたからだが、こうなると欲情と気持ちの高ぶりと、どちらが先なのか分からなくなってしまう。

　目を細めて微笑んだカーティスは、『おかしくなるのが好いんだ』と言った。

「エリザが夢中で僕に縋り付いてくれるなら、変でいいよ。だけど、エリザがそうなるよう魔術をし掛けたなんてことはない。無意識の場合は、先に具体的な望みを脳内で描いている。あなたの嬌態は僕の想像を超えているんだから、意図的にでも仕向けるのは無理だな」

　カーティスはくすくすと意地悪そうに笑い、目元から移動した彼の唇で口づけられる。

「自然に変わってゆくあなたを、僕の欲求なんかで歪める気はない。そのままのエリザを愛しているんだ。それが一番の望みなんだから、無意識でも魔術は使わない」

　深いキスでなくても、心が癒されて甘く蕩かされてゆく。こういうのも、すごく好きだ。

「愛しているよ。いまのあなたも、変わってゆくあなたも好きでたまらない。エリザはいつも僕の予想を超えてゆくから、僕が操作した結果じゃないんだ」

「これでいいということ？」

「いまのままでも、違う反応になっても、僕はエリザが相手をしてくれるならそれだけで満たされる。エリザがどれだけ卑猥になっても魅力としか感じられない。魔術で望み通りなんてつまらないよ。あなたはいつも僕を驚かせるんだ。目が離せない……」

　彼の内側で急激に欲求が膨らんでくるのが目に見えた気がする。エリザの太腿に触れているカーティスの雄が頭を擡げてきたと感じるのは、気のせいではなさそうだ。

「か、カーティス様。あの、もう眠りましょう。今日はとても大変だったから」

カーティスは、片肘を使って上半身を起き上がらせ、エリザに被さってきた。ドキドキと胸を高まらせる自分も大概だ。緩慢に動き出したカーティスの手が、やがて愛戯となってゆくのをエリザは止めない。

窓のところからほのかな雨音がする。雨が止んだら、夏へ向かう太陽が顔を出すだろう。

婚儀は目の前に迫っていた。


キラークが、魔術球体の牢獄に入れられ、さらには王城の地下に閉じ込められたので、宰相の替わりを早急に立てる必要があった。

ラングルド王は『次期国王が選ぶべきだ』と言い置いて部屋に籠もってしまったので、カーティスはモメント公爵を宰相代行に押し上げた。

最終段階で放置された婚儀の準備は、根性で起き上がったジェフリーが進めてゆく。

大丈夫なのかと心配するエリザに向かって、義兄は明るく笑って答える。

「治癒魔術はすごいね。心配する必要はないよ。それに、義妹の涙で造られた魔石に生かされたのだから、ここで頑張らなければ生涯後悔する。カーティス様が王になったとき宰相として立てるかどうかの試金石でもあるからね。踏ん張るに決まっているじゃないか」

「お姉様が寂しい思いをされていませんか？」

「もちろん、毎日愛していると言うために彼女の元へ行っている。ディアンが、王城と王都屋敷の往復を空間跳躍の魔術で助けてくれるから、前より時間を作りやすい。他の場所へ行くにも、ディアンの魔術は非常に役に立っているよ。ドアを開ければ目的地、というのは本当に便利だな」

エリザは笑ってしまった。ジェフリーにとってディアンは友人の範疇に入ったようだ。ディアンにとってもジェフリーとの関わりは楽しいらしい。

ジェフリーはエリザに何度も言う。

「それもこれも、エリザがオリヴィアを大切に思っているからだよ。だからカーティス様もオリヴィアのことを気にしてくださるし、私への便宜も図ってくださる。エリザ、頼むからカーティス様と喧嘩なんてしないでくれ」

「お義兄様、喧嘩くらいします。ですが、命ある限りあの方の傍にいたいと思いますし、お姉様を大切に思う気持ちはずっと変わらないでしょう。できるなら今度は私が、お姉様やお義兄様、これから生まれる甥や姪を守る側になりたいです」

ジェフリーの目がすごく優しく眇められた。そうして彼は声を上げて笑う。こういう義兄の姿は、かつてはとても珍しいものだったが、最近では多くなっている。

笑い合って過ごしてゆける日々が愛おしい。

婚儀が近づくに従って、侍女軍団も仕事に費やす時間が増えてきた。

シュスは、エリザが王子の正妃になっても筆頭侍女になることが決定している。

王家の者につく筆頭の侍女としては若いから、もしかしたら城内の女官たちに苛められているのではないかとエリザは不安になる。姉の状況を少しも見ていなかった反省を踏まえて、シュスには、なにか問題はないかと度々訊いてしまう。

「ご心配には及びません」

一言で済まされる。そのたびにいつものシュスだとほっとする。もちろん、彼女の様子はしっかりと見てゆくつもりだ。

大切に思う者限定になってしまうが、守りたいなら、細かな変化には敏感にならなくてはいけない。エリザは、今回の事件で深く学んだ。

シュスの父親キラークのことはディアンが彼女に話したそうだ。一言も言葉を発しなかったシュスは、最後に『分かりました』とだけ告げたらしい。

心の問題は複雑なので、エリザからはなにも言わなかった。

シュスも前とは違う様子を見せ始めている。そっけない返事のあとで、ごくまれにだが、説明をしてくれるようになった。

「高位の女官たちの不満は感じますが、私には魔術が使えますので、なにを画策されても躱せます。ディアンが、エリザ様のためになること限定で、カーティス様に魔術の使用許可をもらってくれました。魔石もそちらから供給されますので、なんとかなります」

「……ディアンが。そう。ふふふ……」

「なにか」

「いいえ、なんでもっ、なんでもないわ」

最近分かったが、仕事をしっかりこなしてゆくシュスはどこか鈍いところがある。

彼女にお願いして、手が空いたときに魔術を教えてもらうことにした。シュスは『喜んで』と笑って引き受けてくれた。


毎日が婚儀の準備に費やされ、慌ただしく過ぎてゆく。王城全体が祝賀ムードに溢れ、王都も明るい未来を想像して次第に浮かれていった。やがてコード王国全体がお祭り騒ぎになる。

お祝い事を待ち望む雰囲気が最高潮に達したところで、婚儀を迎えた。

婚儀は一週間を予定されている。中間日が大聖堂での結婚式だ。

式の当日は、太陽が微笑み、初夏の爽やかな風が通る良日となった。

そろそろ時間だからと、ジェフリーが花嫁の控えの間にやって来た。三度目の訪れだ。

最初はオリヴィアと一緒に、次は確認のために一人で、最後は父親代わりとして迎えに来た。

鏡の前で最終点検をしているエリザの頬にキスをしてから、上から下まで眺めて満足げに頷く。

「何度眺めても新たな感動があるよ。美しいね」

「ありがとうございます」

彼は花嫁の手を引く役目を担っている。

「お義兄様。お姉様のご様子はいかがですか？　悪阻がひどい様子です。やはり安全を考えて、結婚式は欠席された方がいいのではないでしょうか」

「聖堂に入れないなら外で立っていると言われてはね。もう親族席に座っている。ハンカチーフは二枚目に入っていたな」

オリヴィアは様子を見に来た時点で、すでにぽろぽろに泣いていた。

時間ですと知らせが来て控室から出る。聖堂の大扉の前で並んで立ったとき、ジェフリーがそっと耳打ちする。

「お腹が膨らんでくるのを見るのは至福だ。もう大丈夫だよ、エリザ。私もオリヴィアも、同じ過ちは犯さない」

「はい。私も、周囲をしっかり見定めて、心を迷わせないようにします」

「大人になったなぁ……。私も泣きそうだ。年を感じるよ」

若々しいジェフリーが言ってもそぐわない言葉だ。父親になると分かってから、義兄はどんどん若返っている気がする。エリザはくすりと笑った。緊張がそこで和らぐ。

パイプオルガンが華麗な曲を演奏し始めると大扉が開かれた。ジェフリーと腕を組んだエリザは、遠い祭壇の前に立つカーティスの元へ歩いてゆく。

白いドレスに身を包んだエリザがうしろへ引いている長いベールは、赤いタフタの上でかなり後方まで流れ、その端をベールガールとボーイが持ってついてくる。

ブルネットも美しく結い上げられ、宝石をちりばめたティアラが大聖堂の光できらめいた。

先で待っているのは、近々コード王国の王太子に任命されるカーティスだ。

大聖堂を埋め尽くした人々は、白い正装姿のカーティスの麗しさに驚き、次に花嫁の美しさに羨望と感嘆のため息を吐く。

カーティスは麗しいばかりでなく、ギルドを取り仕切っていたキラーク宰相を退けた奇跡の魔術師として、諸外国で語られ始めている。この婚儀で、カーティスが大切にする妻は横に立つエリザであると人々に認識された。

知られることによって、これから先二人の前にどれほどの難関が降りかかるか、想像に難くない。

互いにすべてを了解したうえで誓いの言葉を綴り、口づけを交わして、エリザはカーティスの妻となった。これで手を取り合って艱難辛苦を分け合うことになる。喜びも悲しみも共に味わう。そして生きる道を二人でもぎ取ってゆく。

結婚式は無事終了した。

式のあとの舞踏会は、人々との挨拶が一通り終了してから、エリザはカーティスに手を引かれて大広間を抜け出た。今夜は初夜だから、早い退出でも誰も咎めない。

初めての夜はとうの昔に済んでいるとはいえ、区切りは大切にしたい……のだが。

エリザは自分の部屋で鏡の前に立ち、身に着けているナイトドレスをまじまじと眺める。虹色をしている絹の夜着は、肩はリボンで結ばれているのはいつも通りでも、裾のドレープは少なく、着ているのを忘れそうなほど軽い。

この夜着は、胸の膨らみの下と、お臍のすぐ下あたりで結ばれた二つのリボンが留めの役を果たして、かろうじて前が開かない作りだが、歩くとすっかり脚が出る。さらには、下肢の淡い茂みまでが窺える形をしていた。

少し動くだけで恥ずかしいところがわずかに覗くという卑猥さに、エリザは困り果てた。

――これは、あまりにもあからさまじゃないかしら。シュスが選んだの？

着替えようかどうしようか迷っているうちに、エリザのすぐうしろに黒い絹のガウンを来たカーティスが現れた。一瞬でやって来た彼は、後ろから緩く腕を回して、鏡の中のエリザを見る。

「エリザ……」

なんと艶っぽい声だろう。彼の胸に抱かれている背中がゾクリと慄いた。

カーティスの腕に巻かれた自分と、後ろから今にも食いつきそうな目をした彼が、磨き込まれた鏡にくっきりと映っている。

「こんばんは、カーティス様」

「良い夜だね、エリザ。結婚式も無事に済んだ。これであなたは正式な僕の妻だ」

鏡に映った互いと見つめ合う。

彼はそろりと動いて、顕わになっているエリザのうなじへ後ろからキスをした。鋭い感覚に反応してふっと顎を上げた自分の様子が鏡に映っている。

——まるで食べられる直前の獲物のよう。

獲物は少しも怖がっていない。それどころか、頬を赤らめて彼の動きを待っていた。

——鏡は何でも映してしまう……。

そこに映っているカーティスの腕が不穏な動きを始めた。一方が胸を揉みしだき、一方はエリザの肢体を伝わって下がってゆく。

瞼が半分下りた眼でエリザが鏡を見ている状態で、カーティスの手が下部の布を避けて潜る。

見ているだけで熱が上がりそうなのに、そこへ直接の刺激がやって来ると足が震えて立っているのも難しくなる。前に回ったカーティスの腕が、蹲(うずくま)ってしまわないよう彼女を支えた。

「カーティス様……ベッドへ……、テーブルの上に、花が置いてあります。カードや、ワインが」

「あとだ」

彼は肩の紐を口で挟んで両方を解いた。すると、胸をかろうじて覆っていた布ははらりと下へ落ちて、まろやかな脹らみが両方外へ出た。カーティスの片手が、乳房を握り、乳首を指で挟む。

目を閉じてしまえばいいのに、どうしても見てしまう。蹂躙されている自分の姿に追い上げられ、あえかな吐息で身悶える。

「あ、……あ、ん……っ」

頬が熱い。鏡があるので、自分がどれほど顔を上気させているかも見えてしまう。

うなじに口づけながら下目使いに鏡を見てきたカーティスと目が合う。すると、羞恥の後押しも加味されて、かぁっと肌までが熱くなってきた。

下肢に回された手は、鏡面に映る限りでは布に隠されて動きがはっきりしないが、手の感触を味わうエリザには恥部がどのようにされているかが明確に分かる。

前から入った彼の手は恥骨を撫で、恥毛で遊んでから奥へ回って女陰を撫でる。奥が濡れてくる。

こうなると、夜着の裾がすっかり割れて両脚が付け根から見えてしまうが、まるで恥部を隠すようにしてカーティスの手があった。

それが鏡に映るすべてなのに、その手は指をたてて女陰を割っている。すぐに辿り着くのは隠微な豆だ。

「あ、……あぁ、……カーティス、さま……ベッドへ、……ソファでもいいので……」

「ソファでしたこともあったな……、エリザは誘うのが上手いから」

誘うと言われても自分の知らない間のことだったと抗議したい。いつも彼の情動に翻弄されてしまうばかりなのが、悔しいくらいなのに。

「あん、あぁ……、脚に、力が入らない……」

ゆらゆらと躰が傾いでも、カーティスの腕で倒れることはない。

鏡で見ている分、彼も視覚からの刺激を受けている。指がますます意地悪げに動き、胸は下から持ち上げられたり、包まれて揉まれたりと様々に刺激を与えられた。それを鏡が映し取っている。

淫裂は蹂躙されて、雫まで落とし始めた。

「濡れすぎだな。前を見て。僕の手が濡れているよ」

見ろと言われると、うっすらとでも開いた眼で鏡を見てしまう。濡れているかどうかまでは分からないが、彼の手を誘って、自分の足が付け根から開き、緩く膝まで曲げているのが目に入った。

恥ずかしい姿だ。

「いや、いや、こんなの……あぁ……んっ……」

「今夜は……僕のが入るところを、エリザも、見て」

「あぁあ――……っ」

ぐりぐりと捏ねられた陰核が快感を爆ぜさせた。エリザは背中を反って上り詰めたが、彼の胸のところに後頭部を押し付けることになった。腰を前へ突き出してがくがくと震える。

いまにも蹲りそうなところを、膝を後ろから掬い上げられ、腰が下がった。

カーティスも一緒に床に座ったので、彼のひざの上に乗って背中を預けている感じだ。しかも、膝裏に当てられた手で脚を広げられている。鏡の前で。

彼の両手が腰の両側から前に回って、陰唇を広げた。それも余すところなく映っている。映っているものをカーティスが見ていた。

「あ、あ、いや、……あ、見ないでぇ……」

蜜を零している下の口が丸見えだ。指がそこに潜って淫技を繰り返すのもはっきり映っている。目でも犯されていた。

「あ、あ、……い、やぁああ、あんっ」

すっと離れた手でやすやすとナイトドレスをはぎ取られ、再び膝裏から大腿部に入った腕で持ち上げられた。背中はカーティスに凭れかかっているので、後ろに倒れてしまうこともなく、臀部が浮き上がる。

脚の間に見えているのは、育ちきったカーティスの男根だ。怖いような勢いで屹立しているその雄の上にゆっくり下されてゆく。

「鏡、見ていて。挿れるから。……濡れているのも分かるよね。きっとすんなりいく」

「は、あ、あ、……はぁっ、は、あっ……」

耳元で囁かれる。彼の言葉には逆らいたくないので、つい薄目で見てしまう。

羞恥がすごくて、眦が潤んだ。それと同じほど、すでに達していた彼女の蜜道は濡れて愛液を滴らせている。そこへ、勃ち上がった凶器がメリメリと挿入されていった。

「あ――……っ」

動かせない肉体は力も入らず、カーティスのなすがままになっている。鏡がすべてを映す中で、ゆっくり、ゆっくり、雄を呑み込んでいく自分は、腰を震わせて受け止めていた。

「あ、あっ、あぁああ……」

見ていられない。ぎゅうと目を閉じて背を反らせば、頭のうしろが彼の肩に乗る。

最後は身体を一気に落とされ、自重によって蜜路は男をすっかり含んだ。膣の奥まで広げられる。

そこには悦楽を生む場所もあれば、深くへ入られると子宮口までを暴かれる。

探られながらゆらゆらと動かされ、それだけで快楽に染まった。

「感じる……？　……好い？」

激しく息を継ぎながら、こくんっと頷いた。

「ん……っ、もっと、……もっと……」

「なに？」

緩やかな刺激が堪らない焦らしとなっている。もっと激しく、もっと強烈な快感を求めている肉体は、とうにカーティスの罠に堕ちていた。

「もっと、……あぁ、激しく、して……っ」

「僕のエリザは、いやらしいな……」

「あぁあ――……」

腰を振っていたかもしれない。カーティスは彼女を浮き上がらせたり沈めたりしながら、次第に突く動きを激しくした。やがて、脱がされたナイトドレスの上に倒される。

ぐるりと身体を反転させられ向き合う形になったとき、ぐりぐりと内壁を擦られて、溜めていた快楽が一気に膨張して高みへ昇った。

「きゃぁ……――アァ――……っ」

しかし彼はまだだ。そのまま突いて引き、また奥へと侵入を繰り返す。

頭を振るエリザの動きで、軽く結っていた髪が乱れて舞った。

「い、い……イク、また――……っ」

伸び上がって果ててゆく。法悦に蕩ける狭間で、陽根をきつく締めつける。

「エリザ……」

ため息のような声を漏らして、カーティスも吐精してゆく。

こうして、結婚式の夜は床の上で淫奔の極みに昇り、彼の腕の中で蕩けた。

肉体的にも精神的にも非常に満足した夜が過ぎ、翌日の昼近くになって、寝ぼけ眼でシュスの入室を許可したエリザは、カーティスと一緒に裸で転がっているところを見られてしまった。

シュスはちらりと二人を眺めてから、『湯殿の用意はできております』とだけ言うと、床に落ちていたカーティスの夜着を拾った。


カーティスの王太子指名は、初秋に決まった。

初夏から盛夏になり、夏の終わりが見えてくると、王城は式典の準備で大わらわになった。一年の間に婚儀と式典の二つも入れたのは、カーティスの希望による。

オリヴィアのお腹はどんどん大きくなっているので、エリザはモメント屋敷へ出向きたくて仕方がない。生まれるのは年明けだと聞いている。

忙しい中でも、わずかな隙間時間にエリザはカーティスを引っ張って新たに見つけた屋根裏部屋へ行った。彼に、ごくたまにとはいえ、自分がどこでどうしているか見せておきたかったのだ。

「さすがは王城の物置部屋ね。やりがいがあるわ」

戦いの時代でも燃え残った王城は、雑多な品々が百年単位で残っていた。放置気味の部屋も多くあったが、そちらへ入り込むのは誰かに気付かれる可能性が高いと言われて、屋根裏に限定することにした。

エリザは侍女の服を纏い白いエプロン姿だ。髪はまとめて網の中にあり、ぱっと身では城の掃除をする下働きの者に見えないこともない。顔を知る者に見咎められたら一発で問題発生となるだろうが、そこはシュスと一緒なので彼女の魔術に頼ることになる。

箒を手にして胸を張り、積み上げられた不用品の山をカーティスに示したエリザは、気合いの入った顔をして胸を張っている。カーティスはそういう彼女を見て何とも奇妙な顔をした。

「趣味、なんだよね」

「そうなの。片付け終われば、空いた場所でお菓子とか食べるのよ。もうね、満足感とか達成感とかがすごいの。なぜか掃除をしている間にいろいろな悩み事を片付けられるときもあるわ。頭の中がすっきりするのよ」

「……魔術ならもっと簡単にできると思うが」

「それでは、達成感を得られないでしょう？　満足もできない。身体を動かして、額に汗して頑張るのよ。そうしているうちに心も前を向いてくれるの。魔術でぱぱっとやってしまうなんてもったいないわ。思うに、カーティス様はこのごろ魔術に頼り過ぎているのではなくて？」

彼は黙ってエリザを見詰めていたが。小さな声で『そうだな』と答えてくれた。

エリザはモメント屋敷よりも広い屋根裏部屋を眺めて彼に言う。

「一緒にやってほしいわけじゃないの。政務で忙しいものね。シュスとやるわ。カーティス様には、始める前と、終わったあとを見てほしい。達成感を共有したいのよ。だめかしら」

まじまじと見つめられて少し不安になる。後ろを振り返れば、離れたところからディアンとシュスが笑いながらこちらを見ていた。

　カーティスは静かに微笑む。

「僕との時間を削らないと約束してくれるかな」

「もちろんよ。あなたとの時間はなにを置いても優先する。私はカーティス様よりも趣味に勤しむ時間を作ることができるから、それをこういうふうに使うってこと。一応許可をもらわないとね」

　庭での散歩や、小走りもやりたいが、王城で王太子妃がそんなことをすれば、すぐに人が集まってきてしまう。だから、物置部屋を片付けたら、そこで歩くつもりだ。

　とうとう笑い出したカーティスは、エリザの腰を抱いて頭のところに唇をつける。

「あなたのすることに、僕がないか言うはずはない。綺麗にして場所が空いたら、ここで一緒に昼寝をしよう。屋根窓から陽が入るから、すごく居心地がよさそうだ」

「そうね。待っていて。時間はかかるでしょうけど、きっと達成するから」

　昼寝ではなく、もっと別なことにもなりそうだとディアンとシュスは思ったが、二人とも口には出さなかった。

　そこでエリザはこのときとばかりに、彼に尋ねようと考えていたことを訊く。

　身を寄せているカーティスから上半身だけを少し離した。片手には箒を持っているから、それが彼に当たらないよう気を付ける。

「前から訊こうと思っていたんだけど。あの原っぱで最後に駆けっこをしたとき、ほら、別れを告げた日よ。どちらが勝ったのかしら。私、覚えていないのよ」

　むっと黙ったカーティスは、不本意だという表情をありありと浮かべる。

「エリザだ。あのとき泣きながら走っただろう？　僕はそんなあなたの横顔に目が釘付けになってしまって――転んだんだ」

いまにも卑怯だったと言わんばかりの眼でエリザを睨んでいる。

エリザは大いに笑った。長年の疑問が解消されたうえ、勝っていたなら大満足だ。

「じゃ、私の勝ち越しなのね」

「……エリザはいつだって僕に勝ってる。僕はあなたに勝てないって、言ったじゃないか」

笑い合う。共にいて笑い合えるなら、そこが地の果てであろうともきっと幸せでいられる。

「じゃ、私はここで掃除をするから。カーティス様はご用があるのでしょう？　お許しもいただきましたし、もう行ってくだってていいですよ」

「もう少しここにいたいよ」

「ディアンがそわそわしてきているわ。時間でしょう？」

「よく分かるな」

周囲の人のことをしっかり見ていること。せめて、自分たちに関係する者たちの変化くらいは気付けるように。いつもそう心に言い聞かせている。

誰かが隠れて泣いていても見落とさないようにしたい。そのためにも、自分の時間を作って心の内側を掃除しておこうと考えている。いろいろ溜めると、他者のことが見えなくなるから。

それだけでなく、エリザ自身、どうしてこれほど片づけをしたくなるのか思い巡らせてみた。

少女のころ、クレメンタイン城が閉城と決まって片づけをする間、乳母の家に預けられた。それが悪かったというわけではない。それがなければカーティスと会えなかった。

ただ、生まれ育った場所だというのに、物品の一つも自分で磨いて収めなかった。暖炉も壁も、雑巾がけの一つでもすれば、育んでくれた城にお礼を渡して別れを告げることもできただろうに。

その思いが心残りとなった。片付けや掃除を自分でやりたい気持ちは、そこから生まれたようだ。

「では行ってくるよ」

「はい。行ってらっしゃい」

使用人のお仕着せでもスカート部分を摘んで貴婦人の礼をする。扉のところまで行ってカーティスを見送った。動いてゆく背中を見つめる。

ディアンは笑いながら彼のあとをついてゆき、シュスはエリザの隣に並んだ。

エリザは部屋の中へと顔を向けて意気込みを載せた声を出す。

「さぁ、始めるわよ」

「はい。エリザ様」

遠いあの日から続いたいまと、これからやってくる未来を大切にして過ごせるようにと、エリザは祈り、願いながら、箒を振るった。

epirogue

エリザが王城に入ってから一年が過ぎ、また春が巡ってきた。

王太子夫妻となった彼らは相変わらず忙しい毎日を過ごしている。エリザは特に、趣味にも時間を費やしたい気持ちがあるので、毎日がぎゅうぎゅうに詰まって過ぎてゆく。

カーティスが必死になって時間を作り、エリザも彼に合わせて休憩を取ると、二人はたまに向き合ってお茶の時間を過ごす。

夜に繰り広げられる熱い交わりと同じで、なんでもない会話をするこの時間を、二人とも非常に大切にしていた。

そういうお茶の時間のときのこと。天気も良く爽やかな春の日の午後だった。

エリザは唐突に思い出してカーティスに訊く。

「原っぱで掌に名前を書いたでしょう？　文字が黒く浮き上がったのはどうしてかしら。カーティス様は九歳だったから、やっぱり無意識に魔力を使ったと思うけど、それはどういったものだったの？いまのあなたなら分かる？」

カーティスはお茶をしている執務室のベランダから、空を眺めた。

「あのときの僕は、あそこで別れても必ずまたエリザに逢いたいと願っていた」

確かに少年ティスはそう言っていた。

カーティスはその時のことを思い出しながら続ける。

「だけど、どこか別の場所で再会するなんて、思いもよらなかった。覚えていてというのは、忘れても思い出してほしいってことだったんだ。名前を書いてもらって、それを滑り落として完成する魔術だったと思う」

「え？　落とす？　原っぱに？」

「そうなんだ。また逢うことがあるなら、あの場所だと思っていた。そのときに思い出してほしいから、書いた名前をあの場所に落として大地に刻んだ……ということかな」

エリザはカーティスをまじまじと見つめる。

「じゃ、あの原っぱには、あなたと私の名前が書いてあるの？」

カーティスは楽しげに笑う。

「そういうことになるね。まだ小さかった僕の精いっぱいの願いが、あの場所に残っている。無意識の魔力は確かに働いていたよ。ごめん」

エリザはぱちぱちと瞬きを繰り返してから微笑む。

「あそこは一年に一度管理人が草むしりをしているはずよ。まだあるのかしら」

「解除はしてないから、大地にはまだ名前が張り付いているよ。他の者には何の意味もないし、第一、見えない。管理人が魔術師でも取り除けないくらい、強い魔力で固めてある」

エリザはほぅと息を吐いた。

「行きたいわ、あそこへ」

「そうか。じゃ、いまから行こう」

「えぇ」

はじけ豆と呼ばれた決断の早さと素早さは、こういうときも活かされる。カーティスもまた、動くときにはエリザと同じ速度を持っていた。

エリザが立ち上がると、近くへ寄ったカーティスに手を取られる。

動く気配に敏い(さとい)ディアンがベランダへ急いで出てくるのに気が付いたエリザは、彼へ顔を向けて明るく告げる。

「ちょっと行ってくるわね、ディアン。すぐ戻るから」

「ま、待ってください。どこへ行かれるのですか。申し訳ないのですが、もうすぐ次の……」

ディアンが驚愕して呼び止めようとしたが、言い切る前にカーティスの魔力が動いて二人は遠いあの原っぱへ跳んだ。あっという間だ。


春の風が流れる懐かしい場所で、エリザとカーティスは向き合って立っている。

「ほら。いまのエリザには魔力が発現しているから見えるだろう?」

真ん中に互いの名前が浮かんでいた。ティスだった名は、カーティスと記されている。彼はあのとき、やはり自分の正式名を書いていた。

「このままにしておくかい?」

「えぇ。この地は私とお姉様の父祖の地だもの。お義兄様も田舎の奥までは手が回らないと言っていらしたから、たぶんずっとこのままだわ。あの二つの名前には、四季を感じながらこの地の番をしてもらいましょう」

「それはいい。僕らの名前が思い出の番人だ」

二人は口づけを交わして、微笑み合った。

優しい春の陽が、駆けっこをしていた遠いあの日と同じように彼らを包んだ。

あとがき

こんにちは。または初めまして。白石まとです。

このたびは、「年下王子は最凶魔術師　世界征服より溺愛花嫁と甘い蜜月ですか」をお手に取ってくださいまして、まことにありがとうございました。

今回は魔術師です。魔石と呪文と呪方陣ですが、力の動き方は超能力に近いですね。魔石などを必要とする部分が魔術ですが、エネルギーは魔力に源泉があります。つまりは個人的能力なのです。

私の中では、魔術も魔法も超能力も、すべてエネルギーの塊から発生する不可思議な力の流れによるものなのでした。

書いていてとても楽しかったです。カーティスは何でもできますが、だからこそ彼自身を追いつめる力にもなり得るのですね。

彼があれこれほしいと思う気持ちを、一点に絞った先にエリザがいます。他はすべて捨てている。ちょっと怖いですよね。エリザはよくぞ受け止められるものだと、私の方が感心します。年齢を上にしたのは、そういう意味もあるのでした。

カーティスとエリザは新婚さんですが、姉のオリヴィアとジェフリーは熟練夫婦です。どれほど長く一緒にいても悩みは尽きないものですね。でも！　愛情さえあれば、どんな難関も手を取り合って乗り越えられるはずなのです。それこそが、夫婦であることの醍醐味ではないでしょうか。

今回の本は文庫本ではなく大判（単行本）です。ものすごくたくさん内容が入った気がします。実際、一ページに入る量も多ければページ数も多いのですよ。

たっぷり入れられたのは嬉しいのですが、自分の感覚が文庫本仕様になっていたので、書いても書いても終わらなくて、心臓が止まりそうでした。それでも、書き終わってこれで本になってくれると思うと、すぅーっと苦労の部分が消えてゆきます。そしてまた書きたくなるわけですね。

イラストを描いてくださいました、ことね壱花様。美しいです！　カーティスが素敵。ものすごくイメージ通りで驚きました。エリザも可愛いなぁ……。嬉しいです。描いていただくのは何度目かになりますね。いつも本当に感謝しております。今回は大判です！　大きな表紙でこの絵を見られるかと思うと、すごく楽しみです。ありがとうございました。

本を出していただくにあたって、編集様、版元様、その他多くの方々に深くお礼申し上げます。いたらぬ書き手で申し訳ない。ご縁がありましたら、またよろしくお願い致します。

読者様。お逢いできましてとても嬉しいです。読んでいただけることこそが、書いている間の大変さが報われるなによりの褒美です。ありがとうございます。

皆さまのご多幸を心よりお祈り申し上げます。またどこかでお逢いできるよう願っております。

白石まと

蜜猫 novels をお買い上げいただきありがとうございます。
この作品を読んでのご意見・ご感想をお聞かせください。
あて先は下記の通りです。

〒102-0072　東京都千代田区飯田橋 2-7-3
(株)竹書房　蜜猫 novels 編集部
白石まと先生 / ことね壱花先生

年下王子は最凶魔術師
～世界征服より溺愛花嫁と甘い蜜月ですか～

2019 年 7 月 17 日　初版第 1 刷発行

著　者　白石まと　
発行者　後藤明信
発行所　株式会社竹書房
〒102-0072 東京都千代田区飯田橋 2-7-3
電話　03(3264)1576(代表)
03(3234)6245(編集部)
デザイン　antenna
印刷所　中央精版印刷株式会社

Printed in JAPAN
ISBN978-4-8019-1944-0　C0093
この作品はフィクションです。実在の人物・団体・事件などには関係ありません。